「あんたも魔力を使えるならこのくらい防げるでしょ？」
「早
ん。もう待ちきれないよ」

準貴竜 ▸ リナ

アレクの幼馴染で、
村長一家のわがままお嬢様。

属性：火

雑竜 ▸ アレク

田舎の農村に転生した
元高校生。

属性：無

エロゲファンタジーみたいな異世界のモブ村人に転生したけど折角だからハーレムを目指す
Eroge fantasy mitaina isekai no mobumurabito ni tenseishitakedo sekkakudakara harem wo mezasu

CHARACTERS

「全力でいくよ、アレクくん！！！！」

貴竜 ▸ ミラ・サンボルタ

アナスタシアの幼馴染。
戦闘の天才。

属性：雷

「減らず口を！　後悔しても知りませんわよ！」

貴竜 ▸ アナスタシア・クリスティアル

北の大領主の令嬢。
プライドが超高い。

属性：氷

エロゲファンタジーみたいな異世界のモブ村人に転生したけど折角だからハーレムを目指す

Eroge fantasy mitaina isekai no mobumurabito ni tenseishitakedo sekkakudakara harem wo mezasu

著▸晴夢

絵▸えかきびと

CONTENTS

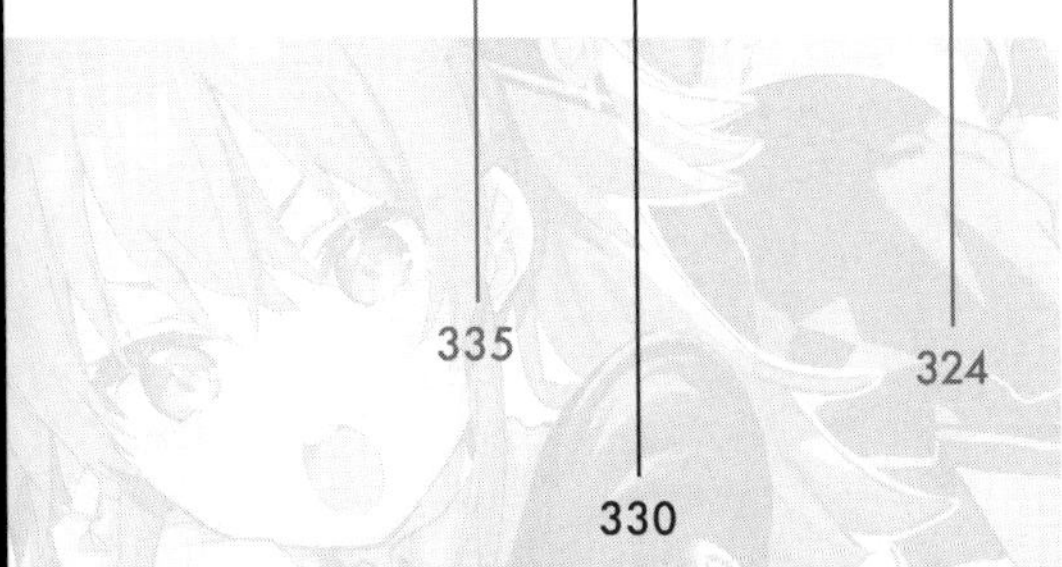

プロローグ

気がつけば転生していた。

前世は道端を歩いていたところにいきなり転生トラックが突っ込んできた不幸な男子高校生（童貞）。今世ではファンタジーＲＰＧっぽい寂《さび》れた農村のモブ農民というギャップに脳が風邪《かぜ》を引きそう。

転生担当女神には会えなかったしチートも貰《もら》えなかったよ。

異世界転生ものはネットでもよく読んでいた。人生をもう一回やり直せるというのは嬉《うれ》しいけど、ナーロッパ転生ならできれば貴族が良かった。贅沢《ぜいたく》すぎる？　でもまあそのくらいの愚痴《ぐち》は言わせてほしい。

物心ついた時には一日中畑仕事と家事に追われ、ご飯はあんまり美味《おい》しくない代わり映えのしないメニューを黙々と食べ、夜は明かりの油がもったいないのでさっさと就寝。そして夜明けとともにまた起き出して――という毎日がひたすら続く。潤いがなさすぎて辛《つら》いです。ただただ心を無にして生きている。

僕の家が特に貧しいのかなと思ったこともあるけど周りも似たような感じ。たぶん文明があまり発展していない世界らしい。

よし、じゃあ現代知識チートだ！

……なんて気軽に生活環境改善できれば苦労はしない。日本の一般男子高校生が農村で役に立つ知識を持っているわけがないだろ！　な○う読者が全部知識チートできると思うなよ！

しかもこっちの世界は日本とは植生が違うらしく、見たことない植物ばかりなので全然これっぽっちもわからない。もしかしたら地球にも似たような植物があったのかもしれないけど、外国の見知らぬ植物を出されて活用方法を今すぐ編み出せなんて言われても無理だってわかるだろう。

なんだよこの異世界転生は！　クソ転生かよ！

と怒鳴り散らしたくなるけど、そんな農民ファンタジー（らしさのかけらもない）生活で、唯一希望を見いだせたのは僕に魔力があったことだ。

〝魔力〟。

異世界ファンタジーをファンタジーたらしめる大事な要素。これがなかったら人生が軽く詰んでいたくらい、一発逆転の可能性を秘めた浪漫《ロマン》溢《あふ》れる力。

自分が転生したことを理解して、何とかして今の生活を改善してやるぞ！　と試行錯誤している時にわりとあっさりと自分の中に流れる力に気がついた。なんのイベントもなく、師匠キャラとの出会いとかもなく、あれ？　なんかあるぞ？　と思ったら魔力だった。

ちなみにこっそり「ステータス」と唱えてみたけど何も起こらなかった。不親切すぎる仕様に泣きたくなる。

その後、自分の中の力を確かめつつ両親などから情報収集した結果、この世界には魔力の存在がしっかりと認知されていることを確認した。

魔力とは元々は竜が持っていた力だったらしい。竜が人間と交わり、生まれた子供も魔力を持っていて、更にその子孫も魔力を受け継ぎ……という風に人間たちの中に魔力が広がっていった。

つまり魔力を持っている僕も竜の血を引いているわけだ。もしかしたら僕は両親の子供ではなく、どこかの国の王子様で身分を隠して田舎《いなか》で育てられているとか……？

はい。当然そんなファンタジー溢れる出生の秘密とかなかった。この異世界はどこまでも僕に厳しい。

竜の血は世界中の人間に広がっていて、それこそこんな寂れた農村の農民にも竜の血を引いた人間がいっぱいいいるレベルらしい。竜が種蒔《ま》き上手《うま》すぎだろ。もうお前が農民になればいいんじゃないか？

そんな希少価値ゼロの竜の血だけど、それでも魔力に目覚める人と目覚めない人がいるらしい。うちの村の人口は二百人くらいだけど魔力を使えるのは四人しかいない。

つまり五十人に一人しか魔力に目覚めない！　倍率五十倍ってけっこう希少なのでは？

と思ったけど、魔力持ちは一定の年齢になると徴兵されて都で兵士になるらしいです。

大人の魔力持ちが徴兵されてこの村にいないから少ないだけで、実際はもっと生まれているらしい……本当にこの異世界はファンタジーが致命的に足りていない。

■

そんな風に思っていた時期もありました。

「あ、あっ♥　うそ、なんで、あんたなんかに♥　離れてぇ♥　やらぁっ♥」

今僕の下で可愛《かわい》く喘《あえ》いでいるのはリナちゃん。僕と同じ年の魔力持ちで真っ赤なツインテールが可愛いおしゃれさん。

村長の娘という権力者の立場に生まれ、しかも魔力を使って火を出せるので大人《おとな》の男でもペコペコ頭を下げるしかないごーまんなわがままむすめです。

そんなリナちゃんの女の子の大事なところに、僕の僕自身がズブッとぶっ刺さってしまっています。さっき出しちゃった子種がリナちゃんの初めての証《あかし》と混ざってピンク色に染まっているのがとても興奮しちゃいます。

あ、また出そう。出る。……ふう。

「ふああああぁぁぁあぁあぁぁあぁぁぁ！！！♥♥♥」

なんかリナちゃんのお腹《なか》に真っ赤な淫紋《いんもん》みたいのが浮かんでチカチカしているけど何だろう？

不思議だけど、点滅に合わせておちんちんをキュウキュウ締め付けてくるのが気持ちよすぎてどうでもよくなってしまう。

「あっ♥　あっ♥　またっ♥　また来ちゃうっ♥　来ちゃうのっ♥」

誰《だれ》も来ないよ、リナちゃん。安心してね。

ここはリナちゃんの専用の訓練用スペース。流れ弾で焼かれるのを怖がって村人は近づかない。

リナちゃんの火で焼かれると痛くて熱くて、火傷《やけど》って本当に最悪なんだよ。

魔力持ちだからって毎日練習台として的にされていた僕が言うんだから間違いないよ。

「いや、やぁ――アアアアァアッッ♥♥♥」

リナちゃんの声は本当に可愛いなあ。淫紋もさっきよりピカピカ光ってとってても綺麗《きれい》だ。

あーまた出る。リナちゃんが可愛いからいくらでも出そうだ。とっても気持ちいいよリナちゃん。

1 村での生活

「おいアレク。村長が食いすぎだって文句を言っていたぞ」

正面のドアを開けて詰め所に入ってきたオッサンが、顔を合わせるなり呆《あき》れた様子で声をかけてきた。

辺境の寒村、レイヤ村に住む少年アレク。それが今世の僕です。

この村ではありふれた黒髪と茶色の瞳《ひとみ》。顔立ちは前世より整っているけどイケメンというほどでもない。特徴らしい特徴のないモブ顔ってやつかもしれないね。

「リナちゃんの炎の的を代わってくれるなら我慢するけど？」

「無理だな。あとで村長に伝えておくから好きに食ってろ」

味がしないけどお腹《なか》だけは膨れる茹《ゆ》でた芋（っぽい植物）を食べながら答えると、オッサンは呆れたように言った。テーブルの上には芋の山ができているけど、これ全部僕のご飯です。

「仕方ないじゃん。火傷《やけど》の怪我《けが》を治すのに体力がいるからお腹が空くんだよ」

「まあな……ただでさえ一度死にかけているし、食事を減らすのは怖いな」

「そうだよ。だから僕は悪くない」

塩とかあれば多少はマシになるのにな、と思いつつ文句も言わずに大人《おとな》しく芋を食べ続ける。

僕のように魔力を持っている人間は回復力が高い。多少の怪我ならあっという間に治るし、普通の人なら致命傷クラスの大怪我をくらってもしばらく寝ていれば完治してしまう。

ただ、怪我の治療に魔力とか体力とか生命力的なものを使うみたいで、エネルギーの大元である栄養が不足していると治りが遅くなるんだ。

実際に僕は一度、栄養失調が原因で魔力が足りずに死にかけたので、村長相手だろうと食事の量に妥協する気はない。食べないと死んじゃうから当然だね。

■

僕が魔力を持っていると判明した後、同じ魔力持ちのリナちゃんやオッサンたち（この村を守る兵士二名）と顔合わせをした。

綺麗《きれい》な赤い髪を無造作に背中に流し、刺繍《ししゅう》も何もない真っ赤なワンピースを着たリナちゃんはお人形みたいに綺麗な整った顔立ちをしていた。日本で見たアイドルよりも可愛《かわい》いかもしれない。

「あんたがアレク？　私と同じ年って聞いたけど。ふーん」

「は、はじめましてリナちゃん――えっ?!」

あんまり興味なさそうな様子のリナちゃんに対し、今世でも前世でもこんな可愛い女の子と話をしたことがない僕はすごくドキドキしていた。

でも、そのドキドキは一瞬で別の意味に変わった。

「ちょ、ちょっと待って、何それ?!」

リナちゃんが右手に炎を生み出した。側《そば》にいるだけで発される熱に肌がチリチリする。初めて見るファンタジーな光景に見惚《みと》れる前に、僕は嫌な予感がして命の危険を感じていた。

焦《あせ》る僕の姿を見て、リナちゃんがにやりとイジメっ子の笑みを浮かべる。

「あんたも魔力を使えるならこのくらい防げるでしょ？　ほら、防いでみなさいよ！」

リナちゃんが放った小さな火――たぶん、少しは手加減していたと思う――に対抗しようと咄嗟《とっさ》に両手に魔力を込めてガードしたけれど、そんなの関係ないとばかりにあっさりと突き破り、爆発的に炎が広がって全身に襲いかかってきた。

「う、うわあああああああああああ！！！」

「……あら？　あっさり燃えちゃったわ」

「ア、アレク?!　嬢ちゃん、すぐに火を消せ！　死んじまうぞ！」

「……つまんないの。もういいわ」

「ア、アア、アアアアアアア……」

「だああ、ちくしょう！　アレク、しっかりしろよ！　すぐに治療してやるからな！」

叫び声を上げてのたうち回る僕の姿を見て、リナちゃんはつまらなそうにすぐに火を消したけど、その時には全身に大火傷を負っていて前世だったら確実に死亡していたと思う。

オッサンに治療された僕は痛みと熱で朦朧《もうろう》とした意識のまま、丸一日生死の境をさまよった後、何とか峠を越すことができた。

「アレク。お前ガリガリじゃないか。もっと飯を食わないと死ぬぞ。飯を食わないと力が出ないからな」

その時にオッサンたちから言われたのが栄養失調だった。普通の魔力持ちならあれくらいの火傷で死にかけたりしないらしい。頭や心臓を破壊されたり、致死量の出血をしたり、重要な臓器に達するような大怪我を負ったり……いわゆる〝致命傷〟や〝即死〟レベルの負傷でない限り、魔力があれば回復するらしい。

僕の場合は全身の皮膚にかなりの火傷を負ったけど、じっと横になって回復に専念すればすぐに新しい皮膚に生え変わるし、もっと軽い火傷ならその必要すらないと言っていた。

オッサンたちもリナちゃんによく火炙《ひあぶ》りにされているけど、火傷をしてもそのまま普通に仕事しているうちにいつの間にか完治しているそうだ。魔力持ちの再生能力は僕の想像以上にすごいと、その時に初めて理解した。

■

とまあ、僕とリナちゃんの出会いと、この世界で初めての臨死体験はこんな感じだったね。

リナちゃんと一緒に顔合わせをした魔力持ちの二人――オッサンとお兄さん――は村にいる貴重な魔力持ち。

オッサンは見た目五十歳くらいのオッサンなんだけど、実際には八十歳を過ぎている。お兄さんは二十代半ばに見えるけどそれより十歳ほど年がいっているとか。魔力持ちは普通の人よりも老化が遅くて寿命も長いようだ。

この世界では魔力持ちは軍事力として認識されていて、成績が良ければ安全な都会の防衛隊に配属されたり士官コースに入れる。成績が悪いと最前線の部隊に送られたり、オッサンたちみたいに村付きの兵士になるらしい。

こんな村に兵士が二人も駐在して何をするんだろうって話だけど、実はこの世界には魔物がいる。

〝魔力を持った動物〟のことだ。大人しい魔物は普通の家畜のように使われている場合もあるけど、畑を荒らす魔物や平気で人間を襲って食べちゃうような狂暴な魔物もいる。

魔物は一般的な動物と比べて身体能力や再生能力が高いので一般人の手に負えず、村を守るための戦力として村付きの兵士が必要になるというわけだ。

それに加えてもう一つ、村に生まれた魔力持ちを教育するのもオッサンたちの仕事だった。

僕とかリナちゃんみたいな魔力持ちの子供に魔力の使い方とか読み書きとか最低限の教育を施して、時期が来たら徴兵に参加させる教育係だ。

魔力持ちの子供に教育するには魔力持ちの大人が一番適任らしい。まあ魔力なしの人間じゃどうやっても無理だよね。理屈は理解できるけど大変そう。

「あの嬢ちゃんももっと落ち着いてくれればいいんだがなぁ。最近はますます火力が上がって手に負えなくなってきたぞ」

「今までの子たちはどうしてたの？」

「準貴竜《じゅんきりゅう》の相手なんてしたことあるわけないだろうが……あの嬢ちゃんが初めてだよ、くそっ」

「へー、そうなんだ」

　僕たちのような竜の血を引いた魔力持ちには幾つかランク分けがされている。

　まず祖となった〝真竜《しんりゅう》〟。要するに本物の竜のことで、竜の血を引く人間たちは全て真竜の子孫だ。ちなみに火属性の真竜とか水属性の真竜とかたくさんの真竜が人間と子供を作っているし、逆に人間と子供を作らなかった真竜もいる。

　次に〝貴竜《きりゅう》〟。真竜の血と力を色濃く受け継いだ人間。元の世界でいう貴族かな。

　貴竜の人たちは領地を治めて平民から徴収した税金で生活し、多くの特権を持っているけど、その代わり魔物などの外敵から領地や領民を防衛する義務を負う。普通の魔物なら何も問題ないけど、ごく稀《まれ》にとんでもなく強い魔物や真竜が領地の中で暴れ回るらしく、その時は命懸けで討伐するか撃退することになる。貴竜の特権は死と隣り合わせの危険な仕事の対価というわけだ。

　あと、領地を持っていない貴竜もいて（当然だけど領地の数には限りがあるため）、そういう人は騎士として国や他《ほか》の領主に仕えているみたいだね。

　その次が〝準貴竜〟。貴竜家の生まれではないけど強力な魔力を持って生まれた人間のこと。これがリナちゃんだね。

　準貴竜が生まれると貴竜家に迎え入れられて家臣や配偶者になるのが通例らしい。だから貴竜に準じる存在として準貴竜と呼ばれている。

まあ実際には貴竜と準貴竜の違いなんてほとんどない。生まれた場所がちょっと違うだけで貴竜も準貴竜もどっちも同じようなものだってオッサンは言っていた。

それとリナちゃんはアイドル顔負けの美少女なんだけど、オッサン曰《いわ》く貴竜も準貴竜も男女ともにみんな美形らしいよ。生まれついての勝ち組ってやつだね。不細工はいない。ぐぬぬ。

そしてその下に存在するのが〝雑竜《ざつりゅう》〟。魔力を持っているけど貴竜（準貴竜）には遠く及ばない人間。

一般的な兵士、オッサン、お兄さん、あと僕もこの雑竜に含まれる。貴竜家以外に生まれた魔力持ちはほとんどがこの雑竜。準貴竜のリナちゃんが生まれたことの方がイレギュラーってわけだ。

貴竜の男女ほどじゃないけど雑竜も顔立ちはそんなに悪くない。僕もオッサンたちもすごい美形もいないし不細工というほどでもない、ほどほどに整った顔をしている。まあたまにものすごい美形の雑竜とかもいるらしいけど、基本的にはモブっぽい特徴のない顔をしている。

外見以外の見分け方だと貴竜・準貴竜と雑竜は魔力の質が違う。

貴竜や準貴竜は魔力が〝属性〟を帯びていて、それを物理的な破壊力として振るうことができる。属性は一人一種類で例えば火の魔力を使って人を丸焼きにできるリナちゃんは火属性。成長すれば一撃で魔物の大軍を焼き払うこともできるようになる。オッサンたちも貴竜の使う属性魔力を見たことがあるらしいけど、威力も規模も途轍《とてつ》もないらしい。

それに対して雑竜は〝無属性〟の魔力しか持っておらず、物理的な破壊に使うことができない。僕たち雑竜が扱う無属性魔力は、自分自身の力を上げたり、物質や魔力に対する防御力を高めたり、自己治癒力を高めるような使い方しかできない。

貴竜のような大軍を薙《な》ぎ払うような火力はないけど、普通の人間と比べて目も耳もいいし足も速いし、力が強くて体力があって丈夫で、多少の傷ならご飯を食べて寝ていれば完治する。そして何より貴竜と比べると圧倒的に数が多い。まさに兵士になるために生まれてきたような存在だ。

というわけで、準貴竜の数は雑竜よりも少ないらしく、八十過ぎのオッサンの長い教導人生の中でも担当した準貴竜はリナちゃんが初めてだったようだ。オッサンとお兄さんの初めてはリナちゃんだったんだね……まあリナちゃんの初めては僕が貰《もら》ったんだけど。

「先輩、交代お願いします！　もう無理ッス！　これ以上は死にますって！」

そんな馬鹿《ばか》なことを考えているうちにボロボロになったお兄さんが戻ってきた。

手にしていた木の棒は炭化して途中で燃え尽きているし、身につけていた木の鎧《よろい》も服ごと燃やされている。この世界だと装備品とか高いのにいいんだろうか。

「仕方ねえな、俺《おれ》が出る。お前は飯でも食ってろ」

「あざーっす！　やったー！　休憩だー！」

ボロボロの装備を片付けて、いそいそと食事の準備を始めるお兄さん。あちこち火傷しているけど薬を取り出す様子もなく、そのままご飯を食べ始めた。やっぱり魔力持ちの耐久力ってとんでもないなぁ。

ちなみにオッサンやお兄さんは麦っぽい感じの穀物のお粥《かゆ》を食べているし、リナちゃんはおうちでしっかりとしたご飯が用意されている。村長の家の娘さんだから裕福なのだ。

で、僕が食べている茹でた芋なんだけど、これって本当は家畜に食べさせる餌《えさ》らしいよ。つい最近まで知りませんでした。人間でも食べられなくないけど、食うに困った貧民くらいしか食べないとかなんとか。

僕の食事量が多いからっていくら何でも酷《ひど》くないかな？　僕のご飯が村の予算から出されているのは知っているけど、それでも家畜の餌ってちょっとさぁ……。

とても悲しい気持ちになったので芋のやけ食いをしました。人の奢《おご》りでお腹いっぱい食べられるタダ飯っていいよね！

■

「アレク、決闘よ！」

「いいよ」

オッサンたちの教育の時間が終わったあと、いつものようにリナちゃんに呼び出されて付いていく。

村からちょっと離れた森の中にこぢんまりとした広場があって、ここがリナちゃん専用の練習場だ。

元々は普通の森だったのをリナちゃんが焼き払ったという曰く付きの場所でもある。

そういえば最初の頃《ころ》はオッサンやお兄さんが監督に来ていたけど最近はすっかり来なくなったな。

まあその方が都合がいいけど。

「昨日みたいにはいかないわよ。絶対にあんたをボコボコにしてやるわ！」

ゴウ！　とリナちゃんの周囲で炎が吹き上がる。

真っ赤な髪を赤いリボンでツインテールにしていて、同じく赤いワンピースを着ている美少女。

実はあのリボンやワンピースはリナちゃんの魔力でできていて、迂闊《うかつ》に触ると触った手の方が燃えてしまうという酷いギミックがある。初見殺しマジ勘弁してください。

「食らいなさい！」

リナちゃんの周りの炎が幾つもの球になって襲いかかってきた。

ドオン！　ドオン!!

全身に魔力を集めて火球を耐えるけど、炎の熱と一緒にドッジボールを当てられたような衝撃が襲ってくる。

火属性の魔力物質。

魔力と物質の両方の性質を持つ、準貴竜以上の存在が操れる超常の物質だ。

リナちゃんが身に纏《まと》う衣服や投げつけてくる火球は、しっかりとした実体を持った魔力として存在していて、魔力を帯びていない物体に対して非常に優位を発揮する。

火球が当たった大地が抉《えぐ》れ、森の木々は幹から折れ、彼女のワンピースどころかリボンすら生半可な攻撃を跳ね返す。

属性を利用した大規模攻撃こそまだできないが、これこそ準貴竜が、そして貴竜が、雑竜に対して圧倒的な優位を発揮できる理由なのだ——。

■

「触らないでよ、このバカぁ！」

リナちゃんの放った火球を必死に避《よ》けて、僕の腕を炎上させようとするワンピースに耐えて、なんとかリナちゃんを引き倒した。

思い切り地面に押し倒したけど魔力持ちだからこの程度じゃ怪我一つしない。地面って思ったよりも柔らかいんだね。

潤んだ瞳でこっちを睨《にら》んでくるリナちゃんがとっても可愛い。

「それじゃあ、まずはこれを脱ごうか」

ビリィ！！！

「いやあっ!!」

魔力を込めた両腕でワンピースを思い切り引っ張り、引き裂いてしまう。

火属性の魔力物質？　物体に対して優位を持つ？

そんなの関係ない、だって魔力を帯びた〝僕の腕〟も魔力物質だから。結局は魔力任せ、腕力任せでどうにかなる。

「こ……のぉ！　見るなぁ!!」

「はいはい、大人しくしてね？」

暴れるリナちゃんの両腕を押さえて、ワンピースの中から出てきた真っ白な素肌をじっくり視姦《しかん》する。小さなピンクの乳首がピンと尖《とが》っていて可愛いね。

まだ出るところも引っ込んでいるところもないのに、リナちゃんの裸だと思うとものすごく興奮して股間が熱くなってきてしまう。

竜は欲望に弱い。竜の血を引いている人間も理性が弱いらしい。

闘争本能、食欲、嗜虐心《しぎゃくしん》——そして性欲。

雌を征服する雄の本能が、僕の脳裏を一瞬で沸騰させる。

「リナちゃん、いくね」

「——っ！　やだぁ……！　やめてよ、やめて……!!」

ワンピースの下、ブラはないけどしっかりとパンティーは着けている。これもリナちゃんが生み出した魔力物質でできている。

ワンピースよりずっと堅い、乙女《おとめ》の最後の守り。

真っ赤なパンティーにすっかり怒張しているチンポを擦《こす》り付ける。

本来なら鋼鉄よりも硬く、あらゆる干渉を拒絶する貞操帯が、極上の絹のような柔らかさで雄の肉棒に押し込まれていく。

「や……あ、あぁ……！　あぁぁぁぁあああああ！！！」

ブチィッ!!

再び処女膜を破ったような感動を覚えながら、リナちゃんの最終防衛ラインを越えて中へ踏み入る。

感じるのは圧倒的な熱。そして——奥から奥から溢《あふ》れてくる愛液に濡《ぬ》れそぼった幼膣《ようちつ》の気持ちよさ。

じゅぷぷぷ……ぢゅぷっ……

「はぁ。リナちゃんの中、気持ちいい。昨日よりも気持ちいいかも。リナちゃんは？」

「知らない、知らない！　やだぁ、入ってこないでよぉ、なんであんたなんかに……！」

「素直じゃないなぁ。こっちはこんなに気持ちいいって言ってるよ？」

「ん――ああぁぁ……っ♥」

ぐちゅっと音をさせながら根元まで突き入れると、快楽に蕩《とろ》けたリナちゃんの嬌声《きょうせい》が上がる。

竜は理性が弱い。竜は本能が強すぎる。

だから、リナちゃんも快楽に弱い。

「リナちゃん、今日もいっぱいエッチしようね。これからもいっぱいいっぱいエッチするね」

「やぁ♥　だれが……♥　あんた、なんかと、あっ♥」

口では嫌々言いながらもリナちゃんの体からはすっかり力が抜けていた。

押さえていた両腕を離すとそのまま僕に抱きつき、両足を腰に回して離さない。

言葉とは裏腹に、これがリナちゃんの本心なんだ。照れ隠しなのか、それとも竜の血の本能なのかわからないけど、リナちゃんは僕という雄を求めている。

そう思うと一気に愛《いと》しさと快感が込み上げてきてしまう。

「リナちゃんそろそろ出る……！　また中で出すよ！　リナちゃん、リナちゃんっ！」

「あっ、あっ、あっ！♥　だめぇ、やだぁ！♥　これ以上リナの中で暴れないでっ！♥」

じゅぷ！　じゅぷ！　じゅぷっ！

僕のがむしゃらな動きに合わせてリナちゃんの中もキュンキュン締め付けてくる。僕の子種をねだる健気《けなげ》なリナちゃんがとても可愛い。

涎《よだれ》を垂らしながら喘《あえ》ぎ声を漏らしていた艶々《つやつや》の唇を塞《ふさ》ぎ、舌を中に差し込んでリナちゃんの舌と絡《から》ませる。

気持ちいい、愛おしい、気持ちいい、孕《はら》ませたい。絶対に孕ませてやる……！

リナちゃんのお腹の中の一番奥深くに突き入れて、僕の欲望は爆発した。

どびゅううぅぅ！！！　どぶ、どぷっ!!　どびゅるるるるぅぅぅぅぅぅ！！！

「ん、んっ♥　ンンンンン――――ッ！！！♥♥♥」

僕の精液が中で噴き出す度にリナちゃんは全身を震わせて悦《よろこ》んでいた。

一滴残らず搾り取ろうとする貪欲な膣の動きは二回目とは思えない気持ちよさだった。リナちゃんに中出しの快感を教え込んでしまったけどまあ異世界だしセーフだよね。リナちゃんの中に全部注いであげる。

うんうん。気持ちいいからセーフ！　中出し最高だから問題ない！　僕もリナちゃんも気持ちいいからこれは合意の上での和姦、間違いない！

というわけで、もう一回しようか。

ぐちゅ……ぢゅぷっ……

「……う……あ……あぇ……？」

僕がゆっくり腰を動かし始めると、虚空をぼんやりと見つめていたリナちゃんにも反応が戻ってきた。

なんか不思議そうな顔していているけど僕はまだまだ元気いっぱいです。お昼ご飯もいっぱい食べたし絶好調。精子がガンガン作られているのかも。

時間はまだお昼を回って……二時か三時くらいかな？　夕方までまだまだできるね、やったねリナちゃん！

「やぁぁ……あうっ♥　あぁぁ……♥　あっ♥　あっ♥」

今日もたっぷり出してあげるからねリナちゃん。いやあ、竜の血って本当にすごいなあ。

■

「リナちゃん、そろそろ帰ろうか。ほら支度して」

「うぅん……」

終わった後、虚空を見上げて呆然《ぼうぜん》としていたリナちゃんに声をかけた。

着ていたワンピースはボロボロ、ツインテールのリボンも片方はどこかにいってしまい、力任せに破られた下着が傍《かたわら》に落ちていて、女の子の大事なところから僕の精液が溢れている。

思わずもう一戦お願いしたくなるけどもう時間がない。夕方なので帰る時間なんだ。家で晩ご飯を用意している頃だから早く帰らないとお母さんに怒られる。

「リナちゃん、ほら綺麗綺麗して」

「はうう……うん……」

ぽこっと膨らんだお腹の上に昨日も見た淫紋《いんもん》がピカピカ光っている。リナちゃんの白い肌に真っ赤な淫紋が浮かび上がるのはとてもエロいと思います。

なんとなく淫紋をさすっているとようやくリナちゃんが動き始めた。のろのろとしていたけどその場に立ち上がって魔力を使う。

ボワッ！！！

リナちゃんも、周囲の地面も、そして僕も。

全部を巻き込んだ超高熱の炎が膨れ上がって焼き払った。

僕はちゃんと魔力を高めて防御しているからちょっとヒリヒリするだけで済んでいるけど、魔力を使えなかったら黒焦げだろう。

「ふう……さっぱりしたわ」

炎の洗浄で行為の跡を綺麗さっぱり焼却し、キリッとした顔のリナちゃんが堂々と仁王立ちをしている。なくなっていたリボンも破れたワンピースも大事な下着も全部元通り。一度魔力を解放した後、もう一度同じものを作り直している。

僕の精液で膨らんでいたお腹もペタンと凹《へこ》み、あちこち汚れていたのも全部炎で焼いて綺麗になっていた。

属性魔力が使えるとこういった物理干渉ができるので羨《うらや》ましい。僕も自分でできるようになればいつでもお風呂の代わりに使えるのに。まあ、汚れた時はリナちゃんにお願いして焼いてもらえばいいんだけどね。

「ほら、アレク！　帰るわよ！」

「そうだね。僕もうお腹ぺコぺコだよ」

「いつもそう言ってるじゃない。パパが呆れてたわよ」

「育ち盛りだからお腹が空くのは仕方ないんだよ。それにいっぱい運動もしているからね」

隣を歩くリナちゃんのお尻を触る。今日もいっぱい運動したねリナちゃん？

「っ、バカ！　変態！　スケベ！」

「あはは、ごめんごめん、やめて」

バチンと僕の手を叩《はた》き落としてリナちゃんが怒鳴る。ポカポカと叩《たた》いてくるリナちゃんの怒った顔も可愛い。

リナちゃんの大きな紅い瞳が僕を睨んでくるけど、そこに嫌悪とか恐怖という感情は見えない。まっすぐに僕を見つめて感情をぶつけてくる。

昨日、今日と自分がされたことを理解していないのか、それともリナちゃんが元からそういう性格——あるいは竜の血がそうさせるのか。

僕もいろいろリナちゃんにやっちゃったなーという感想はあるが後悔はしていないし。これって僕も元からこういう性格だったのか、転生の影響なのかどっちだろう？

「ふん、いいからさっさと帰るわよ！　暗くなっちゃうわ！」

「あ、待ってよリナちゃん！」

自分の周りに炎の明かりを浮かべて、リナちゃんが森の道を駆けていく。どんどん暗くなっていく森の中で先に進むリナちゃんと追いかけっこ。なんだかとっても楽しかった。

□

寂《さび》れた農村・レイヤ村のリナは生まれた時から周りの人間に恐れられていた。

赤ん坊の時に無意識で魔力を使い自分を守る殻を作り出す。準貴竜として生まれたリナにとってはごく当たり前のこと——竜の血がなせる業——だったが、それを見た両親は自分たちの子供が人とは一線を画した化け物だと確信してしまったのだ。

準貴竜と貴竜は別格の存在。普通の人間など紙を燃やすように一瞬で焼き殺し、こんな小さな村を滅ぼすのに十分もかからない。

人類の守護者にして殺戮《さつりく》兵器。とてつもない力を持っているのに理性が薄く、強欲で傲慢《ごうまん》な人の姿をした竜。

乳を欲する幼子に実の母はいつ自分が燃やされるのか戦々恐々《せんせんきょうきょう》としながら乳を与えた。与えずに放置すると周囲のものを燃やされるからだ。炎は父と母を傷つけることはなかったが、代わりに部屋が二つ全焼し、産後の手伝いに来ていた村人一人が火傷を負うことになった。オッサンである。

ハイハイできるようになると、必ず誰《だれ》かがついて回った。魔力のお陰で怪我をすることはなかったが、代わりに屋内のものを玩具《おもちゃ》にして燃やそうとする赤子だった。

リナは何もない部屋に閉じ込められて、守役はどうか自分を燃やそうとしないでほしいと必死に祈っていた。リナの誕生直後にこの村に配属されたお兄さんである。

更に大きくなると家の外、村の中を歩くようになった。止めようとすると癇癪《かんしゃく》を起こして燃やそうとするので誰も止められない。

目についた村人や気になったものを燃やそうとするので必死にオッサンやお兄さんが体を張って止める。

小さな子供の姿をした暴君、恐るべき小竜が村の中を練り歩き、村人たちは赤い災厄の興味を引かないように息を潜めて暮らしていた。

父親である村長は何度も自分の娘を処分しようと検討していたが、準貴竜の娘が生まれた村は大幅な減税がされ（幼い準貴竜の力で被害が出るのでその補填《ほてん》も兼ねている）、もしも徴兵前に準貴竜の娘が死亡・行方不明になった場合は厳罰が下されるので手を出せなかった。

もしも手を出してしまった場合、怒れる竜に逆襲されて村ごと焼かれる可能性もあったので実に賢明な判断である。

そんな時に見つかったのがリナと同じ年の雑竜の少年アレクだった。

雑竜は同年代と比べて力が強いくらいしか特徴がなく、自分が雑竜だと気がつかないまま成長することが多いのだが、珍しいことにアレクは自分が魔力を持っていることを早々に自覚していた。

すぐに村長に知らせが届けられて、さっそくオッサンたちの立ち会いの元で二人を会わせてみた。

焼かれた。死にそうになった。

リナの周りには常に大人しかおらず、子供たちは遠ざけられていたので、小さな少年が物珍しかったのだろう。あるいは少年が身に纏っていた微量の魔力から「これは燃やしていいもの」と判断したのかもしれない。日頃からオッサンやお兄さんを燃やしていた弊害だろう。

どちらにしてもリナはアレクを燃やし、全身大火傷を負わせて、アレクは丸一日生死の境をさまようことになった。

周りの大人は「これはダメか」と落胆したが、回復したアレクは用意された食事をモリモリと食べると再びリナに会いにいった。

焼かれた。倒れた。

起き上がってまた食事をとり、リナにちょっかいをかけて焼かれて、また起き上がり……どうして何度も何度も何度もリナに近づくのかと周りの大人が尋ねた。

「リナちゃんが可愛いから仲良くなりたい」

ただそれだけで何度も焼かれにいくものだろうかと大人たちはドン引きしていたが、その後もアレクの行動は変わらなかった。

リナも焼いても焼いても戻ってくる少年に興味を抱き始めていて、大人たちはアレクをリナ担当に決めて遠くから見守ることに決めた。リナにこれ以上関わりたくなかったともいう。

そして今。

リナは自室の姿見の前で悩んでいた。減税のお陰で余裕がある村はリナの要望を聞き入れてあれこれ手を入れていて、高価な鏡をリナが所有しているのもその影響である。

「うーん……こう……こうかな……ちょっと違う……」

リナの着ている服が魔力に戻り、服になり、魔力に戻り、服になり……先ほどから延々とその繰り返し。

だが、飾り気のない赤一色のワンピースにリボンがついたり、刺繍が入ったり、レースになっていたり。色も明るい赤、暗い赤、オレンジ、白に近い明るい色、青と様々に変わっていく。

炎の魔力物質であるリナの衣服は変えようと思ったらいくらでもアレンジが可能だった。ただ、今までは興味がなかっただけ。一番作るのが楽なワンピース構造に基準の色となる赤色で統一していただけ。

「確かこんな感じの服を着ていたわね……」

村の中で見かけた女性たちの服を思い出し、あれこれ試しているリナ。

自分でもなんでこんなことをしているのかわからない。

あの少年に何度も服を破られるのが悔しいから服を作る練習をしている——と内心では言い訳して

いる。

　そんなリナは覚えていない。

　自分がいつからリボンを着けるようになったのか。

　幼い頃は髪型なんて気にしたことがなかった。誰もリナに何も言わなかったから。リボンなんて存在すら知らなかった。

　だけど今のリナはリボンを付けて、毎日必ずツインテールにしている。

「俺《おれ》も昔はブイブイ言わせてたんだけど学校で鼻っ柱を叩《たた》き折られてさ……」

「そんなにヤバいの？」

「そりゃね。自分が世界の中心だと思い込んでるサル山のお猿の大将が何百匹と集められるんだぞ？お嬢様が数百人いると考えたらどれだけヤバいか、わかるだろ？」

「それはヤバいね……」

数百人のリナちゃん。思わずハッスルしまくってチンポが乾く暇もなさそうだ。腎虚《じんきょ》で死なないか心配だ。

というバカな妄想は置いておいて。

徴兵された雑竜《ざつりゅう》が向かう兵士学校についてお兄さんに教えてもらっていたのだけど、どうやら想像以上にヤバい学校らしい。転生前の地元に不良の巣窟《そうくつ》になっている高校があったけどそういう感じかな。

「俺たちのように魔力に目覚めたやつらってさ、基本的に自分が一番偉くて強いって思ってるんだよ。根拠もなく自分なら何でもできる、誰《だれ》にでも勝てるって思ってて、超プライドが高いのなんの……」

「あー、それはわかるかも。僕もたまにそんな感じのこと考えるし」

「いや、アレクはまだまだ全然マシだよ」

「そうかなぁ？」

リナちゃんとセックスしている時とか全能感がすごいし。自分が世界の中心にいると勘違いしそうになる快感だよ、あれは。

「集められた雑竜の連中って必ず喧嘩《けんか》をするんだけど、たまに死人が出ることもあるんだ。自分が負けたことが認められないから大怪我《おおけが》していても熱くなって暴れまくって、そのまま限界超えちゃうってパターンが多い。喧嘩していた二人が両方死亡とかかな」

「なにそれヤバい」

さっきからヤバいしか言っていないくらいヤバい。え、マジでヤバいって。

だって僕たち雑竜って身体能力も高いけど、頑丈さも回復能力も指折りなんだよ？　しっかりご飯食べて寝ていれば、普通の人間なら死んでいるような怪我も治るんだよ？　なのに、たかが喧嘩で死ぬってなんなの……。校内で戦争でもしているの？　命の取り合いをしているの？

「一応、そういうことが起こらないように教官がいるんだけどさぁ。村や街に生まれた雑竜を叩きのめして身の程を教えてやって、学校でやりすぎた連中を叩きのめして喧嘩をしてはいけないと体に教えてやって……、それでも学習しないバカはどこにでもいるんだよなぁ……」

「……そういえば、なんで一定の年齢まで魔力持ちを徴兵しないで、それぞれの村や街で育てるんだろうって思ってたんだけど」

「そういう教育しないで集めるとすぐに争うからじゃないか？　自分がトップになるか死ぬまで殺し合いし始めるぞ、間違いない」

「これが竜の血を引いている人間の姿なのか……」

竜の血を引いている魔力持ちは理性が薄くて欲望に弱く傲慢《ごうまん》。

何度もオッサンやお兄さんに言われていたけど、改めて酷《ひど》すぎると思います。

正直そんな学校に行きたくないし、この村で毎日リナちゃんとエッチしながら楽しく暮らしたいけど、そんなわけにもいかないんだよね。

来年には僕は雑竜たちの通う兵士学校に、リナちゃんは貴竜《きりゅう》と準貴竜が集められる上竜《じょうりゅう》学園に通うことになっている。この国の決まりなのでどうしようもない。

「そもそも竜がな……はあ」

「竜がどうしたの？」

「いや、ほら……お前も魔物は知ってるだろ？」

「そりゃ、オッサンやお兄さんが命がけで戦っている相手だし、少しくらいは知っているけど」

リナちゃんの練習場の近くに出てきた魔物をリナちゃんがあっさり燃やしたこともあったね。

「お前も学校で習うから教えちゃうけど、あの魔物って竜の血を引いた動物のことだから。それで魔力に目覚めて暴れ出したのが魔物になるんだよ」

「…………」

絶句。

魔力持ちの人間だけじゃなくて、魔力持ちの動物も竜由来だった……？

「……竜ってなんなの？」

「異種族に種をばら撒《ま》く災害みたいな連中。人でも動物でも構わず（性欲的にも食欲的にも）食っちゃうヤバい奴らの頂点」

「始祖って……真竜《しんりゅう》って……なんなんだよ？！？！」

真竜がまさかの異種姦《いしゅかん》バッチコイの変態だったなんて……絶望した!!

こんな異常な世界に、そんな変態たちの血を引いている自分自身に絶望した……!!

真竜の血を引く自分がちょっとカッコイイとか思っていたのに……これがファンタジーのすることかよ……！　チクショウ!!

■

「ふふん、よく見てなさいよ!!」

いつもの森の広場で自信満々のリナちゃんの姿に癒《いや》される。あやうくＳＡＮ値チェックに失敗するところだった僕の正気度が癒されていくのを感じる。

「これが私の、修行の成果よ！」

いつもの真っ赤なワンピース姿のリナちゃんが炎に包まれたと思った次の瞬間。

黒に近い深紅のドレスに、ところどころ白や赤の差し色が使われた可愛《かわい》いリナちゃんが現れた。

まさか――変身しただと?!

リナちゃんは……魔法少女だった……？

「ふふん。どうよ、驚いたでしょう！」

「……」

驚きすぎて思わず止まってしまう。今の変身バンク？　スローで見たら裸が映っていたの？

トレードマークのリボンも紅色でレースがついた豪華バージョンになっているし、これがリナちゃんの真の戦闘服だったのかもしれない。

「……ねえ、何か言いなさいよ。ほら」

どこに覚醒フラグがあったのかわからないが、ニューリナちゃんだからきっと戦闘力も跳ね上がっているに違いない。新衣装のお披露目《ひろめ》回はそれまで苦戦していた敵をあっさりボコボコにすると相場が決まっているんだ。

くっ……！　今の僕では、リナちゃんに敵《かな》わないのか……？

「……なんで何も言わないのよ……なんか言うことあるんじゃない？」

ツインテールをくるくる指に巻いているリナちゃん可愛い。服の裾とかちょっと引っ張って僕の反応を窺《うかが》っている表情が素晴らしい。

だが、これはパワーアップしたリナちゃんが僕の油断を誘うための演技をしている可能性も……いや、リナちゃんならないな。

「とっても可愛いよ、リナちゃん。可愛すぎて驚いちゃった」

「っ、そう！　ま、まあ、私だし、当然よね！　でもちょっと言うのが遅いわよ！」

「ごめんよ。思わず見惚《みと》れてたんだよ。そのドレスよく似合っているよ」

「ふ、ふん……私なら似合って当然よ」

必死に口元を引き締めようとしているけど、失敗してちょっとにやけている。チョロ可愛いねリナちゃん。

でも、本当に元々が超美少女なのでドレスもよく似合っていた。こんな田舎《いなか》で生活しているのに日焼けも肌荒れもないし、髪の毛のキューティクルが艶々《つやつや》。大きな猫目の瞳《ひとみ》の中には星がキラキラ輝いているアイドル顔負けの美少女、それがリナちゃんなのだ。アイドルに触れたら燃やされちゃうからファンのみんなは気をつけようね。

「そうだ、リナちゃん。今日はいつもと違う勝負をしようよ」

「違う勝負？　何をするの？」

「炎を飛ばしたりするのはやめて、僕とリナちゃんの魔力で勝負するんだ。どっちの魔力が強いか勝負だよ」

「ふうん？　まあいいけど？　どうやるのよ？」

「じゃあこっちに来て」

何をするのかよくわかっていないリナちゃんを、広場の端にある木の下に連れていく。

「その木の幹に両手をついて」

「うん」

「そのまま……動かないで」

ぴらっ
「きゃっ！　こ、こらっ、アレク！　何してるのよ!!」

リナちゃんのドレスの裾を持ち上げてみました。

今日の下着チェック。いつもの赤いパンティーと違って、ピンク色でリボンのついた可愛らしいデザインだった。リナちゃんは誰に見せるつもりだったのかな？

「動かないで。そのままだよ」

「ぅ……動くなって……ひうっ！」

さっきからビンビンに勃起しているチンポをズボンから取り出し、可愛い下着にこれでもかと押し付ける。リナちゃんの後ろからチンポだけが触れている状態だ。

「これからリナちゃんのパンツを破くから、リナちゃんは魔力を込めてそれを防ぐんだ。ちゃんと防げるかなー？」

「ん……こんなの、簡単よ……。バカにしないで……！」

ぐりぐりとチンポを押し付けながら今日の対戦ルールを説明する。魔力強化されたリナちゃんの盾を、魔力強化された僕の矛が突き破れるかどうかです。

「じゃあ始めるよ。勝負スタート！」

「あ、んん……くぅっ！」

ぐぐぐっと押し込もうとするけど、リナちゃんもしっかり魔力を込めているのか抵抗が強い。

平常心、平常心。焦《あせ》るな僕。勝負はまだまだこれから……でも今日のリナちゃんの服装可愛いし、着たままエッチしたい。後ろから抱きついていっぱいイジメたいな。

そう思うと僕の肉矛はどんどん硬さを増していき、魔力が集まってくるのを感じる。

「やぁ……なんで、また……っ！　こんな……ぁっ!!」

リナちゃんを犯したい。リナちゃんの中で思い切り射精して種付けしたい。

僕の熱い思いに応《こた》えるように、リナちゃんの必死の抵抗も虚《むな》しく、肉矛は前へ前へ進み続け。

「あ……んあああぁっ！！！」

ブチブチブチブチ――ブチィィィッ！！！

リナちゃんの盾を貫いた僕の矛は当然そのまま前進し続ける。固く閉じたリナちゃんの膣《ちつ》肉が僕を押し出そうとして抵抗しているのがとても気持ちいい。ピッタリ閉じていたオ〇ンコをかき分けながら、ついに僕の肉矛はリナちゃんの最深部にたどり着いた。

「あっ、あっ、あっ、またぁ♥　奥に、私の奥に、アレクのが入って♥　あっ、来ちゃううぅぅ♥♥」

一番奥に亀頭がコツンと当たった瞬間、リナちゃんが全身をビクンと跳ねさせた。チンポを締め付けていた膣肉もブルっと震え、衝撃で一番奥から熱いドロリとした粘液が溢《あふ》れて亀頭に降りかかる。

こんなの我慢できるわけないよね。

ビュルルル!!　ビュル、ビュル、ビュルルル！！！

「あ～～～～～～～～っ!!　♥　あ、ん、んんん～～～～～～！！！♥♥♥」

「あぁ、リナちゃんの中すごく気持ちいい……めちゃくちゃ出る……全部受け止めてね……」

「あっ♥　あっ♥　あああああっ♥」

背後から覆いかぶさりながら、しっかり腰を密着させてリナちゃんに中出し。普段は裸だからお互いに服を着たままセックスしているというのも新鮮な感覚でいい。

すりゅっ
「あぅっ……ひゃんっ！」

射精が終わった後、ギュウギュウと締め付けてくるリナちゃんの中から肉矛を取り出した。僕とリナちゃんの分泌液でぬらぬらしていてとても良い。一番槍《やり》の誉れです。

中出し一回でちょっとトロンとしているリナちゃんの耳元に唇を寄せて囁《ささや》く。

「リナちゃん、さっきのパンツもう一回出して」

「あ……パン、ツ……もう一回……？」

トロンとしたまま、リナちゃんの股間部分にだけ炎が生まれて、さっき破いたばかりのパンツが再生した。

そのパンツに狙《ねら》いを定めてうちの一番槍くんを宛《あて》がう。

「それじゃあ二回戦ね。今度はちゃんと防ごうね。ほら、魔力込めて。早くしないと破いちゃうよ」

「あ、あ、やだぁ……破いちゃ、破いちゃダメ……っ！　んんんっ！」

リナちゃんが必死に可愛い下着を守ろうとして魔力を集めている。

でもダメ。僕の一番槍は留《とど》まるところを知らない。

プチプチプチ――――ブチィ！！！

「やだやだや――あああああああ!!♥♥♥」

リナちゃんの必死の抵抗が可愛いね。一度抜いたからか膣も反抗的で肉棒の侵入を防ごうと絡《から》みついてくるけど許しません。

やっぱり出すなら一番奥に中出し一択でしょう。

ドプッ!! ドプドプッ!! ビュルゥッツ！！！

「やらあ、また、あっ♥ でてる、でたっ、あああああああ♥♥♥」

僕の射精に合わせてちゃんとイってくれるリナちゃんのオ◯ンコは働き者だね。奥から奥からドロドロアツアツの愛液もびゅーびゅー出てきて亀頭に降りかかり、僕の肉矛が蕩《とろ》けてしまいそうなくらい気持ちいい。

じゃあ三回目にいこうか。

ずぷ……じゅ……ぷっ！

「ひぅ……やめ、ぬいちゃ……や、やぁあっ♥」

肉棒を抜こうとするのを必死で引き留めようとするリナちゃんのオ◯ンコにさよならを告げる。

「あ……あぁぁぁぁ……♥♥」

僕のチンポが抜けた瞬間、リナちゃんが崩れ落ちてしまう。寄りかかっていた木の根元にへたり込んでいるリナちゃんの姿にゾクゾクする。

四つん這《ば》いにさせたリナちゃんの腰を持ち上げると、僕の精液が溢れているオ◯ンコを亀頭でツンツンしながら次をねだった。

「ほらリナちゃん。パンツだよ、パンツ。新しいの作って？　ね、お願い」

「あ、あ……やぁ……ぁ……っ！」

またリナちゃんの可愛いパンティーが復活した。何度でもお代わりできるなんて最高だね。全部僕が破ってあげるね。

プチプチ……ブチッ!!

「ンンン――――ッ！！！」

あれ？　今回はちょっと抵抗が弱かったかも？

「リナちゃん、ちゃんと魔力を込めてよ。勝負でしょ。しっかりして。あ、出るね」

「ああああ♥♥♥　やあ、やあぁぁぁ……っ！♥♥♥」

三回目の中出しもしっかりと決めて、またリナちゃんのナカから抜いた。

ぺちぺち
「ほら、早く。次のパンツ出して」

チンポでリナちゃんのお尻をペチペチしていると小さな炎が出て、現れたのはいつもの真っ赤なパンティー。可愛い下着はどうしちゃったのかな？

まあいいか、この下着も破いちゃおうね。

ブ……チィ！！！

「……っ！　――っ、……すっ……」

またリナちゃんの中に肉棒を埋《うず》めていく。何度も侵入されて、すっかり僕のチンポの形になってしまったリナちゃんのオ◯ンコがお出迎え。ナカはほこほこあつあつ、温泉に浸《つ》かっているような気持ちよさだ。

「……リナちゃん、どうしたの？」

でも、リナちゃんがちょっとおかしい。

「ぐすっ……、やだぁ……もう、破いちゃ……いやなの……破かないで……お願いだから……ひっく……」

リナちゃんが泣いてる。あのリナちゃんが。

僕に負けて処女を奪われた時も。

昼過ぎから夕方までずっとさんざん弄《もてあそ》ばれていた時も。

一度も泣いたことのないリナちゃんが、涙を流して僕に許しを乞《こ》うていた。

「……ごめんね、リナちゃん、調子に乗ってやりすぎちゃったみたいだ」

「……あれく……？」

リナちゃんの涙を拭って謝る。女の子の嫌がることを何度もするなんて、僕は最低な奴だ……。

「だから……」

「……うん」

リナちゃんの背に覆いかぶさるようにぎゅっと抱きしめた。

「——リナちゃんのオ◯ンコを僕にくれるって言うなら、もうパンツを破るのはやめてあげる。リナちゃん、僕のものになってくれる？」

「あ……んんっ!!♥♥」

ぐぷぷっ……とチンポを全部入れて、リナちゃんの大事なところを突きながら、僕は反省の言葉を口にした。

「リナちゃん。いつでもどこでも、僕の好きな時にオ〇ンコ使わせて。僕以外の男に使わせないで。僕の子供をいっぱい産んで」

「あーっ♥　あーっ♥　あぁーっ!!♥」

ぐちゅ！　ぐちゅ！　ぐちゅっ！

「リナちゃん！　僕のものになれ！　リナちゃんは一生僕のものだ！　いいな！　リナ！」

「あ、あ、あ……は、ぃ……ぁれくのものに、なりますぅ……――アァッ♥」

ドビュルルル！！！　ドビュドビュドププドビュッ！！！

リナちゃんが僕に応えてくれた瞬間、思わず射精した。

「ふあああぁぁぁぁっ！！！♥♥♥」

涙を流しながら、僕の精液を受けてリナちゃんが絶叫する。彼女の全部が僕のものになったんだと思うと射精が留まるところを知らない。

「あ……はぁ……ふぐ……ぅ……ひぃ……」

一分以上続いた射精が収まり、息も絶え絶えの様子のリナちゃんの姿を確認する。

お嬢様みたいな綺麗《きれい》なドレスを着て涙をポロポロと流し、股間には僕の肉竿《にくさお》が突き刺さったまま、中に入りきれなかった精液がボタボタとこぼれ落ちている。

今まで見た中で一番可愛いリナちゃんの姿に、僕の肉棒が敏感に反応する。

「今日もいっぱいいっぱいセックスしようね、リナちゃん」

「あっ♥　あっあーっ♥」

僕のものになったばかりのリナちゃんのオ〇ンコに今日もたっぷり射精してあげる。ずっとずっと可愛がってあげるね、リナちゃん。

■

「おはよー」

「おう、来たな……ッ?!」

「どうしたの、変な顔して?」

いつものようにオッサンとお兄さんの詰め所に顔を出すと変な顔をされた。ドアを開けていきなりドラゴンが入ってきたみたいな顔だ。ドラゴンがリナちゃんだったら僕は嬉《うれ》しいけどね。

「お、お、お前、その服は……?」

「あ、気づいちゃった?　いやー、実は昨日さー」

昨日とは打って変わり赤いシャツと黒いジーパンを着たニュー僕の登場です。ちなみに今までは灰色か茶色の安物のシャツとズボンを着ていました。ちゃんとした染色がされた服って高いから仕方ない。僕の服ってリナちゃんによく燃やされるし。魔力を使って体は守れても服までは防御できないんだよね。

そんな僕がなんでこんなカッコいい服を着ているかというと、昨日の着衣エッチの後にリナちゃんに綺麗にしてもらった時に間違えて一緒に服を燃やされたからなんだ。

あー、また燃えちゃった。お母さんに怒られるなー、なんて思いながら裸で帰ろうとしたんだけど。

「ア、アレクの分の服も……私が用意してあげる……」

なんかいつもよりしおらしい様子のリナちゃんが僕のために服を作ってくれたんだ！

今まで一度もこんなことなかったし、リナちゃんからのプレゼントに感動して思わずもう一回リナちゃんに中出ししちゃった。今度は服が燃えなかったからセーフ。

でも帰りがちょっと遅くなったのと、元の服を燃やしたことでやっぱりお母さんに怒られちゃった。失敗失敗。

「そういうわけで、この服はリナちゃんからのプレゼントなんだよ！　どうどう？　似合うでしょ？」

リナちゃんが燃えちゃった服の代わりにプレゼントしてくれたと説明して、オッサンとお兄さんの二人相手にファッションショーを開催した（所要時間三分）。

オッサンたちの反応は微妙だったけどまあいいや。リナちゃんはカッコいいって言ってくれたからね（自慢）。

「せ、先輩……準貴竜が手作りの服を渡すって……噂《うわさ》で聞いたことあるんスけど……？」

「ま、まさか……そんなわけが……ありえるのか？　だって雑竜だぞ？　さすがにない……よな？」

なんかオッサンたちが男二人でコソコソ喋《しゃべ》ってるけど聞こえてるよ？　魔力で五感も強化してるからそんな近くで内緒話してても丸聞こえだよ。

でも肝心なことを言ってくれないし、なんか聞いても答えてくれそうにない雰囲気。うーん、まあいっか。

「そうそう。リナちゃんだけど、今日は家で寝てるって言ってたよ」

「あ？　嬢ちゃんが寝てる？　なんでだ？　まさか具合が悪いなんてことはないよな？」

「まっさかー。あのお嬢様に限ってそんなこと……」

「なんかすごく眠いって言って〝殻〟に籠ってるよ。だから今日はお休みするって」

朝一でリナちゃんを迎えに行ってこの詰め所まで送り届けるのが僕の日課なんだけど、今日のリナちゃんはベッドの上で殻に包《くる》まって出てこなかった。

殻というのは属性魔力で作られた個人用シェルターみたいもの。怪我したり具合が悪い竜が外敵から身を護《まも》るために作るらしい。まあ竜の血を引いてると病気知らずだし、ほとんどの毒も効果がないから、大体の場合は怪我の治療のために使われるらしい。

でもリナちゃんは怪我なんてしていないから、今回殻に籠った理由は不明。大抵は寝てればなんでも治るらしいけど、心配だな……。ちょくちょく様子を見に行こう。

「それじゃ僕は畑の手伝いに行ってくるから、また後でね」

「わかった。それじゃ今日は昼飯食ったら俺らと鍛錬だな」

「お嬢様との鍛錬でどのくらい力がついたか確かめるから覚悟しておけよー？」

オッサンとお兄さんに見送られて詰め所を出る。午前中は読み書き計算の勉強の時間なんだけど僕はとっくにマスターした。だってひらがなと四則演算レベルなんだもん。

もっと難しい問題はないのかと思ったけど、この村でそれ以上のことを教えられる人がいなかった。この村の仕事はひらがなの読み書きと最低限の計算能力があれば全部こと足りてしまう。

都会の学校で学んできたはずのオッサンたちも勉強はそんなに教わらず、ほとんどが戦闘訓練や非常事態への対応訓練の時間だったらしい。成績上位者は部隊指揮とかマナーとか学んでいたらしいけど、落ちこぼれ組の二人はそんなのとは無縁。最低限の学力だけ身につけて村に戻されたというわけだ。

本でもあれば自習ってことで本の虫になってもよかったけど、そんな高価な物がこの村にあるわけもなく。

結局時間が余ったので午前中は実家の畑を手伝い、お昼にまた詰め所に顔を出すというのが僕のいつものパターン。

ちなみにリナちゃんは僕が迎えに行くまで朝はゴロゴロ。その後、詰め所で勉強するけどやる気がないらしく、ある程度授業を受けたところでオッサンとお兄さんを連れ出して火炙《ひあぶ》りにする、というのがいつものパターン。

お昼は僕はいつもの芋の山。実は朝も夜もセーブしているのでお腹《なか》いっぱい食べられるのはお昼だけ。

リナちゃんは一度家に帰ってお昼ご飯を食べてからもう一回詰め所にやってきて、午後は僕と二人で（セックスの）特訓になる。

最初はリナちゃんに燃やされまくっていたけど、魔力の使い方がわかってくるとだんだん防げるようになっていって、最近では僕の連戦連勝だった。

そういえばオッサンやお兄さんと手合わせしたことってほとんどないな、と考えながら畑に向かう。

詰め所に寄る前にまたリナちゃんの様子を見に行って、午後は二人を相手に思い切り暴れてみようと思います。

□

村長宅の一室。ほとんど飾り気のない部屋——この村のほとんどの家は部屋を飾るほどの財力がないが、この家の場合は燃やされるのを恐れている——に、ほんのわずかな家具が置かれている。

少女が一人で寝るには大きなサイズのベッドの上に、巨大なルビーの塊のような殻が出来上がっていた。

殻に不用意に触れると燃やされるかもしれないと恐れて、村長宅の住人たちは決してこの部屋に近づかない。いや、普段から近寄ろうとしない。

キイキイと鳴る廊下を渡って、一応ノックしてからアレクはドアを開けた。リナが返事をしないとわかっているので気にせずに中に入ってくる。

そして恐れる様子もなく、殻をコンコンと叩いた。

「リナちゃん、お昼貰《もら》ってきたよ。食べられる？」

「んぅ……食べ、るぅ……」

覚醒と睡眠の間を行ったり来たりしていた少女の意識が覚醒に向かう。それでもいつもよりもボウっとした頭で、殻の一部にスキマを作った。

「具合はどう？」

「ん、お腹が……熱い……ぐるぐるしてる……」

リナの手が自分のお腹——下腹部、子宮の辺りに触れる。その奥に熱が籠り、疼《うず》くのだ。心地よい温かさと気だるさがリナの体を巡り、起きていられないほど眠くなってしまう。

その様子を見てアレクはゴクリと唾をのんだ。いつも着ているゆったりとしたデザインの赤い寝間着姿のリナが、今日はとても艶《あで》やかに見えたのだ。リナの手の下、その内にある女性器の気持ちよさを思い出してしまう。

だが、具合の悪い病人相手に何を考えているんだと邪《よこしま》な考えを振り払った。この場で押し倒してしまわない程度の理性はある。

「ご飯は食べられる？　おばさんがシチュー作ってくれたよ」

「たべるぅ……あーん」

「あーん」

親鳥の餌《えさ》を待つように口をあーんと開けるリナに、匙《さじ》でシチューを掬《すく》って食べさせると、幼子のような無邪気な笑みで食べ進めていく。食欲はあるようだとアレクは胸をなでおろした。

「はい、これで終わり。美味《おい》しかった？　それじゃあ僕はこれで……」

「……アレク……」

「え……？」

そそくさと席を立とうとした少年の服を、リナがクイクイと引っ張った。

「あーん……♥」

リナが口を開くとシチューはもう全部なくなっていた。プルプルした小さな唇から覗《のぞ》く真っ赤な舌。真珠色の歯がアクセントになって煌《きら》めいている。潤んだ瞳をアレクに向ける。

「……っ！」

リナの無言の催促にアレクはズボンからいきり立ったペニスを取り出した。

少女の艶《つや》めいた唇に先端が触れると、そのままにゅるっと中に呑《の》み込まれてしまった。

ちゅううぅぅぅ♥♥

「あっ!!」

オ〇ンコとは全く違う感触。リナの舌先が尿道口をチロチロと刺激し、歯が当たってしまうのも気持ちがよかった。

何より男性器を吸われる未知の快感がアレクの脳を揺らした。初めての口内奉仕なのに貪欲に少年の精をすすろうとする少女の振る舞いに興奮する。

リナのツインテールを両手で握り、そのまま腰を前に突き出した。

「んんっ！♥」

年齢に似合わぬ成熟した男性器が更に奥へと呑み込まれていく。亀頭が口腔《こうこう》をなぞり、柔らかな舌肉が肉棒を迎え入れる。

ぐちゅっ♥　ぐぷっ♥　ぐぽっ♥

「んっ、ふごっ、……っ、……っ♥♥」

ツインテールを引っ張られ、息ができない苦しさと喉奥を抉《えぐ》られる異物感に涙を浮かべるリナ。だが、竜の血は、魔力で強化された少女の体は少年の不慣れな荒淫にも容易《たやす》く耐えてしまう。

ずぶっと、アレクの長く太いペニスが、根元までリナの口の中に突きこまれた。そして限界を迎えた少年の性欲が爆発した。

「リナちゃん、出すよ!!」

ビュルルルッッッ！！！

「～～～～～～～～ッ♥♥♥」

喉の奥に叩きつけられるような少年の精を、ごきゅごきゅと音を立ててリナが飲み干していく。

酸欠で朦朧《もうろう》とし、自分が何をしているのかまだきちんと理解していない少女の体は、持ち主に構わず本能に従って容赦ない快感を脳に送り出す。

少年に押し倒されて、精を吐き出す道具にされる悦び。リナの未熟な女性器がじくじくと疼き、更なる熱を全身に巡らせる。

リナも少年も気がついていなかったが、リナの衣服の下、子宮の真上に真っ赤な淫紋が浮かび上がり、煌々《こうこう》と光り輝いていた。

■

リナちゃんが寝込んでから三日が経過した。

オッサンたちに心当たりがあるというのでさほど心配せず、村長宅に一日三回通ってリナちゃんにご飯を食べさせている。リナちゃんが食欲旺盛で僕もとっても嬉しいです。

「オラァ！！！」

「ほいっと」

今日も午後からオッサンたちと戦闘訓練。棒や木剣、盾や鎧《よろい》を着た状態での動きに慣れるという目的もあってしっかりと装備をして戦っている。

正直こんなオモチャみたいな装備よりも自分の体の方がよほど頼りになると思うんだけど、オッサンたちが言うには違うらしい。

魔鉄という特殊な金属があって魔力を流せば流すほど強固に強靭《きょうじん》になるらしい。雑竜の兵士たちは危険な任務に挑む時には魔鉄製の装備を身につけるから、ちゃんと装備を使った訓練をしないといけないらしい。

あと魔鉄製の装備はそれなりに値が張るので訓練はこうして木製の装備でするみたい。

貴竜と準貴竜？　魔鉄よりも自分の魔力で作った魔力物質の方が優秀らしいよ。羨《うらや》ましいなぁ！

僕も魔力だけじゃなくて属性魔力が欲しかった！

まあ、そういうわけでオッサンたちと訓練をしているんだけど……。

「チクショウ、ちょこまかしやがって！　男なら正々堂々勝負しやがれ！」

「そんなこと言われてもねえ。オッサンたち単調すぎない？　それで任務とか大丈夫なのか不安になるよ」

「うるせえ！　ガキのくせに生意気だぞ！」

「そんなガキにいいようにあしらわれているんじゃん」

さっきから馬鹿《ばか》の一つ覚えみたいに木の棒をブンブン振ってくるオッサンに対し、時にいなし、時に弾《はじ》き、時に絡め取って手から落とし……などなど。そんな感じで一方的に翻弄《ほんろう》している状態です。

なんか力押ししかやってこないんだけど大丈夫なの、この人？

なんで戦闘の専門家が僕みたいな素人に弄ばれているんだろう……。そういえば、お兄さんとの訓練の時もお互いに力いっぱい棒を振るってぶつけ合うだけだったような……？

まさか雑竜の兵士ってみんなこんな戦い方なのか？　いやでも、この二人って成績が悪くて故郷に戻された落ちこぼれ組だし特別に弱い可能性もあるかな？

「隙《すき》ありぃ!!」

「ないよ」

「あー！　俺の棒がー！」

カコーンといい音を立ててオッサンの手から木の棒が飛んでいく。

うちの村ってこんなオッサンに何十年も守られていたのか……。平和だなぁ……。

■

オッサンたちと戯《たわむ》れていた一週間が経過し、ようやく今日、リナちゃんが元気に復帰した。

「「……」」

ポカーンとしてリナちゃんを見つめるオッサンたち二人。気持ちはよくわかる。

背が伸びたとか胸が大きくなったというわけじゃないけど（おっぱいはつるぺたのままです）、纏《まと》う雰囲気が大人《おとな》びていて、そこはかとなく色っぽさを漂わせている。それと腰回りがなんかエッチになった感じがする。

そしてリナちゃんから感じられる魔力の圧力が跳ね上がっていた。マンガとかで久しぶりに再会したライバルが、一回りも二回りも大きく見えるってやつ。なんか気がついたらこうなっていたんだよね。

そんな圧倒的強者オーラを纏ったリナちゃんが、呆然《ぼうぜん》としているオッサンたちに死刑宣告をした。

「二人がかりでかかってきなさい。死にたくなければ本気で防ぐことね」

あ、あの火球ヤバいわー。

リナちゃんの周りに浮かんだ火球も明らかにパワーアップ。新しい技を覚えたとかじゃなくて、基礎出力が大幅に向上した感じ。

顔色を青く変えたオッサンたちに向かって火球が打ち出されるのを見て、心の中で合掌する。

さーて、それじゃあお昼まで畑の手伝いに行こうかな。

■

「今日のリナちゃん、すごく魅力的だね」

いつもの森で二人きり。

リナちゃんはいつも可愛いんだけど、大人っぽくなった雰囲気にいつも以上に胸がドキドキする。

「ふ、ふん！　私が魅力的なことなんて当たり前でしょ！」

ちょっと顔を赤くして照れるリナちゃん。

そんな態度も可愛いけど、リナちゃんの全身に満ちる力強さや溢れ出る魔力は別人のように跳ね上がっている。

瑞々《みずみず》しい命の輝き。竜の血を色濃く宿した地上の覇者。人類の守護者であり支配者である貴き竜の一柱。

そんな彼女を――ねじ伏せたい。

自分の雌なのだと彼女の体に刻み付けてやりたいという感情が沸々と湧き上がってくる。

「早くやろうか、リナちゃん。もう待ちきれないよ」

「……いいわよ。私もそのつもりだったから」

僕がそわそわしながら勝負に誘うとリナちゃんも嬉しそうに笑った。

先ほどオッサンたちを嬲《なぶ》っていただけでは満足できなかったようで、リナちゃんも僕も戦いたくて仕方ない様子だった。

一週間前と比べて大幅に増大した魔力を使い、全力で暴れたかったたんだろう。

「さあ、かかってきなさい！」

「いくよ、リナちゃん！」

いつもの距離で向かい合うと、勝負開始に合わせてリナちゃんが全身の魔力を昂《たかぶ》らせた。

「今日こそ丸焼きにしてあげるわ！　食らいなさい！」

まずは小手調べと午前中にオッサンたちに放った火球が飛んでくる。前はテニスボールくらいの大きさだったのに、今はバスケットボール並だ。

両手に魔力を込めて防ぐけど耐えきれずに後ろに弾かれる。当たった感触は野球の硬球が直撃したくらいかな。手がジンジンするけど骨は折れてはいない。それと熱量も上がっているみたいで当たったところを中心に大きな火傷ができていた。

「ふふん、どうよ私の力は！」

ドヤァ！　と仁王立ちして同じ大きさの火球を幾つも浮かべるリナちゃん。あれを全部同時射出できる上に再装填《そうてん》もすぐにできるんだから調子に乗るのも当然だろう。

このままじゃまたリナちゃんの的に逆戻りしてしまう。

「わかった。僕もちょっと本気を出すよ」

お腹の下、丹田の辺りを意識して更なる魔力を引き出す。全身を巡る魔力の量を増やし肉体強化の強度を上げた。これやるとお腹が空くから普段はセーブしているんだけど、今のリナちゃん相手なら仕方ない。

僕が本気を出したのが嬉しいのか、リナちゃんは肉食獣の笑みを浮かべる。ニタァって感じの笑みだ。あの顔を涙でぐちゃぐちゃにしてやりたいと思うのは竜の血のせいだろう。間違いない。

「私に敵うと思っているなんて生意気よ！　吹き飛びなさい!!」

「それはこっちのセリフだよ！　また泣かせてあげるから覚悟してね！」

リナちゃんが打ち出した火球を真正面から殴り返す。勢いよくリナちゃんの元に返っていく火球に、別の火球が正面から迎え撃った。

カーン!!

その音をゴングに僕とリナちゃんの戦いが始まる。無数の火球を繰り出すリナちゃんと、火球の雨の中を掻《か》い潜《くぐ》って懐に入り込もうとする僕。お互いに相手しか見えない、二人の世界がそこにあった。

■

「リナちゃん、綺麗だよ」

「ん。と、当然よ……」

しばらく戦ったけど結局決着がつかず、今日は引き分けということにした。リナちゃんの魔力はかなり上がったみたいだ。

勝負が終われば仲直り。さっそくリナちゃんをひん剥いたけどやはり今までと違う。

一週間前の子供っぽい体形からより女性らしさを感じるものへ。体つきが丸みを帯びて腰の辺りにもくびれができて、大人の体になっていた。興奮と感動が僕の胸に溢れていた。

それとリナちゃんのお腹の上にあの燃えるような赤い淫紋が浮かんでいた。今までは僕が中出しした時にしか出てこなかったのに、今日は最初からずっと浮かんでいる。

思わず手を伸ばして淫紋を撫でてしまったけど、すべすべしたリナちゃんの肌の感触がした。

「リナちゃん、これはどうしたの？　なんでもう出てるの？」

「くぅ……し、知らない……気がついたらずっとこうなってて……」

「え？　気がついたらっていつから？」

「に、二、三日、前くらい……？　あっ♥」

ちゅっ、とリナちゃんの淫紋に口づけた。なんだかよくわからないけどすごく興奮する。

それと淫紋の下、リナちゃんの大事なところは今日は赤と黒の大人びたレースの下着が守っていた。

「リナちゃん、これ破いていい？」

「あ、やだ……だめぇ……！」

ぐりぐりと指で押し込むとリナちゃんが抗議の声を上げる。リナちゃん的にパンティーを破るのは

NGらしい。

でも僕、リナちゃんのパンティーを破ってするの大好きなんだよね。今まで気づかなかったけど、実は僕ってそういう性癖だったのかな？

「破りたいなぁ。これ破いてリナちゃんの中に無理やり押し入って、子宮に僕の精子で種付けしたい」

「ん♥　だめ、破いちゃだめ♥　リナのオ〇ンコに入れていいから♥　種付けしていいからぁ♥　だから破かないで、やぁ♥」

オ〇ンコを使っていいのに下着は破いたらダメなんて、リナちゃんの注文は難しすぎる。

下着の上からぐりぐりすると涙目になるリナちゃんが可愛くて、意地悪したくなっちゃう。リナちゃんが可愛すぎるのが悪いんだよ。

結局パンツを突き破って泣きじゃくるリナちゃんの中にいっぱい射精した。ものすごく出た。

さっきの戦いでは引き分けだったけどオチンチンとオ〇ンコの勝負だと僕の全勝だった。リナちゃんのざこざこオ〇ンコ可愛いね。

■

——リナちゃんがいろいろと成長したように、僕たちの時間はゆっくりと、だけど確かに流れていっていた。

村で一緒に遊べる時間は限られていて、一日一日と別れの時は近づいてくる。

そして迎えた春。僕は兵士の学校へ、リナちゃんは貴竜と準貴竜の通う学校へ通うために、村を旅立つ日がやってきた。

しばらくのお別れだね、リナちゃん。兵士学校を卒業したら迎えに行くよ。だから絶対にまた会おうね。

リナちゃんのオ〇ンコは僕のものだから、また再会した時にたっぷり可愛がってあげるね。

「お前のことだから心配していないが……喧嘩《けんか》の相手を殺さないように気をつけろよ？　わざと事故を狙《ねら》うのもやめろよ？」

「真顔で何言ってんの？」

僕の両肩をしっかりと握りしめたオッサンが怖い顔で変なこと言っている。

喧嘩相手を殺さないとか、わざと事故を起こすなとか、今更注意するまでもなく当たり前のことだよね？

その様子に苦笑しながらお兄さんが僕の頭をポンポン叩《たた》いた。

「大丈夫ですよ、先輩。こいつなら格の違いを理解させるために、あえてトドメを刺さずに嬲《なぶ》り続けるくらい朝飯前ッスから。身動きできなくなったところを滅多打ちにして相手が泣いて慈悲を乞《こ》うまで叩き潰すんじゃないッスか？」

「あんたも何言ってんの？」

あんたたちの中で僕はどういう人間だと思われているの？

僕はいたって普通の一般人だよ？

そんな鬼畜外道のドSの極みみたいな真似《まね》は、リナちゃんをイジメている時くらいしかしていないよ？

「いや、だが、あの様子だとなぁ」

「あれを普通の子供相手にしたら心折れるッスよね」

何か遠い目をしながら二人で分かり合っているオッサンたち。僕には全く理解できません。まぁ戦闘訓練の時にこの二人をボコボコにしたかもしれないけど、戦闘訓練ってそういうものだから問題ないよね？

そんな心温まらない交流をしている僕とオッサンたちだけど、今日は村を出て学校に向かう日だ。魔力持ちの子供たちが生まれ育った故郷を離れて世間の荒波に揉《も》まれるために旅に出る時が来たのだ。

僕は雑竜《ざつりゅう》たちの通う兵士学校に、リナちゃんは貴竜《きりゅう》と準貴竜の子供たちが通う上竜《じょうりゅう》学園という学校に向かうことになる。兵士学校は最寄りの一番大きな街にあるけど、上竜学校は王都の側《そば》の学園都市に設けられているらしいので、この村を出てしまったらリナちゃんとは簡単に会えなくなる。

それが寂しいので昨日もたっぷり種付けしたし、今日もギリギリまで別れを惜しもうと思っていたのだけど……リナちゃん、さっきからスヤスヤお昼寝タイムに入ってしまっているんだ。

やっぱりリナちゃんの家に忍び込んで明け方までセックスしていたせいかな。

今も荷物にもたれかかって幸せそうに寝ているリナちゃんを起こすのが忍びなく、仕方なくオッサンたちの相手をしている。

そんな風にしながら村の入り口で待っていると、地平線の彼方から土煙が上がるのが見えた。何かがものすごい勢いで僕たちの方に向かってきた。

ドドドドドドドドド……

近づくにつれて聞こえてくる騒音。僕の視界に飛び込んできたのは、鉄製の丈夫な荷馬車を引いた大きな半人半馬《ケンタウルス》の姿だった。

ぽかーんとケンタウルスを見つめているうちに巨体が目の前で止まった。馬の下半身と人間の上半身、あわせて三メートル？　四メートルくらい？　とにかく大きい。人間の上半身はオッサンより体格が良いし、馬の下半身も筋肉でムキムキだ。

「待たせたな！　そこの女子が準貴竜——おっと、間違いないようだな！」

「……うるさい」

「ははは、すまない！　急いで迎えに来ようと全力で走っていたのだ！」

騒音と振動で眠りを妨げられたリナちゃんが、魔力を迸《ほとばし》らせながら不機嫌な声を出す。あれはいい夢を見ていた途中で起こされて不機嫌さマックスだ。

「俺はベン。準貴竜を街まで送り届ける任務に就いている。荷物は後ろの荷馬車に積んでくれ。割れ物があったら壊れるかもしれないから注意しろ。今日中に街へ着きたいから準備ができたら出発するぞ」

「ん……」

半眼のリナちゃんが、小さな手荷物を荷馬車に載せた。荷馬車の中にはクッションが敷かれていて多少振動を軽減できるようになっていた。

そのまま、僕の手を引いて荷馬車に乗り込む。あれ？　迎えの馬車ってリナちゃんだけじゃないの？

「ふむ、そちらの少年は雑竜の少年か？」

「これは私の」

「なるほど。了解した」

僕の服に目を向けるとうんうん頷《うなず》いて何かを納得するベン。え、どういうこと？

「すみません。僕、歩いて最寄りの街に向かうように言われたんだけど……」

「構わん。このくらいの荷物なら誤差だ」

一緒に送ってくれるってこと？

「それでは出発する！」

「あ、ちょっと待って！　オッサン、僕の荷物ちょうだい！」

「お、おお、そうだな。持っていけ！」

地面に置きっぱなしだった僕の荷物をオッサンが放って渡してくれた。それを見届けてベンがさっそく走り出す。

見送りにいるのはオッサンとお兄さん、それと畑仕事を休んで来てくれた父さん母さん、それにリナちゃんの両親の村長たちも一応来ていた。

「アレク、元気でなー」

「これ以上服を燃やさないように注意するのよー」

父さんたちののん気な声が遠ざかっていく。二度目の家族との別れはとてもあっさりしていた。

僕も泣いたりしないし、両親もケロッとしている。こっちの世界だとこんなものなのかな。

リナちゃんはというと、僕の腕を抱き枕にさっそく居眠りをしている始末。両親を一瞥《いちべつ》すらしない。

そんなリナちゃんに村長たちも何を言うでもなく、黙って見送っていた。ドライだなぁ。

地響きを立てながらあっという間に村が遠ざかっていく。次にこの村に戻ってくるのはいつになるだろう。街から戻ってきた人って村じゃ全然見かけなかったし、もしかしたら一生戻ってこないかもしれない。

遠ざかっていく村を僕はしっかりと目に焼き付けた。リナちゃんは幸せそうにスヤスヤしていた。

これが僕たちの巣立ちなんだ。

■

リナちゃんが寝ている間、暇だったからベンにいろんな話を聞いていたら、衝撃的事実が発覚した。

「ベンみたいな人ってけっこういるの？　うちの村じゃ見かけなかったんだけど」

「うん？　俺みたいなやつ？　ケンタウルスのことか？　それなら滅多にいないんじゃないか。普通のやつは馬を相手に腰を振ったりしないんだろうしな」

「……え？　馬を相手に……腰を……？」

ベンの話によると、性欲旺盛な誰《だれ》かさん（ベンの父親）が有り余る欲望を発散するために牝馬《ひんば》相手に中出しして、それがたまたま命中したのがベンらしい。父が人間、母が馬。それが半人半馬のケンタウルスなのだという。もちろん父親は普通の人間ではなく雑竜か貴竜の男に限る。魔力の籠った子種じゃないと妊娠はしない。

当然、ベンのようなケンタウルスは滅多に生まれるものではなく、生まれた直後にそのまま領主に売られ、領主の命令でこうしてあちこちを走り回っているそうだ。

この世界って人と馬の間でも子供ができるんだ……。僕はまだまだ異世界を甘く見ていたのかもしれない。というかあまりの衝撃で巣立ちのあれこれとか全部吹っ飛んだよ……。

■

村を出てしばらく進んだところで大きな街道にぶち当たり、道なりにひたすら進んでいく。

ベンは魔力を使った身体強化が可能ですごい速さで駆けることができたけれど、意外と荷台の揺れは少なかった。

道がしっかりしていて多少の凸凹《でこぼこ》や馬車の轍《わだち》はあるものの、基本的にまっすぐ水平に伸びていたからだ。

大きな街道に出た後は他《ほか》の旅人の姿も目にした。僕の知っている馬車もあったけど、見たこともない魔物に牽《ひ》かせている車や、武装した冒険者らしき集団が徒歩で移動している姿も見えた。

旅人たちはベンの姿を見ると慌てて道の脇によけてその場で立ち止まる。まるで救急車を見て車を停車させる日本の道路みたいだったね。さすが領主様のお抱えというだけある。


そんなわけで意外と快適な移動によってお昼を少し回ったくらいには街に到着した。街道が幾つも交わる草原のど真ん中に街があり、僕の胸くらいの高さの薄茶色の石壁がぐるりと周囲を囲んでいる。壁の向こうに家が立ち並んでいた。

街はとても大きくて全長がどのくらいなのか見当もつかなかった。出入りの門には衛兵が立っていて、馬車を止めて中を検《あらた》めていたけどベンは顔パスでスルー。どうやら衛兵たちとも知り合いみたい。

この世界で初めて見た大きな街だけど、外壁の近くは平屋の木造の家が多く、街の中心部に向かっていくと徐々に石の建物が増えて立派になっていく感じ。

街の人たちから遠巻きにされながらゆっくりと進み、大きな広場に到着したところでベンが止まった。

「今、衛兵が領主様に報告しているところだ。それまでここで待機だな」

どうやら領主の屋敷までは行かないらしい。とりあえず寝ているリナちゃんを起こす。

「どこここ……？」

「街だよ。すごいねリナちゃん、人がいっぱいだよ」

「……そうね」

寝ぼけ眼《まなこ》で周囲を見ていたけど、僕たちのいた村じゃないと気がついたリナちゃんは不機嫌そうな顔で周りを一瞥すると僕の後ろに隠れた。ベンの荷馬車には屋根も壁もなかったので周りから丸見えだ。好奇の目で見られるのがイヤだったんだろう。いきなり燃やそうとしないだけマシだね。

そのまま居心地の悪い時間を過ごしていると空から緑髪の男がゆっくりと降りてきた。この世界の人って空も飛べるんだ……。

美形だけど傲慢《ごうまん》そうな男で見た目は三十代くらい。鋭い視線で一瞥されただけではっきりと見下されているとわかった。着ている服はあちこちに小さな宝石が縫い付けられ、細かい刺繍《ししゅう》も施された高価そうな服だった。

この世界に転生してから一度も村を出ていない僕でも、一目見ただけで目の前の男が権力者だとわかった。

「これが準貴竜の娘か。生意気そうな顔だな」

「……誰よあんた」

「貴様に名乗る名は持ち合わせていない。礼儀を学んでから出直してくるがいい」

「なんですって!!」

「リナちゃん、待った！」

男に警戒していたリナちゃんの魔力がぶわりと膨らみ、怒りに任せて攻撃しようとしたところで慌てて腕を引っ張った。

目の前の男性と僕たちとでは魔力の桁が違いすぎる。今の僕たちじゃどう戦っても負ける。喧嘩を売るのはマズい。

「ふむ？　ベンの報告にあった雑竜か。……まあいい、どうせ雑竜一匹紛れたところで変わらん」

僕の服をちらりと一瞥した男が手を向けると一瞬で僕たちを包み込む緑の風の繭《まゆ》が出来上がった。

「わあっ⁉」「きゃっ‼」

「さっさと行ってこい。私の貴重な時間を浪費するな」

次の瞬間、ものすごい速さで僕たちを包んだ風の繭が大空高く打ち出された。

■

「うわあ、綺麗《きれい》だねリナちゃん！」

「そ、そうね……」

初めての空の旅。風の繭は透明なガラスのように周囲の光景を見せてくれた。

足元に何もない状態で超高空を飛んでいくのに最初は肝が冷えたけど、慣れると地上を一望できて楽しくなってきた。リナちゃんも興奮でプルプル震えてるよ。

「リナちゃん、あれ見て！」「……」

「リナちゃん、あれ見て‼」「……」

「リナちゃん、あれ見て！！！」「……」

途中で何かを発見する度にリナちゃんと二人で楽しむ。五色に輝く綺麗な鳥とか、湖の上で大魚を釣り上げようとして転覆しそうになっている漁船とか、魔物に襲われて殺し合いをしている冒険者とか、今まで村から出たことのない僕たちにはとても刺激的だった。

リナちゃんも地上を見ながら感動で涙目だった。僕の服の裾を掴《つか》んで離さないのが可愛《かわい》かったね。


しばらく安全な空の旅を続けたあと、一際大きな都市が見えてきた。高い外壁に囲まれているのに街の端が見えないくらい広い大都市だ。地平線の向こうまで建物が並んでいる。

壁の中の半分は隙間《すきま》がないほどぎっしりと店や家が立ち並び、もう半分はお金持ちが住んでいそうな豪邸が庭付きでいくつも建っていた。

その豪邸エリアの一番奥には前世で見たヴェルサイユ宮殿みたいな純白のお城が存在していた。かなり距離があったのでしっかり見えなかったけど、都の上空やお城の上空にも警護の人たちがいて僕たちのことを睨《にら》んでいたので、手を振りながらその横を通り過ぎた。

「リナちゃん、今のすごかったね！」

「……」

街の大きさも人の多さも桁違い。いつかあの街に観光に行ってみたいなと田舎《いなか》者感丸出しの僕に残念ながらリナちゃんは何も答えてくれなかった。僕を抱きしめたまま目を瞑《つぶ》っているけど眠っちゃったのかな？


そして、そのすぐあとに別の街が見えてきた。

先ほどの街によく似た印象の大きな街だ。都市設計が似ているんだろう。空から見ると白い宮殿のあるエリアと家や店が立ち並ぶエリアがはっきり分かれているのがよくわかる。

この街が見えてから風の繭が徐々に速度と高度を落としていき、宮殿エリアに入る外壁の門の手前に着地した。

たぶんここがリナちゃんの通う上竜学園なんだろうね。門の前に立っていた衛兵の一人が僕たちの方に駆けてきた。あの人に話を聞いてみよう。

……ところでなんで僕もここにいるんだろ？　ここから歩いて兵士学校まで向かわないといけないのかな？

■

「準貴竜・レイヤ村のリナさんですね。到着を確認しました。……え、雑竜がここにいていいのかですか？　準貴竜の供として雑竜一人まで同行が許可されていますけど、聞いていないんですか？」

「聞いていないんです」

衛兵さんに案内されて学園の受付に行くと、あっさりと僕も通してくれました。

普通は各村にいる兵士が教えてくれるんだとか。オッサン、お兄さん。そのうちお礼参りに行ってやるから覚悟してろよ。

そういう制度があったからベンやあの緑の男（たぶん領主？）も僕とリナちゃんを一緒に連れて来てくれたわけだ。僕は最初からリナちゃんの付属品扱いだったらしい。

でも付属品扱いでもいいか。リナちゃんと一緒にいられるならこれ以上嬉《うれ》しいことはない。

「リナちゃん、これからも一緒だね！　よろしくね！」

「？　何言ってるの？　当たり前でしょ」

地上に降りた途端に元気になったリナちゃんがきょとんとした顔をする。その顔も可愛いんだけど……僕が兵士学校に通うから離れ離れになるって話、さてはこれっぽっちも聞いていなかったね？

僕はけっこうやきもきしていたんだけどなぁ……でもまあいいか。今回はリナちゃんのわがままに感謝しておこう。

リナちゃんと一緒の空の旅も楽しかったし。ぷるぷる震えて縋《すが》り付いてくるリナちゃん、可愛かったなぁ。

■

「私はこの寮の寮長を務めるセレスです。何か困ったことがあったら何でも私に相談してください」

受付の人に案内されて辿《たど》り着いた女子寮で、ふわりと優しい笑みで迎え入れてくれた白いメカクレ少女セレスさん。飾りのない白いワンピースを着ている。

すごく小さくて十歳くらいに見えるけど寮長をしているそうだ。魔力持ちは長寿で老化が遅いというけど一体何歳なのだろう？　こんな完璧な合法ロリが存在しているなんて実にファンタジーだ。

「寮のみなさんとの挨拶《あいさつ》はあとにして、まずは同級生の子たちと顔合わせをしましょう。リナさん以外の子たちはみんなもう到着していますよ」

「ふーん」

大きなエントランスホールを通り抜けて建物の奥へ向かう。貴竜や準貴竜の通う学校と聞いたから貴族趣味バリバリな建物かと思ったけど、意外と飾り気が少なくてスッキリしている。現代風って言えばいいんだろうか。

ホールにいくつも置かれたソファから先輩らしき人たちの視線が向けられているけどリナちゃんは全部スルー。セレスさんの説明にも興味なさそうな生返事だね。

「ねえ、セレス。僕たちの同級生の子たちって何人いるの？」

「リナさん以外ですと女の子が二人、男の子は十八人。一年生は全員で二十一人ですね」

「え？　女の子ってそんな少ないの？」

「ここに来るまでに教わっていませんか？　竜は男性が圧倒的に多くて女性がとても少ないんです。竜の血を引いている貴竜や準貴竜も男性が多くて女性が少ないんですよ」

「教わっていません」

口を開く気のなさそうなリナちゃんに代わって僕がセレスさんと会話をするけどまたまた新事実が発覚した。一応教育係のはずのオッサンとお兄さんは今まで何をしていたの？　大事そうな知識がポロポロ抜けてるんだけど？

「じゃあ雑竜も男子の方が多いの？」

「雑竜は少し違います。雑竜は男の子だけしかおらず、女の子はいません」

「ええっ?!　なにそれ?!　じゃあ兵士学校も男子しかいないの?!」

「はい。兵士学校は教員含めて男性しかいないと聞いたことがあります」

「ひええええ……」

危なかった！　危うく大事な青春時代を灰色の男子校生活にしてしまうところだった！

上竜学園に連れて来てくれたリナちゃんには大感謝だね。あとでたっぷり可愛がってあげなきゃ。

「着きました。この部屋にリナさんの同級生の子たちが待っています。同級生同士、仲良くしてください ね」

清潔だけど飾り気のない通路（高い壺《つぼ》とか置いてあるかと思ったけどそういうのもなかった）をセレスさんの後について歩き、談話室のような部屋に入った。

小さなテーブルを囲むようにいくつか椅子《いす》が置かれていて、椅子に座った女の子が二人と、壁際に立って身動き一つしない従者の人たちが二人待っていた。

僕たちが部屋に入ってきたのを見て、手前に座っていた小柄な女の子が口を開く。

「随分と遅かったですわね。準貴竜のくせにこのわたくしを待たせるなんて、一体どういう教育を受けてきたのかしら」

きつい口調でリナちゃんを睨みつける子を、奥の椅子に座っていたもう一人の子がふわふわした口調で止める。

「え～、でもナーシャちゃん。準貴竜の子なんだから移動に時間がかかるのも仕方ないと思うよ～？」

「なにを言っているんですの、ミラ！　田舎者相手なのですからまずは上下関係というものを叩きこむべきですのよ！　最初から甘い顔をしてどうするんですの！」

「え～、でも同じ学校の友達だし～。みんなで仲良くしようよ～」

「その考えが甘いと言っているんですの!!」

入ってきた僕たちを放っていきなり口論を始める女の子たち。

キャンキャン吠《ほ》えて噛《か》みついている子はナーシャちゃんというらしい。銀の髪とアイスブルーの瞳《ひとみ》のちみっ子。青と白が基調になっている豪華なドレスを着ているね。

セレスさんやリナちゃんと比べても小柄。とても整った顔立ちで一見すると本物の人形みたい。気が強くてお嬢様で、新入りのリナちゃんにさっそく喧嘩を売るという典型的なプライドの高い貴族ムーブをしてくれている。これはなかなかポイントが高いですよ。

ナーシャちゃんを宥《なだ》めている子がミラちゃん。ショートの金髪と明るい琥珀《こはく》色の瞳の発育がいい女の子。背も高いし胸もしっかり大きくてとても入学したばかりには見えない。服装は全身のラインがはっきりわかる黒いライダースーツの上に黄色のショート丈のシャツを着ている。お尻のラインが丸出しでとてもエッチで素晴らしい。

ミラちゃんはにこやかな女の子で、みんな仲良くしようよ～というタイプみたい。竜の血を引いていると傲慢で我が儘になると聞いているけど、こういう子もいるんだね。ぜひ仲良くしてほしいです。

「まずは先に挨拶をしましょう。リナさん、お座りください」

「……わかったわ」

リナちゃんが空いてる椅子に座ったので僕も壁際に移動しようとすると、ガシッとリナちゃんに腕を掴まれた。

「アレクはここ」

そしてリナちゃんの隣の椅子に無理やり座らされてしまった。

あの……僕、新入生じゃないんだけど……。リナちゃんの従者枠だし壁際に……あ、ダメですか。はい。

なんかナーシャちゃんがギョッとした顔で僕を見てたり、壁際の二人から動揺が伝わってくるけど、気つかない振りでスルーします。僕のことにお構いなく。どうぞ続けてください。

「……では、自己紹介を順番にお願いします」

セレスさんが一瞬迷った様子だったけど、何事もなかったように話を進めた。

ナーシャちゃんも僕をチラチラ見て何か言いたそうな顔をしてから意を決したように口を開いた。

「で、では、わたくしから。わたくしはアナスタシア・クリスティアル。偉大なる氷真竜クリスティアルの末裔《まつえい》ですわ。畏《おそ》れ敬いなさい、準貴竜」

「次はわたしだね～。ミラはミラ・サンボルタ。雷真竜サンボルタ様の子孫だよ～。よろしくね～」

ナーシャちゃんはアナスタシアというのが本名らしい。ミラちゃんは屈託なくリナちゃんにも僕にも笑いかけてくれた。ナーシャちゃんって愛称で呼んでいるみたいだしミラちゃんは人と仲良くなるのが得意みたいだね。

二人は氷と雷の真竜の血を引いているって言っていたから使う属性魔力も同じかな。

それで次にリナちゃんの自己紹介の番なんだけど。

「…………………」

椅子にどっかり座り込んで、不動。リナちゃん、自己紹介する気が全くありません。

その態度にイラっとしたナーシャちゃんの魔力が動きかけたので、慌てて僕が間に入った。

「この子はリナちゃん、レイヤ村のリナ。使う属性は火。二人ともこれからよろしくね！」

「……よろしく」

リナちゃんも最低限だけど口を開いたし、これで一安心……と思ったらなぜかナーシャちゃんが僕を怖い顔で睨んできた。

「あなた、なんですのその口の利き方は！　貴竜に対する言葉遣いを習っていないんですの？」

「うん。そんなの一度も習ってないよ」

「……習った記憶はないわね」

「はぁっ?!　ど、どういうことですの?!」

なんかビックリしているけど、僕とリナちゃんの教師はあの左遷コンビのオッサンとお兄さんだよ？

敬語なんて一度も教えてもらったこともないし、尊敬語や謙譲語の概念が存在するのかすら怪しい。

当然マナーとかも一切未修得です。

あの村にマナー本とか置いてあったらそれを読んで覚えることもできたかもしれないけど、そんなものなかったしなあ。

「うちは田舎だったからみんなこんな話し方だったし、村長とか他の人も教えてくれなかったよ？」

リナちゃんの家にちょくちょく顔を出したけど、あの村長と会話を交わしたのだって数えるくらいしか覚えていない。

「そ、そんな……なんという野蛮人ですの……そんな野蛮な場所がこの国にあるんですの……？」

なぜかショックを受けてよろめいているナーシャちゃん。彼女の中では全ての人間が敬語を使えるのが当然だったのかもしれない。カルチャーショックってやつだ。

まるで初めて出会った珍獣を見るみたいな目で見つめられていたので、こっちもしっかりと見つめ返してあげた。目と目が合う瞬間、僕とナーシャちゃんだけの二人の世界が……。

「……ちょっと」

「あ、うん。わかった」

クイクイとリナちゃんが服を引っ張るので目を逸《そ》らしました。他の女の子を見ていたから嫉妬《しっと》かな？

■

「——それでは、自己紹介も終わりましたし、次は竜紋検査を始めますね」

「竜紋検査？」

話が一段落したところでセレスさんが検査をすると言い出した。

「セレス、竜紋検査ってなにかな？　聞いたことないけど」

「まあ……」

「りゅ、竜紋も知らないんですの⁈」

知らないことを知らないと言っただけで驚かれてしまう。これも全部オッサンたちのせいなんです。

今度村に帰ったらリナちゃんに丸焼きにしてもらおう。

「竜紋とは肌の上に浮かび上がる痣《あざ》のようなもので、貴竜と準貴竜……属性魔力を持つ方が一定の年齢に達すると浮かび上がってきます」

「女の子はお腹《なか》で〜、男の人は心臓のところに出てくるんだよ〜」

ミラちゃんが自分のお腹と心臓を指差しながら教えてくれる。とてもポヨンポヨンしていますね。

なるほど。

「この竜紋は一人一人完全に色や形が違うので、竜紋を見れば個人判別することができます。上竜学園に入学した際には竜紋の登録をすることが義務付けられています」

どうやら前世の指紋とかと同じようなものみたいだ。さらにセレスさんは竜紋を見れば体調の把握などもできるらしい。身体検査や健康診断を兼ねているわけだ。

前世の学校でもこういうイベントあったなーと思い出していると、その場でセレスさんが立ち上がり言った。

「それでは皆さん、服を脱いでください。これから検査を始めます」

あれ？　今セレスさん変なこと言わなかった？

「はぁ……仕方ないですわね」

「ナーシャちゃんはまだまだこれからだからね～」

「ミラ！　うるさいですの！　その口を閉じなさい！」

ナーシャちゃんとミラちゃんが椅子から立ち上がると、何のためらいもなく服を消して裸になった。

おパンツだけ残してあるけど、おっぱいもお腹も丸見えです。

え、僕たち（雑竜の男）がまだ部屋の中にいるんだけど？　これって見ていていいものなの？

他のお供の二名の様子を窺《うかが》うけど顔色一つ変えずに平然としていた。ええ……？

「リナさんもお願いします」

「……ふぅ」

しぶしぶという様子でリナちゃんも立ち上がり、服を消した。先の二人と同じように女の子の大事なところだけ隠してあとは無防備にさらしている。

裸の女の子が三人、僕の目の前に並んでいる。かなりまじまじと見ているんだけど、ミラちゃんもナーシャちゃんも平然としていて全然気にしていない。

なんだこれは……この学園は天国だったのか……？

ふと気になって壁際の雑竜二人を見た。でもあの雑竜の二人、何の興味もなさそうに静かに立っているだけだった。もしかして興奮しているの僕だけなの……？

「それではまずはミラさんの竜紋から。とてもはっきりした綺麗な竜紋ですね。濁りも欠けもありません」

「ありがとうございます～」

ミラちゃんが返事をすると大きな胸がプルンと震える。でかい。前世だったら何カップだろう。たぶん僕の手のひらからあふれるくらいの大きさがあると思う。

僕の視線が思わずプルンプルンと吸い寄せられるのに、セレスさんはそのおっぱいをスルーしてお腹の上に広がる竜紋をチェックしていた。

やっぱりアレが竜紋なんだ。竜の紋章……でも雑竜の僕やオッサンにはなかったと思う。

ミラちゃんの竜紋はなんか雷っぽい感じ？　色は黄色だね。

「次はリナさん。失礼しますね」

「……さっさとして」

リナちゃんの燃えるような赤い竜紋にセレスさんが触れた。色や形を確かめて、たぶん魔力とかも探っているのかな？

「……？　特に問題はなさそうですね。色も形も良好。準貴竜の方で入学直後にここまで成熟しているのは素晴らしいですね」

「……ありがとう？」

よくわからないけど褒められたのだと思う。リナちゃんが一応お礼を言っている。

竜紋の検査を終えたセレスさんは手にしていた紙に何か書いていたが、時々首を傾《かし》げるようにして記入の手が止まる。

何か変だったのだろうか。

……まさかリナちゃんとセックスしていたのがバレたとか？　あの竜紋が出始めたのってリナちゃんとセックスしてからだし、その可能性もある……？

内心ドキドキしながらセレスさんを見ていたけど、結局何も言わずに次のナーシャちゃんの検査を始めた。

ナーシャちゃんの色白な小さな体は肉付きも薄く、ちょっと前のリナちゃんよりももっと子供っぽい体だった。胸は壁です。壁。

そして一番気になるのが、ナーシャちゃんのお腹に竜紋が〝浮かんでいない〟ということ。真っ白な肌の上にはシミ一つ浮かんでいない。

「それではアナスタシアさん、お願いします」

「はいですの。……ん、くっ……!!」

ナーシャちゃんが魔力を動かし、お腹に集めると――蒼《あお》い竜紋がゆっくりと浮かんできた。真っ白な肌の色のお陰で辛うじて見えるけど、色が薄い。リナちゃんやミラちゃんの竜紋と比べると濃淡の差がはっきりわかってしまう。

「――はい、ありがとうございます。今後も定期的に検査しますが、アナスタシアさんは焦《あせ》らず自分のペースで大丈夫ですよ」

「……大きなお世話ですわ」

しばらく竜紋を触ってあれこれ記入していたセレスさんが、検査終了を告げる。

ナーシャちゃんのお腹に集まっていた魔力が元に戻っていくと、竜紋もゆっくりと消えていった。

「以上で竜紋検査は終了です。お疲れ様でした」

検査が終わり皆が服を着直した。目の保養だったのに残念——イテッ。リナちゃんに抓《つね》られちゃった。ごめんね。

この後はエントランスに戻って先輩たちとの顔合わせらしいけど、竜紋について今度セレスさんから聞いてみようかな。

あ、そういえば。

「ねえ、セレス。ここって女子寮なんだよね。僕はどこで寝泊まりすればいいの？」

「それぞれの部屋ごとに従者の控室が用意してあります。雑竜の方はそこで寝泊まりしてもらっています」

従者の荷物や仕事道具を保管する必要もあるので小さいけどちゃんと個室が与えられるらしい。確かに主人の部屋に着替えとか置いておくわけにもいかないし、個室は必要だ。

「……な、なんなんですの、あの雑竜は……？　そんなことも、そんなことすら知らないで、この上竜学園にやってきたんですの……？」

僕がセレスさんに従者の生活についてあれこれ聞いている横でナーシャちゃんがまたショックを受けていたけど、何一つ知らない田舎者なので許してください。たぶん今後もあれこれ聞きまくります。

□

リナたちと別れて自室に戻ったセレスは先ほどの検査結果を専用のファイルに書き写していた。

貴竜・準貴竜にしか存在しない竜紋は属性魔力によるものと考えられているが、その形状や色には個人ごとに差異がある。

発現場所は女性ならお腹——子宮の上、男性だと心臓の真上。

火属性なら赤系統、雷属性なら黄系統という傾向があるが、同じ赤でも明るい赤もあれば暗い赤もあるし、黄でも黄緑に近いものからオレンジがかったものまで様々。竜紋の形状に関しても親子や血族関係ならば似ていることが多いが、細部の違いなどによって完全に瓜二《うりふた》つということはまずありえない。

入学直後に行う竜紋検査はそうした記録を取って個人認証に用いるためと、万が一の場合の〝替え玉入学〟を阻止するために行っている。

さすがに雑竜を準貴竜だと偽って入学させるようなバカはいないが、それでもたまにいるのだ。

すでに一度学校に入学し卒業している大人《おとな》の貴竜が、子供の代わりに入学しようとする事件が今までに数件発覚している。

見た目で分からないのか？　と思うかもしれないが、魔力持ちの成長は特殊で、数十歳、時には百歳を超えていても十歳のような幼い見た目をしているケースもある。ミラのように大人びている子もいるし、見た目だけで正確な年齢を見抜くのは非常に難しい。

そういうわけで学園は今までの卒業生含む全員の竜紋のデータを保管し、色や形状の詳細を記録して個人を判別できるようにしている。

夕食までのちょっとした時間に手慣れた手つきで書類をまとめたセレスは、今回の入学生――リナのことを思い返していた。

色は綺麗な赤で竜紋の形もはっきりしていた。非常に健康で特に問題ない。だが何かがひっかかる。

今まで何百という数の竜紋を見てきたセレスの感覚が違和感を訴えていた。

その違和感の正体が掴めず、モヤモヤした気持ちを抱えていたが解決の手がかりは見つからなかった。

他にも問題はある。言葉遣いやマナー、貴竜の間では常識とされる教育をリナは受けていない。

例えば少年に着せていた服――あれはどう見てもリナの魔力で作られた魔力物質の服だったが、貴竜が自分の魔力で作った服を他人に渡すというのは「これは私のお気に入りだ」と宣言するのに等しい。

親しい友達同士が友情の証《あかし》としてリボンなどを交換する場合もあるが、それよりも多いのは恋人同士で交換するケースだ。

異性に対して自分の魔力の籠ったプレゼントを贈ることは告白やプロポーズ扱いされる。そしてお互いに相手の魔力が籠った品を身に着けることで、交際中だと周囲に宣言するわけだ。

竜は雌が少ない。貴竜の女性も男性に比べると圧倒的に数が少ない。準貴竜のリナであっても貴竜の男たちは妻に迎え入れようと争うだろう。

そんな状態の真っただ中に「お気に入り」の証を身に着けた雑竜の少年がいるのだ。プライドの高い貴竜の男子がどういう手段に出るのか、想像に難《かた》くない。

あとでこのことをリナに教えて注意しておかなければ、とセレスは考える。

雑竜は貴竜と比べれば圧倒的に劣っている。貴竜が本気を出せば一瞬でプチっと潰されてしまう儚《はかな》い存在なのだ。あの少年にもしものことがあればリナが悲しむことになるだろう。

――貴竜に、準貴竜に勝てる雑竜など存在しない。

どれだけ想い合っていても生まれが違えば決して結ばれることはない。

それがセレスの、この世界の常識。

常識に囚《とら》われているセレスにとって、この時点ではアレクはまだその程度の存在だった。

■

夕食の時間がもうすぐということでエントランスホールで時間を潰そうとしたんだけど、待ち構えていた先輩たちにリナちゃんたちが捕まってしまった。風のように颯爽《さっそう》と現れた先輩に連れ去られ、ソファに座らされた状態で囲まれてあれこれ質問攻めにあっている。

さすがにあの中に割って入って助けるのは難しいかな。ごめんねリナちゃん。そんな捨てられた子犬みたいな目で見られても助けられないよ。無力な僕を許してほしい。

僕は黙って壁際に進み、他の従者の人たちと一緒に黙ってリナちゃんたちを見守ることにした。本当は僕も従者さんたちと挨拶とかしたいんだけど、話しかけるなオーラを全身から放っているんだよね……。

仕方ないからリナちゃんとお姉様方の交流を温かい目で見守ろう。可愛い女の子たちが仲良くしている姿っていいよね。


「アレク！　あんたもこっちに来なさい！」

そんなこんなで夕食の時間まで壁に同化していたんだけど、ソファから解き放たれたリナちゃんがものすごく俊敏な動きで僕の腕を掴んで食堂に引きずり込んだ。

「リナちゃん、僕はただの従者なんだけど……」

「いいから！　アレクも一緒に食べるの！　ほら、早く座りなさい！」

「うーん、いいのかなぁ……？」

食堂のあちこちのテーブルから「リナちゃん、一緒に食べましょう？」と誘いの声がかかるけど、それに威嚇を返しながら空いているテーブルに滑り込んだ。

「あ、リナちゃんたちがいた～。一緒に食べよ～？」

「……なんで雑竜が一緒のテーブルのついているんですの?!」

リナちゃんの後を追うようにミラちゃんたちがやってきたけど、テーブルに座っている僕を見てナーシャちゃんがまたショックを受けていた。まあリナちゃんのお誘いだし他の人に怒られるまでは図太く居座らせてもらおうかな、ご飯美味《おい》しそうだし。

この寮の食事はバイキングスタイルらしい。僕たちが見たことのないような料理がずらりと並べられていて、それぞれの従者が主人の好きな料理を選んでテーブルまで運ぶという仕組みになっている。

この世界は女性でも健啖《けんたん》家が多く、しかも家系ごとに好き嫌いが激しいからこういう提供スタイルになっているんだって。祖先の真竜の血が影響しているみたいだね。

僕は何でも美味しく食べるタイプだけど、リナちゃんはお肉が好きで野菜が嫌い。前世では野菜が嫌いな子供が多かったから気にしていなかったけど、火真竜の系統は肉好きが多いとミラちゃんが教えてくれた。なるほどね。

あとは出身地の特産品や名物料理もある。ナーシャちゃんとミラちゃんは北の領地の出身で、北は牧畜が盛んだから乳製品やミルクを使った料理が好きとか、南の領地の特産品は果物や砂糖だけどあまり北まで入ってこないとか。

料理を食べながらいろいろと勉強になることを教えてくれたし、可愛い女の子と一緒のご飯は楽しいから最高の時間だったね。

あと、僕が食べる量を見て「なんでその体にこんなに料理が入るんですの?!」と再びナーシャちゃんがビックリしていたのはご愛敬《あいきょう》。寮のご飯が美味しいからいくらでも食べられそう。ナーシャちゃんはもっとご飯食べないと大きくなれないよ?

■

「新入生たち、こっちにおいで。この寮自慢の設備を紹介してあげよう」

夕食後、先ほどリナちゃんを誘拐した緑のポニーテールのキリッとした麗人、メロディお姉様がリナちゃんたちに集合をかけた。

同じテーブルに座っていた僕もしれっとした顔でリナちゃんにくっついていく。何この子？　と一瞬不思議そうな視線を向けられたけど、僕の着ている服に視線を向けたあと、そのままスルーされた。つまみ出されなかったのでノコノコついていこうと思います。

「この場所になぜ王都ができたのか、君たちは知っているかな？」

メロディお姉様の先導に従って通路を進む。寮の一階が共同スペースになっていて食堂やホールがあり、二階と三階が生徒の部屋になっているらしい。一階の廊下を歩いているけど右側は真っ白な壁が続いていて、左手は色とりどりの花が咲き誇る綺麗な花壇と背の高い生け垣が見えた。女子寮だし外から覗《のぞ》けないようになっているみたいだね。

移動中にメロディお姉様に王都の成り立ちを聞かれるけど当然知らない。王国の地理も歴史もこれっぽっちも頭に入っていません。スカスカです。本当はもっと勉強したかったんだけど教材も教師もいなかったから仕方ないね。

「もちろん知っていますわ。アレがあるからですわよ」

「アレか～。お父さまから聞いたことあるよ～、わたしも楽しみだったんだ～」

「二人は知っているようだね。そう、王都と王都から近い距離にあるこの学園都市にはアレがある。アレを巡って多くの竜たちが争い、結果的に一番強い竜がこの地を自分の縄張りにした。それが王国の始まりと言われているね」

え、なにその歴史……？

多くの竜が群がるアレとやらも気になるけど、喧嘩が一番強いやつが王様になるという野蛮すぎる統治スタイルにちょっと引く。やっぱり貴竜って野蛮すぎじゃない……？　僕のことを野蛮人とか言う資格ないよね……？

「というわけで、ここが諸君のお待ちかね！　我らが学園の誇る癒《いや》しの空間！」

寮の最奥部、豪奢《ごうしゃ》な扉をメロディお姉様が開け放つ。

「――大浴場だ!!　しかも源泉かけ流しの天然温泉だよ!!」

「リナちゃん！　早く行こうよ！　もう我慢できない!!　ヒャッハー！！！」

「……えっ?!」

「な、なんであなたが真っ先に入るんですの?!　ちょっと、待ちなさい!!　一番風呂はわたくしですわよ!!」

「あはは～。みんなそんなに温泉が楽しみだったんだね～」

思わずダッシュで入ってしまった僕の後をみんなが追いかけてくる。

でも……でも……！

元日本人なのに、十年以上も風呂を我慢してきたんだぞ!!

今の僕は誰にも止められない！！　お風呂だああああああ！！！

■

「はぁ……最高……」

寮生全員で入っても余裕があるほど大きな露天風呂。大小様々な大きさの岩がいくつも置かれていて、いい感じの岩に背を預けながら空を見上げると星々が瞬《またた》いていた。

この露天風呂は貴重な魔道具を使った厳重な警備が張り巡らされていて、貴竜の男子たちが覗けないようになっている。それでも毎年のように覗きに来る男子が大勢いて捕まっているらしい。え？　僕が一緒に入るのはいいのかって？　僕は貴竜じゃなくて雑竜だから気にしないってさ。なんだここ、天国かな？

この世界の入浴方法だけど、貴竜の場合は魔力の服を消して、体についた汚れを属性魔力で消し飛ばしてそのまま入るだけ。入る前に体を洗うとかそういうのは一切なし。とてもお手軽だ。

タオルもないので何も隠さずに堂々と入浴しているけど……みんな、パンツだけは身に着けている。さっきの竜紋検査の時もそうだったけど、この世界は下着だけは絶対に死守でその他は比較的オープンのようだ。

温泉にぷかぷかと浮かんでいるミラちゃんのおっぱいや先輩のお姉様たちのおっぱいを見ても、特に何も反応されない。ちょうど手のひらに収まりそうなおっぱい、顔よりも大きな大迫力おっぱい、これから成長するだろうリナちゃんのおっぱい。色とりどりのおっぱい天国が素晴らしい。

さすがに触ったら怒られるかなー。

はぁ……、久しぶりの温泉の気持ちよさで普段よりも欲望ダダ洩《も》れかも。え？　普段と大して変わらない？　そうかな？　そうかも。

「まったく……どうして雑竜まで……図々しいにも程がありますわ……」

「別にいいじゃない、ナーシャちゃん〜。リナちゃんのお気に入りなんだし、こっちでもさ〜」

「雑竜は雑竜用のお風呂に入っていればいいんですの！　折角の温泉が汚れますわ！」

「──今、あいつのこと汚いって言った？」

……あれ？　なんかリナちゃんがカッカしてる？

「ええ、そうですわね、はっきりと言わせてもらいますわ！　雑竜のくせに生意気ですのよ！　飼い主ならしっかりと躾《しつけ》をするべきですわ！」

「余計なお世話。私たちの邪魔をするなら……」

「やる気ですの?!　いいですわ、受けて立ちますわ!!」

リナちゃんがお湯から立ち上がって魔力を昂《たかぶ》らせると、それに応じてナーシャちゃんも魔力を強めた。炎と氷の魔力が今にも二人の体から飛び出してきそうだ。

「──ちょっと二人とも。温泉で暴れないでよ」

そんな二人の間に割り込み、右手でリナちゃんを、左手でナーシャちゃんをそれぞれ抑え込む。はい、ちゃんと肩まで温泉に浸《つ》かりましょうね。座って座って。座れ。

「おお〜」

ミラちゃんが感心した様子で僕を見ている。他にも何人かのお姉様がこっちを見ていたので笑顔を返しておいた。

安心してください。温泉の平和は僕が守ります。この至福の時間を邪魔する者は絶対に許さない。

「なっ、あなた、雑竜のくせに！　離しなさい、無礼者!!」

「ダメだよ。温泉の中では暴れない。これは全世界共通のルールだからね。大人しくなるまで離さないよ」

「……アレクがルールだって言うなら仕方ないわね」

耳元でナーシャちゃんがきゃんきゃん言っている。ナーシャちゃんのお肌、すべすべで気持ちいいね。お腹を撫《な》でまわしているけど興奮して気がついていないみたい。

一方、リナちゃんは戦闘モードを解除して僕に体を預けるようにもたれかかっている。頬《ほお》がちょっと赤いね。温泉で火照《ほて》ったのかな？　あ、もちろん右手でもお腹なでなでしているよ。

右側がほんのりと温かく、左側がちょっと水風呂っぽくなってるのはもしかして魔力が漏れてるからじゃなかろうか。ナーシャちゃん、ちょっと魔力抑えてくれない？　折角の温泉が冷めちゃうよ。

「今の動き速かったね～。ミラも止めようと思ったんだけど、驚いちゃったよ～」

ミラちゃんがお湯をかき分けてこちらに寄ってくる。大きなプルンプルンがお湯に揺れて非常にグッド。

「僕は属性魔力使えないからね。その分、身体強化は頑張っているんだ」

「雑竜がいくら頑張ったところでわたくしたちには敵《かな》いませんのに、無駄な努力ですこと」

「……こいつはあんたより強いけど？　雑竜以下なんて本当に貴竜なの？」

「な、なんですって！　わたくしが雑竜以下だなんて聞き捨て――!!」

「二人とも、温泉の中で喧嘩しない。怒るよ」

「んっ♥」

「ひゃぅっ?!」

二人の股間に手を滑り込ませて、下着の上からぐりぐりとわからせる。

「ん♥　ご、ごめんなさい……あっ♥」

リナちゃんが甘い息を漏らして僕にしなだれかかる。ちょっと嬉しそう。

「な、なん、でっ、雑竜が、わたくしの……はぅっ?!」

それに対してナーシャちゃんは目を白黒させて驚愕《きょうがく》の表情のまま、僕の指が動くたびに体をビクンと震わせ小さく声をこぼす。

そのままグリグリ続けているとリナちゃんの股間の周りの温泉が熱くなって、ナーシャちゃんの股間の周りの温泉が冷たくなってきた。

もうこのままここで二人とも押し倒したいと思ったけど、温泉の中だし周りに人もいるので自重するしかないかな。

「え、え、え～？　雑竜だよね？　え～？」

僕の前に座ったミラちゃんが目を白黒させていた。

あ、ヤバい。いつの間にか思いっきり勃起していた。ミラちゃんにばっちり見られちゃったけど……まあいいか。これが裸のお付き合いってやつだよね。

■

お風呂を上がり、僕たちは親切なお姉様に部屋まで案内してもらってようやく一息ついた。

部屋の中には大きなベッドと机が置かれていて、壁と天井に明かりの魔道具が設置されていた。魔道具を使うのは初めてだけど前世の電灯によく似ている。

オッサンの詰め所にも救援を呼ぶ時に使う狼煙《のろし》の魔道具があったけど、厳重に保管されていて触らせてもらえなかったんだよね。興味があるからあとでじっくり見てみよう。今日はもう疲れた。

移動や入学の説明や歓迎のあれこれで疲れてしまった。リナちゃんもきっとクタクタじゃないかな……。

「……する?」

はい、嘘《うそ》ですね。全然クタクタじゃないです。ベッドの上に腰かけたリナちゃんが上目遣いで尋ねてくる。

「今日は僕、疲れちゃったよ」

「……むぅ」

つ～か～れ～た～と言いながら僕がベッドの上に寝転ぶと、リナちゃんが覆いかぶさってきた。くんくんと首筋の匂いを嗅いだり、ほっぺにキスしたり、耳をはむはむしてきたり。

「……する？」

潤んだ瞳で誘ってくるリナちゃんに僕の理性はあっさりと陥落してしまった。どこでこんな仕草を覚えたんだろう。可愛いね。

「仕方ないなぁ……いいよ、リナちゃん」

「――うん！」

まあ本当は最初からやる気満々だったんだけどね。

僕のヨシの合図を待っていたいい子のリナちゃんがさっそく服を消した。リナちゃんの服も僕の服も一緒に消してしまう。リナちゃんの今日のパンティーはピンクと白の清楚《せいそ》なエロスが窺える一品。

「破いていい？」

「ダメ……」

もう勃起しているチンポでツンツンするけどリナちゃんからＮＧを出されてしまう。無性に破りたくなるのはどうしてだろうね。

「じゃあ入れてよ」

「う、うん……」

リナちゃんが腰を浮かせてチンポの高さと合わせると――下着を横にずらした。

可愛らしいパンツの下から綺麗なリナちゃんのオ〇ンコが顔を出して、中から溢れた愛液がドロリと僕に降り注ぐ。

あのパンツは非常に高性能でリナちゃんがどんなに濡《ぬ》れていても染みにならないし、愛液がこぼれることもないという魔法みたいな性能をしている。

でもちょっとずらせば、その下には発情しきったリナちゃんの雌が姿を見せるんだ。

じゅぷぷ……じゅぷっ……ぐちゅうっ……

「あ♥　あ♥　きたぁ……♥」

リナちゃんが甘い声を鳴らしながら亀頭を咥《くわ》えこんだ。そのまま腰を下ろすと、すっかり僕の形に変えられてしまったオ◯ンコがずぷずぷとチンポを呑み込んでいく。

リナちゃんの大事なところを守っていたパンツはすっかり役目を放棄してしまっていた。男の侵入を防ぐ番人を横目に、僕だけが通行することを許可されているんだ。

あっさりとリナちゃんの最深部まで到達してしまうことに達成感や雄としての優越感が満たされる。

「リナちゃん、出すよ」

「あ……ぃ……いつでも、出してぇ……あーっ♥　あぁー……っ♥」

ドビュルルルルルルッ！！！！

出したくなったらいつでも中出し。我慢はしない。リナちゃんのオ◯ンコはもう僕のものだからね。

腰をピタリとくっつけてリナちゃんの一番奥に種付け液を注ぎ込んでいく。

リナちゃんも慣れたもので、僕が射精すると一緒に絶頂を迎えてチンポをキュウキュウ締め付けてくれる。とても従順なオ◯ンコだ。

「ん……ちゅっ♥　ちゅっ♥」

今日の一発目が終わったところでリナちゃんが体を倒して覆いかぶさってきた。

「あっあっ♥　ちゅっ♥　ちゅうっ♥　れろ、んあっ♥」

ぐちゅぐちゅぐちゅ……！

僕の顔にキスの雨を降らしながら、リナちゃんが腰を動かし始める。たっぷりと熱い蜜にまみれた結合部からエッチな音が広がり、部屋中に響きわたる。

「リナちゃん気持ちいいよ。上手《うま》くなったね」

「うん♥　嬉しい♥　リナのオ〇ンコでもっと気持ちよくなって♥」

リナちゃんに教えた騎乗位も様になり、何も言わなくても僕が気持ちいいように腰を使ってくれる。

「好き♥　大好きっ♥　あっ♥　ちゅっ♥　好きぃっ♥」

「僕も大好きだよ、リナちゃん」

「あ、ああっ♥　嬉しいっ♥　はぁっ、んっ！♥　来て、このまま！♥　あならの、いっぱい中に出してぇっ♥」

「うん、出すよリナちゃん。受け止めて！」

愛情たっぷりご奉仕に僕もあっさりと二発目の準備が整う。

それを察したリナちゃんは腰を落とすと、僕のペニスを根元までずっぷりと呑み込む。子宮口のコリコリとした感触が僕の亀頭の先に当たり、リナちゃんの絶妙な腰の動きでピッタリと合わさった。

その動きを感じたところで僕の我慢も限界に達した。

びゅるるるるるるっっっっつつつ！！！

「～～～～～～～～～ッツ♥♥♥」

噴き出した精液がリナちゃんの子宮の中に注がれていく。声にならない声を上げてビクンビクンとリナちゃんが震えているけど、腰だけはがっちりと合わさって動かない。

その状態でリナちゃんの膣《ちつ》の中が別の生き物みたいに蠢《うごめ》き、僕のチンポを締め付けてもっとたくさん出してねとねだってくるのがとても気持ちいい。本当にエッチな体だね。

「はぁ……リナちゃん、気持ちよかったよ、ありがとう」

「う、ん……♥　私、もぉ……♥」

下の口でちゅぱちゅぱ締め付けてくるリナちゃんを抱きしめ、いい子いい子と淫紋をナデナデしてあげた。さっきから精液を注ぐたびにピカピカしてるんだ。

「リナちゃん、もう一回して？」

「ふぁ……ぅん、動く、ね……ひぁ……ぅくっ♥」

淫紋の模様を指でなぞりながらお願いすると、リナちゃんがまた腰を動かし始めた。リナちゃんのオ〇ンコは僕がお願いするといつでも気持ちよくしてくれるオ〇ンコなんだ。

今日から一緒の部屋だし、終わったらそのまま同じベッドで寝れる。後のことは考えずにいっぱいセックスできるね、やったねリナちゃん。

□

「くっ……雑竜の分際で……!!」

自室に戻ったナーシャ――アナスタシアは荒れていた。

感情の高ぶりに合わせて氷の魔力が室内に吹き荒れている。家から連れてきた従者――実際には貴竜たちのストレスを発散するためのサンドバッグ――の雑竜は部屋から追い出されて、寮内のどこかに逃げ出していた。残っていれば氷の彫像と化し命すら危うかっただろう。

アナスタシアは北の大領地を治める優秀な父と、美しく優雅な母の間に生まれた一人娘だ。貴竜の女を妻に迎え入れることができるのは強く優秀な雄だけ。広い領地《ナワバリ》を持ち近隣でも敵なしの父はアナスタシアの自慢であり、そんな父を始めとした無数の男たちが先を争うように求婚したという母はアナスタシアの将来の目標だった。

父と母に大事に大事に育てられ、周りには雑竜たち使用人が控えて傅《かしず》くのが当然の生活。甘やかされまくったアナスタシアだったが、唯一思い通りにならなかったのが自分自身の体のことだ。もう入学の時期を迎えたというのにまだまだ未熟で竜紋もハッキリとしない子供の体。

母は焦らなくても時がくれば大丈夫だと言っていたが、アナスタシアは母のようなスタイルのいい淑女になりたいのだ。同じ年のミラは非常に発育がいいせいもあって余計に焦ってしまう。

体の成長が遅いのならせめて内面だけでも母のようになろうと努力をしてみたものの、勉強の成果は上がっても母に近づけたかというと実感がわかず。

そうした諸々もあってストレスが溜《た》まっていたアナスタシアは、初対面のリナにも刺々《とげとげ》しい対応をしていたのだった。

準貴竜のくせに自分よりも発育がよく、竜紋もハッキリと浮かんでいた山出しの生意気な小娘。

だが、それより。あんな赤猿より。

「雑竜のくせに……たかが雑竜のくせに……生意気ですわ……！　生意気ですわ……！」

お風呂の中でアナスタシアの秘所に、女として一番大事な箇所に無遠慮に触れた雑竜の少年の姿が脳裏に浮かび上がる。

貴竜の、準貴竜の女が絶対に守らないといけない場所。本能に染み込んだ無意識の反応で常に魔力を使った防御を行っている場所。

リナが、アナスタシアが、ミラが、他の女たちが絶対に外さない最後の一線。攻撃に使う魔力よりも、衣服を作るのに使う魔力よりも強力な魔力で守られた、竜の女の絶対防御。それがあの魅惑の薄布なのだ。

あの少年はそこに、何の遠慮もなく、あっさりと触れてきた。そして、怪我《けが》一つ負わなかった。

「許さない許さない許さない許さない……！！！」

本来なら雑竜の指など消し飛ばすはずのアナスタシアの絶対防御が、あの雑竜の男の魔力に負けた。

その事実がアナスタシアには認められない。

貴竜の女にとって雑から身を守るのは当然の権利。

雑竜などというザコ雄が身の程知らずに挑もうとしたなら、その暴挙の報いが降りかかる。

そう、身の程知らずのザコ雄は――資格を持たずに乙女《おとめ》の禁域に踏み込もうとして敗れたザコ雄は、男として殺される。最終防壁に大事な男の証を焼かれ、氷漬けにされて粉々に砕かれ、無数に切り裂かれ、雄から元雄に去勢されてしまう。これがこの世界の自然の摂理だ。

乙女の守りすら貫けない弱い雄に貴竜の女と子供を作る権利はない。

乙女はいつだって、自分をねじ伏せ、力尽くで貫いてくる強い雄を求めている。

「あんな……あんな屈辱を……くぅ……んっ♥　あぁっ♥」

ベッドの上に横になりながら、アナスタシアの指がぐりぐりと下着を上から押している。

思い浮かべるのは先ほどのお風呂で雑竜の少年にされた行為。少年の指の動きをなぞるように指が動く。

「わたくしの、わたくしの大事なところを、あんな風にぃっ♥　ぜったいに許しません♥　雑竜のくせに♥　ああっ♥」

高貴な貴竜の娘が。強大な父と敬愛すべき母の間に生まれ、大切に大切に育てられてきた氷の姫が。

あんな田舎の、土にまみれた農民の生まれ、冴《さ》えない雑竜の男に負けるなんて。

今までの人生で一番の屈辱。

あまりの怒りにアナスタシアの頭はくらくらし、胸は激しく高鳴り、指の動きもますます速くなっていく。

「許しませんわ♥　あっ♥　ぜったいに♥　あの男に♥　身の程を教えてやるんですわ♥　あっ、あっ、あっ！♥」

思い出すのは温泉の記憶。抱えられた時に感じた腕の太さ、アナスタシアよりも大きな指、知らない男の匂い。

そしてお湯の中に堂々と姿を現した、太くて長い男の証。初めて見た雄の姿が頭から離れない。

「あ、アアッ、ア……アァアァァァ――――ッ♥♥♥」

アナスタシアの甲高《かんだか》い悲鳴と一緒に体から魔力が迸り室内を氷の世界に変える。竜紋がこれまでにないほどに濃く浮かび上がっていた。

「んん……♥　あ、あ、あっ♥」

一度治まったのに、またアナスタシアの指が股間に伸びて――再び、魔力が荒れ狂う。

何度も何度も、魔力が迸り……。

こうして、アナスタシアの入学初日の夜は更《ふ》けていった。

4 同級生たち

鐘の音が聞こえる。起床の合図だ。

ぐっすりと気持ちよく眠れたお陰で目覚めもスッキリ爽《さわ》やかだ。

「むにゃむにゃ……」

僕の隣には幸せそうに惰眠《だみん》を貪るリナちゃんの姿がある。まあ、予想通り。リナちゃんが僕より早く起きてる姿とか想像できない。

どうやって起こそうかなと思ったけど、昨日そのまま寝ちゃったのでリナちゃんは裸。僕は朝から元気いっぱい。ならばやることは一つだ。

「ふひゃぁぁぁ……♥　あっ♥　あーっ♥」

「リナちゃん起きて！　朝だよ！　おはよう！」

リナちゃんのお股を開いておはようの挨拶《あいさつ》。今日も気持ちいい朝だね！

「じゃあ起きてご飯食べに行こうか。ほらリナちゃん、準備して」

「うん……わかった……」

ぽやんとした色っぽい顔でお腹《なか》を撫《な》でていたリナちゃんを起こして服を着る。

今日のリナちゃんのお洋服は僕のプロデュース。

臙脂《えんじ》色のブレザーをアレンジした制服で、ちゃんとスカートもプリーツスカートにしてソックスも穿《は》いてもらっています！

やっぱり学園に通うなら制服姿だと思うんだ！　制服を着たリナちゃんが最高に可愛《かわい》い！

「よく似合ってるよ！　とっても可愛いよ！」

「そ、そう？　そんなに喜んでくれるなら、これからも着てあげてもいいけど……？」

僕が全力で可愛い可愛いと言っていると、リナちゃんも頬《ほお》を赤く染めて喜んでくれた。

「リナちゃん、そこの壁に手をついて」

「？　……こう？」

よくわかっていないリナちゃんを壁の前に立たせます。

ぴらっ
「っ！」

スカートをめくりあげて可愛いお尻がこんにちは。今日は落ち着いたシックな赤色のパンツなんだ。

「……ん」

僕が何も言わなくても自分からお尻を突き出し、パンツをずらしてオ○ンコを広げてくれるリナちゃん。

遠慮なく後ろからパンパン腰を振ってリナちゃんに思い切り種付け。

可愛い制服姿の彼女と中出しセックスなんて日本にいた頃《ころ》じゃ考えられなかったな。この世界に転生できて本当に良かったと思う。

これからもこの学校でいろんな思い出を作れたらいいね。

■

まだまだヤリ足りないけど、さすがにご飯を食べる時間がなくなりそうなので急いで食堂に向かう。

乱れた衣服も一瞬で元通り。行為の痕跡も一緒に消しちゃうから本当に便利だ。

それとリナちゃんの下着は中がどんな状態でも染みたり漏れたりしないという超性能があります。前張りみたいにぴっちり隙間《すきま》なく張り付いてシャットアウトするから、僕の嗅覚でも精液の匂いとかは感じ取れない。

何もありませんでしたとおすまし顔で歩いているリナちゃんのお腹の中を今も僕の精子が泳いでいると思うと興奮するね。


食堂ではナーシャちゃんとミラちゃんがもうご飯を食べていたので、料理を取って二人と同じテーブルに向かった。

本当なら従者の僕がリナちゃんの分の食事を取ってテーブルまで持って行くんだけど、リナちゃんが自分で選びたいと言うから一緒に料理を選んだ。僕たちの住んでいた村じゃ見たこともないような料理ばかりだからどんな味なのか一緒に想像しながら選ぶのはすごく楽しい。

「おはよう。……なんて名前だったかしら？」

「はぁ?!　昨日の今日でもう覚えていませんの?!」

「あはは、おはようリナちゃん。私はミラだよ～」

開口一番、リナちゃんが二人の名前を忘れていたことが発覚する。

「ミラは覚えているわ。そっちのチビよ。あ……アなんとかア？」

「ア　ナ　ス　タ　シ　ア　ですわ！！！　誰《だれ》がチビですの！！！」

訂正。アナスタシアちゃんの名前が覚えられなかったらしい。アとアだけ合っていたね……。

「そう。長いからアナでいいわね」

「全くよくありませんわ!!　ちゃんとアナスタシアと呼びなさい!!」

「やだ、面倒くさい」

「ちょっと、何なんですの、この女?!　昨日と変わりすぎじゃありませんの?!」

「そうだね～。今日のリナちゃんは元気いっぱいだね～」

ミラちゃんがからからと笑うけど、確かに今日のリナちゃんはすごく元気だ。キラキラツヤツヤしているし、機嫌がいいのか笑顔も多い。なんであんなに上機嫌なんだろうなぁ、不思議だなぁ。きっとお腹いっぱいだから元気なんだろうね。これから朝ご飯を食べるところだけど。

「はあ、こんなおバカさんに朝から付き合っていたら疲れてしまいますわ……」

一方、ナーシャちゃんはちょっとお疲れの様子？　昨夜はあんまり眠れなかったのかな？

それ以上リナちゃんに喧嘩《けんか》を売るでもなく、大人《おとな》しくアイスを食べている。

「ナーシャちゃん、そんなご飯だと力が出ないんじゃない？　ちゃんと食べてる？」

「アナスタシアですわ。ナーシャと呼ばないでくださいまし。雑竜《ざつりゅう》のくせに馴《な》れ馴《な》れしいですわ！」

どさくさに紛れてナーシャちゃんと呼んだらキッと睨《にら》まれてしまった。

「ごめんね、アナスタシアちゃん。そうだ、良かったらこれ食べてみる？」

「……これはなんですの？」

「美味《おい》しくて元気が出るご飯だよ！　試しに一口食べてみてよ！」

さっき取ってきた料理の中でも特に元気が出てくる一品をナーシャちゃんにお勧めした。

「……まあ、一口くらいなら……」

しばし逡巡《しゅんじゅん》した後、恐る恐る、真っ赤なソースのかかった肉料理を口にした。

「んむ～～～～～～～～～～～～？！？！？！？！？！」

ナーシャちゃんが口を押さえてジタバタと身悶《みもだ》えしている。

激辛料理ダメな子かぁ。和《なご》む。

「ナーシャちゃん大丈夫～?!」

「はい、お水」

「んん……ごくごくごくごくっ！！　ぷはぁっ！！！」

僕が渡したお水を一気に飲み干して、ようやく一息ついた。

「な、な、なんてものを食べさせるんですの?!　っ、まさか、これが噂《うわさ》の毒――――っ?!」

「いや、僕たちに毒って効果ないでしょ」

消化器が非常に優秀なのか魔力のお陰か、僕たちって毒とか食べても効かないんだよね。毒キノコとか大量に食べてもケロリとしていると思う。

「じゃあ、今のは何なんですの?!」

「あれ？　本当に食べたことないの？　ちょっと辛いソースがかかっているだけだよ？」

「あ～。本当だ。辛～い！　ナーシャちゃんこれ食べたんだ～、可哀《かわい》そう～」

ミラちゃんが残っていた料理をちょっと齧《かじ》って、楽しそうに辛い辛いと言っている。ミラちゃんは辛い食べ物もけっこういける口なのかな？

「うう……。口の中がヒリヒリしますわ。こんなの生まれて初めてですわ」

ナーシャちゃんの初めていただきました。お口を両手で押さえて涙目になっているレアショットです。いいね！

「こういう料理もあるんだよ。ほら、リナちゃんも食べてるでしょ」

「……こんなに美味しいのに、なんで騒ぐのかわからないわ」

ナーシャちゃんが一口食べて悶絶《もんぜつ》していたのと同じ料理を、リナちゃんはお皿に山盛りにしてバクバク食べていた。朝からお腹が空いていたみたいだ。

「～～～ッ!!　こ、こんな料理……！　……くううっ!!」

周りのテーブルにもこの料理を取って美味しそうに食べている人が何人かいる。それに気がついたナーシャちゃんは料理を貶《けな》すこともできなくなってしまった。いい子すぎる。

「このわたくしに、こんな振る舞いをして……絶対に許しませんわ！！！」

キッ！　と涙目で睨んでくるナーシャちゃんが可愛い。

今から部屋に連れ込んだらダメかな？　この子もお持ち帰りしたいなぁ。

■

「あんな食べ物、わたくしの住んでいるところにはありませんでしたの！」

朝食が終わった後もプリプリしているナーシャちゃん。すっかり元気になったようで良かった良かった。

ナーシャちゃんは領地ではヨーグルトや味のする氷なんかをよく食べていたらしい。味のする氷ってかき氷？　それともアイスのことかな？　と思ったけど、領地にある氷鉱山から発掘される特産品の食べ物なんだって。

まさかのファンタジー食材。僕が知らないだけで食堂の料理も同じようなファンタジーな料理が混ざっているんだろうか。

楽しい朝食が終わり、みんなで一緒に登校する。初日ということでメカクレ寮長のセレスさんが付き添ってくれた。

遠目には宮殿のように見えた学校は、近くで見ると特に飾りもないような質素な建物だった。前世で通っていたコンクリート製の校舎を思い出す。

「貴竜《きりゅう》の通う学校って聞いてもっと煌《きら》びやかな校舎を想像していたんだけど……意外と地味なんだ

ね」

「はい。生徒たちが暴れて壊しては立て直すので装飾などは省略されています。工事の早さと頑丈さがこの学園の建造物の基準です」

セレスさんが教えてくれた理由が身もふたもない。校内には貴重なものを置かないようにしているとか、男子寮はあまりに頻度が多すぎて修復が追いついていないとか。でもそう言われると女子寮も王国の支配者階級が生活する場なのに装飾が少なくてスッキリした建物だった。

前世のテレビで見たヨーロッパの貴族の家は床も壁も天井も全てが芸術品だったけど、この学校だと生徒の癇癪《かんしゃく》一つで一瞬で崩壊するから実用性一点張りになったんだろう。嫌な歴史の積み重ねを感じる……。

セレスさんの案内で最初に職員室に顔を出すと、僕たちの学年の担当だというお爺《じい》ちゃん貴竜が待っていた。

「儂《わし》はブーノ。卒業までよろしくのう」

茶色の髪と瞳をした、筋骨隆々の全身傷だらけのお爺ちゃん先生でした。ただそこにいるだけで圧がすごい。

身長は僕たちの倍以上あるし、二の腕とかリナちゃんの腰より太いよ？　顔に刻まれた傷と皺が歴戦の強者という威風を放っていて……本当に教師？　軍人さんの間違いじゃない？

「それでは揃《そろ》ったことじゃし、さっそく調子に乗った小童《こわっぱ》どもを黙らせにいこうかの」

それは息の根を止めるという意味ですか？

強烈な存在感を放つ巌《いわお》のようなブーノ先生が校舎を出ると、僕たち四人はその後ろに静々と付き従った。どこに行くんだろう。

……え。あれ、なんで僕が一番前なの？　リナちゃん、ナーシャちゃん、僕の背中を押すのやめて？　ねえ、僕ってただの付き人の雑竜なんだけど？　ただの従者なんだけど？

僕たちが押し合いへし合いしながらブーノ先生の後をついていくと、先生はどうして校舎の外に出たのかを教えてくれた。

「この学校には六つの離れが存在しておる。《炎》《獅子《しし》》《一つ目》《大牙》《長鼻》《三つ目》じゃ。各学年それぞれが離れの一つ占有し、他《ほか》の離れに近づくことは禁じられておる。お主たちは《三つ目》の館じゃの」

何しろ血の気が多い生徒たちなので、上級生が下級生相手に喧嘩を吹っ掛けることも多いらしく、なるべく接触しないように離れに隔離しているとブーノ先生は言った。ちなみに最終学年の七年生になると本校舎に移動。空いた離れに新入生が入るらしい。

そんな風にブーノ先生の話を聞きながら《三つ目》の離れに近づいていくと、中から盛大に騒音が聞こえてきた。ドカァン！　とかズガァン！　とかその度に外まで振動が響いてくる。

「お主らはここで少し待っておるんじゃぞ。では——貴様ら、席につけえ!!」

ガラッ——ゴウッ！！！

ブーノ先生が離れの中に駆けこんでいくと、炎が噴き出して一瞬でブーノ先生を呑《の》み込んでしまった。教室の中で何が起きているんだ……？

「静かにせんか、バカモン！！！」

だけど、そんなアクシデントも意に介さず、口から衝撃波を発したのかと勘違いしてしまいそうな大声でブーノ先生が怒鳴った。炎をかぶったのに怪我《けが》はおろか衣服が焦げた跡すらない。あの程度の攻撃で怯《ひる》むようでは教師は務まらないのだろう。いやな学校だなぁ……。

僕のイメージしていた優雅な貴族学校はどこにいったの？　最初からそんなものは存在していなかった……？

「もう一度言う、席につけ!!　席がない者は自分で席を作って座れ!!」

席を作れとか初めて聞いたよ。これが異世界の学校の日常だというのか……?!

「そこ！　さっさと作らんか!!　もたもたするな!!」

パーン！！！

ブーノ先生の怒声と何かが吹き飛ばされて叩《たた》きつけられる重い音が響いた。

ざわついていた教室内が一瞬で静まりかえり、慌てて移動する音が聞こえてくる。

「よし、それではそのまま、儂がいいと言うまで大人しくしていろ！」

まるで戦争映画の鬼軍曹のように厳《いか》つく言い放つブーノ先生。私語一つ、身動きする音一つしない。圧倒的強者が他を支配する世界の縮図がそこにあった。これが貴竜の学校か……。

「よし、お主たち、入ってきてよいぞ」

離れの扉を開け放ってブーノ先生が入室を促した。……あの、なんでみんな僕を見るの？

リナちゃん、僕の制服の裾をちょこんと引っ張る仕草が可愛いね。でも呼ばれてるよ、ほら、行かないと。嫌々していないで、ね？

ナーシャちゃん、なんで僕を盾にしようとしているの？　先生が待っているよ、貴竜らしく堂々と入室しないと。縮こまっていると小動物みたいだよ？

ミラちゃん、困ったような笑顔で僕の顔を見られても困るよ？　首を傾《かし》げてもダメだよ？　可愛い顔しても誤魔化《ごまか》せないよ？

「どうした？　もう入ってよいぞぉ？」

しばらく無言で押し問答しているとブーノ先生が不思議そうな顔でこっちを促す。

……誰も動かないので、仕方ないから僕が先頭に立って中に入った。部外者なのにどうして……。

離れは本校舎を小さくしたような白い建物だった。教室はその一階にあった。中には教壇に立っているブーノ先生と、先生に向き合うように六人三列で座っている男の子たちの姿があった。髪の色はとてもカラフルで衣服もバラバラの幼い少年たちだった。

彼らが僕たちと同じく今年入学した貴竜・準貴竜の子供たちなのだろう。なるほど、我《が》の強そうな顔をしている。何人かはさっそく傷だらけで血がにじんだり焦げてたりしていた。

僕が教室に入ってきた瞬間、男子全員が猛獣のような眼光で睨みつけてきた。全員がだ。一人も残らずメンチを切ってきた。どこの田舎《いなか》のヤンキーだよ。

ブーノ先生に威圧されて嫌々従っている腹いせを込めてか、それともマウントを取らないと死んでしまう生き物なのか、弱そうな雑竜の僕に殺気を向けているんだろう。先生という重しがなければ今にも殴り掛かってきそうな雰囲気だ。

だけど、次に入室してきたリナちゃんに目を向けると一瞬で殺気が霧散した。目の色が変わった瞬間がはっきり感じ取れるくらい、すごい露骨な変化だった。

リナちゃんに続いてナーシャちゃん、ミラちゃんが入ってくると、全員が頬を赤くして女の子たちに釘付《くぎづ》けになった。鼻の下を伸ばしてだらしない顔を晒《さら》している。

貴竜・準貴竜はみんな整った顔立ちをしているから、可愛いリナちゃんたちに見惚《みと》れてしまう彼らの気持ちも理解できるんだけど……少なくとも今の彼らはこれっぽっちもカッコよくないね。発情しきった情けない顔をしている。

……なんで僕はそれを壇上から観察しているんだろう。他の雑竜の人と同じように壁に立ってたらダメ？　ダメですか。リナちゃんが服の裾を離してくれない……。

このままどうするのかなとボケっと突っ立っていたら、男子の一人が急にキリッとした顔をした。

その男の子の魔力が急に膨れ上がり。

カッ！！！

眩《まばゆ》い光とともに早着替えをして、金ぴかな光り輝く鎧《よろい》を着こんでいた。

ドヤ顔でリナちゃんたちにアピールをする男の子の姿を見た他の男子も、顔色を変えると次々に魔力を放出する。


ピカッ！　ゴウッ！　ボワッ！


白銀の鎧兜《かぶと》に身を包んだ武者姿の少年とか、何重にも重ね着して膨れ上がったスーツ姿の少年とか、竜の着ぐるみとか、統一感の欠片《かけら》もない装いの仮装集団が、それぞれ思い思いのカッコいいポーズでリナちゃんにアピールをしている。

……クジャクの求愛行動かな？　前世の動物園でこういうの見たことあるぞ。

バサァッと尾羽を広げて必死に雌にアピールしている雄の姿が脳裏にありありと浮かんでくる。

しかも彼らは服を着替えただけじゃなく、自分の周りに魔力を漂わせ始めた。最初の光り輝く少年だけではなく、激しく燃え盛る少年や、嵐のように荒れ狂う少年や、渦巻いている少年などで教室の中はめちゃくちゃだ。

そんな彼らから熱い視線を向けられた三人は、ものすごく白けた顔をしていた。女の子たち的にこのアピールはナシみたいですね。

リナちゃんたちが冷めた視線を返すけど少年たちは気がつかず、むしろ更に魔力を放出しようとする。

「何をしているか貴様らあああああ！！！」


ガガガガガガガガ！！！！！


そして、ブーノ先生の一喝とともに全員が吹き飛ばされた。

吹き飛ばされて、壁に叩きつけられ、倒れ込む少年たち。血しぶきが上がり、床の上で苦痛に呻《うめ》く。

あっという間に大惨事だ。

その一部始終をなんとか目で追うことができた僕は、まじまじとブーノ先生の横顔を見つめてしまった。

どうやら異世界にも生徒に石礫《チョーク》を投げる教師は存在しているらしい。教師のチョーク・ガトリングが生徒を殲滅《せんめつ》する、これが異世界クオリティ……。僕たちは無事に生きて学園を卒業できるのだろうか……？

■

「これが俺様《おれ》の炎だ！　くらえ、ファイアボール!!」

クラスメイトのアーロンくんが自慢の攻撃らしい火球を生み出してリナちゃんに放った。リナちゃんと同じ準貴竜で火属性の少年で真っ赤な髪をしている。

「……なにこれ。つまんない攻撃ね」

そんなアーロンくんが放った炎は僕の目からしても正直微妙。小さくて、遅くて、込められた魔力も少ない。

何の反応もしないリナちゃんの胸に直撃したけど、制服に焦げ跡一つできていない。爆風でツインテールが揺れただけだ。

「なん……だと……」

「もしかして今のが全力なの？」

「ま、まだだ！　これが俺様の真の力だ!!」

バカにするでもなく、本当に興味ないものを前にした顔でリナちゃんが問いかける。

焦《あせ》ったアーロンくんが慌てて魔力を放出し一生懸命練り上げていくけど、すごく遅い。それに時間をかけた割にできた火球もやっぱりショボいものだった。

僕とセックスする前のリナちゃんの火球と比べてギリギリいい勝負ができるくらいかな？

当然、覚醒済みのリナちゃんに効くわけがない。

「俺様に時間を与えたことを悔やむんだな！　焼き尽くせ、アーロン・ストライク!!　これで決まりだぜ!!　――なあっ?!」

「はぁ。せめてこれくらいはやってほしいのだけど」

息をするように自然に作り出したリナちゃんの火球が、アーロンくんの渾身《こんしん》の作をあっさり呑み込み消し飛ばす。

「お、俺様の火球が。そんな馬鹿《ばか》な?!」

「よそ見していていいの?」

「――っ?!」

リナちゃんの放った火球は全く勢いが衰えることなく、そのままアーロンくんに直撃した。

「うわああああああああ!!!!」

「そこまで! 勝者、レイヤ村のリナ!」

「ザコすぎて話にならないわね。他の男子もこの程度なの?」

周囲をゆっくりと見回すリナちゃんに誰も答えない。何人か睨み返す男子はいるが、喧嘩を売ろうとする身の程知らずはいないようだ。

■

今は戦闘訓練の時間。ブーノ先生の監視の元で一対一の模擬戦を行っている。

離れのすぐ側《そば》に屋外運動場があるんだけど、そこで生徒同士が戦っている。ただ今回は男子の要望によって男子vs.女子という対決になっていた。

女子の先鋒《せんぼう》はリナちゃん。相手は同じく準貴竜で火の魔力属性持ちというアーロンくんだったけど結果は御覧のあり様だ。

「では次、アナスタシア、レオナルド、前へ！」

「アナスタシア様、この戦いを貴女《あなた》に捧《ささ》げます！」

「……どうぞ、全力でかかってきてくださいませ」

やる気満々のレオナルドくんが、地面に倒れていたアーロンくんをぽいっと円の外に放り出して中に入った。

……確かに貴竜は頑丈だからあのくらいなら何でもないけど、怪我人相手に扱いが雑すぎる……。

しかもアーロンくんは付き添いの雑竜の人もいないようで、誰も彼に構わないから本当に地べたにそのまま放置されているよ……。え？　僕がアーロンくんの看病をしたらどうかって？　僕は戦い終わったリナちゃんを労《いたわ》り中で忙しいから無理です。

「タオル」

「はいはい。お疲れ様。カッコよかったよ」

「うん」

特に汗もかいていないのにタオルで顔を拭く真似事《まねごと》をさせるリナちゃん。どこでこんなこと覚えてきたんだろう？　村で誰かがやっているのを見たのかな？

「二人とも～。ナーシャちゃんの応援はいいの～？」

「アナのことなんてどうでもいいわ」

「うーん、どうでもいいわけじゃないんだけど……」

同属性対決だった先ほどとうって変わって、今回は氷vs.光の対戦。レオナルドくんは光属性だった。

勇者とか主人公って感じのイメージがする属性だよね。

初めて見る属性同士でどんな戦いをするのかと思ったけど、ナーシャちゃんが全方位を覆う氷の壁を作り出して中に籠ってしまった。

「くっ！　この！　このお‼」

レオナルドくんが必死になって光球を撃つけど威力も熱量も魔力も何もかもが足りない。

そうして手をこまねいている間にどんどん氷の壁が厚くなり、フィールドのほとんど全てを呑み込んでしまった。

このまま場外に押し出されてレオナルドくんの負けかと思ったけど、どうやら乾坤一擲《けんこんいってき》の勝負に出るらしい。

「この一撃に俺の全てを賭ける‼　全てを切り裂く光の刃《やいば》をこの手に‼」

大袈裟《おおげさ》なセリフと一緒にレオナルドくんの手の中に巨大な光の剣が生まれた。高層ビル並みの刃渡りを持ち、フィールドを縦に切り裂いてなお余裕があるだろう。

これが魔力物質でなかったらまともに振るうこともできないだろう、超巨大武器だ。

「一撃必殺‼　シャイニングブレード！！！」

一撃必殺って殺すつもりなの？　あと男子って必殺技とか叫ぶの好きだよね。

「あれじゃダメじゃない？」

「うん、収束が甘すぎる」

見た目は派手だけどそれだけ。中身がない。子供が綿あめを振り回しているようなものだ。

「ただの物質ならあれでも切れるけど、ナーシャちゃんの魔力防壁は無理だよ。ほら」

ガッ……パリ────ンッ!!


「な、なんだと……俺のシャイニングブレードが、砕けた……?!」

必殺技（笑）を防がれて隙《すき》だらけのレオナルドくんにナーシャちゃんの魔力の氷が迫っていく。

「──そこまで！　勝者、アナスタシア！」

「……こんな勝負を捧げられても困りますわね。出直していらっしゃい」

レオナルドくんの氷漬けを残して、他の防壁が全て解除された。魔力を大量に使って少し疲れた様子のナーシャちゃんが戻ってくる。

「お疲れ様、ナーシャちゃん。おめでとう！」

「アナスタシアですわ！　……何をしているのかしら」

「タオルだよ。汗を拭いてるんだ」

「わたくしは汗なんてかいておりませんわ!!」

ナーシャちゃんを労ろうと思ってタオルで拭いたらパシッと払いのけられました。残念。

「まあでも、あんまり差はなかったみたいだし、疲れたでしょ？」

「……あなたの目にはそう見えたと？」

「うん。魔力量は少しだけナーシャちゃんの方が多かったけど、それでもはっきり差が出るほどじゃなかったね」

今の戦いの勝敗を決したのは魔力量じゃない。技量と相性、そして試合運びだ。

「僕の見たところ、氷属性は防御が得意なのかな。そして光属性は高速攻撃が得意だけど威力はそこまで高くなさそうだ。だから防御を固めたナーシャちゃんにはレオナルドくんの全力の攻撃も通用しなかった。逆にレオナルドくんが速攻で畳みかけていれば勝負はわからなかったかもね」

「それでも勝つのはわたくしですわ。あの程度の輩《やから》に後れを取るわけがありませんの。それとアナスタシアですわ」

僕の考察を否定せず、それでも最後に立っているのは自分だと言い張るナーシャお嬢様。このプライドをベキベキにへし折りたいなぁ。

それとどうやらこの世界の魔力にも属性ごとの違いとか特色があるらしい。ブーノ先生は土属性みたいだけど、実は攻撃より守りの方が得意だったりするのかもしれない。

「最後、ミラ！　前へ！」

「は～い！」

最後の試合。ミラちゃんが決闘場の円の中に入った後、残った十六人の男子が続いて円の中に入った。

「それじゃあ、いっくよ～」

試合開始の合図を待たずに、ミラちゃんが魔力を放出する。

だってこれは試合じゃないから。

――ズガァァァァァァァァアアンンンッッツツツ！！！


落雷。大地を揺るがす天の鉄槌《てっつい》。

たった一撃。ミラちゃんの放った雷の後に……誰一人立っている者はいなかった。

「実力不足。ミラと試合する資格なし！　貴様ら、この程度の雷を防げんとは男として情けなくないのか!!　全身に魔力を込めろ！　さっさと立たんかバカ者!!」

雷の属性魔力が体の奥まで浸透し、麻痺《まひ》して倒れ込んだ男子生徒たちにブーノ先生の叱咤《しった》激励が飛ぶ。

決闘場の地面を魔力で強化しているブーノ先生からすると、今の一撃が全力でもなんでもない手加減された攻撃だと理解できるのだろう。

「あ〜、終わった〜！　緊張した〜！」

晴れ晴れした表情でミラちゃんが戻ってくる。瞬殺だったけど緊張はしていたみたい。

「お疲れ。はいタオル」

「わあ〜、ありがと〜」

ミラちゃんも汗をかいていないけどポンポンと拭いてあげると喜んでくれた。こういうところもフレンドリーだよね、この子。

リナちゃん、ナーシャちゃんはちょっと難しい顔で考え中。今の攻撃をどう防ぐか、ミラちゃんと戦う時にどう戦うのか考えているんだろう。

速さと火力を兼ね備えた雷属性。ミラちゃん自身も他の生徒たちより成長が早く魔力も高い。

もし僕がミラちゃんと戦うことになったら……少し骨が折れそうだね。楽しみだ。

■

「お前たちの将来は大きく分けて二つの進路がある。わかる者はいるか？」

戦闘訓練で目当ての女子に一方的にぼこぼこにされ、ブーノ先生のしごきで体力を使い果たした男子たちはとても大人しくなった。静かに席についている姿に先生も満足げだ。

逆に先生の話もろくに耳に入っていない気がするけど、元気で騒がしいより黙って大人しくしている方がいいのだろう。

教室の前三列に男子が座り、その後ろに女子が並んで座っている。左からミラちゃん、ナーシャちゃん、リナちゃん、僕の順番だ。なんで女子の列に僕が座っているんでしょうか。まあリナちゃんが一緒に座れと言うから座るけど。

「はい。領主と騎士です」

「うむ、その通り。よく勉強しているな」

ブーノ先生の質問でナーシャちゃんが手を挙げて答えた。不勉強ですみません。

「この国の根幹を支える貴竜の力、それは大きく二つ、領主と騎士に分かれている。領主とは領地を治め守る、この国の盾を司《つかさど》る者。騎士とは外敵を排除してこの国を広げる剣となる者たちのことだ」

カッカッと音を立てながら黒板に簡単な図を描く。国を細かく分け、それぞれの領地の中心にいるのが領主。領地から外に出ていく矢印が騎士と書かれていた。

「領主となるのに必要な大前提は武力。だが、領地を維持発展させるための知識があることが望ましい。領地の仕事は部下の雑竜や庶民に任せることがほとんどだが、指示を出す上の人間が仕事の内容を理解していないのは問題だ」

領地を会社に例えると貴竜や準貴竜は社長、雑竜が幹部、庶民は一般社員だろうか。武力が必要ないのなら庶民でも領地運営の幹部として迎えられる場合もありそう。

「領主の仕事は難しい。責任も重い。だが、領主は非常に人気が高い。なぜか？」

レオナルドくんがシュバッと手を挙げた。

「領主はお金がたくさん手に入るからです！」

「そう。その通り。領主になる貴竜は強く、賢く、裕福だ」

教室の中をぐるりと見渡し、ブーノ先生が重々しく結論を口にした。

「――つまり、女にモテる。領主になった貴竜の結婚率は高いということが今までの実績からわかっている」

ざわっ……！

ブーノ先生が女にモテると言った途端、教室内に波紋が広がった。

それまでのたるんだ空気が一変し、男子たちが身を乗り出してブーノ先生の話に耳を傾ける。そんな男子たちの背中に女子たちの呆《あき》れた視線が突き刺さるが、気がついている者はいなかった。

「特に大事なのが裕福であるということだ。家や暮らしを支えるために金銭を稼ぐ必要があるが、領主が領地を発展させれば発展させるほど税という形で収入が増えていく。逆に領地の経営が下手《へた》で防衛能力を持たない領主は、領民が離散し魔物たちに荒らされ、あっという間に没落してしまう」

領地の発展と税金、と黒板に書かれる。

「稼いだ税金を何に使うのか？　アーロン。使い道がわかるか？」

「わからん！　どうしたらいい？」

「うむ。返事だけは威勢がいいな。もちろん街の整備や発展にも使うが、税金が余った場合の使い道はいろいろとある」

美食、娯楽、芸術、装飾品、住居、部下や使用人などなど。

金銭の使い道はあまりに多く、その全てを高水準で揃えようとするといくら金銭があっても足りない。

「アーロンのように、今はまだピンとこない者が多いだろう。詳しい内容は今後授業でも習っていくが、結婚を考えている場合は全て必要だと思っておけ。どれだけ妻の望みを叶《かな》えられるかというのが夫の甲斐性《かいしょう》というものだ」

なるほど。ブーノ先生の話は実にためになる。僕もリナちゃんとの将来について漠然としか考えていなかったけど、学校を卒業して独《ひと》り立ちした後のことを考えるといろいろと準備が必要だろう。お金がなくてその日食べる物にも困るような暮らしをリナちゃんにさせるのはさすがに忍びない。

「さて、領主は儲《もう》かると言ったが、かといって領地が無限に存在するわけでもない。領主を目指した者が全員領主になれるなどと思うんじゃないぞ」

騎士の分類、と黒板に書かれる。

「領主になれなかった者は騎士となるが、国家に仕える国家騎士、領主に仕える領地騎士、どこにも所属しない自由騎士の三つに分かれる。要するにどこから給金を貰《もら》うかの違いだ」

公務員、会社員、フリーターかな？

「騎士で一番人気の仕事は開拓だ。魔力を持つ存在、魔物や真竜《しんりゅう》などを倒し、敵の縄張りを奪い取ることで自分の領地に変える。これが開拓になる」

開拓（戦闘）かぁ……。急に血生臭くなってきたぞぉ……。

「もちろん、敵も簡単に殺されるわけがない。配下などを使って反攻してくることもあるのでその撃退および占領地域の防衛も必要になる。

そうした障害を排除し、領地の安全を確保することができれば騎士から領主に格上げされることもある。騎士になって一旗揚げようという者は国境の最前線で今も奮闘中だ」

この世界では血で血を洗う陣取り合戦が今でも日常的に行われているらしい……。うーん、薄々わかっていたけど野蛮だなぁ。

……あれ？　ブーノ先生の話を聞いていて疑問が浮かんだんだけど、うーん。リナちゃんに代わりに聞いてもらおうかな。

「……ブーノ先生、質問があるんだけど」

「ふむ、なんだ？」

リナちゃんが手を挙げて質問すると、ブーノ先生は面白《おもしろ》そうにこっちを見てきた。リナちゃんじゃなくて僕の方を向いているのは気のせいだと思いたい。

「領主を目指している生徒が多いのはわかったけど、領主の空きってそんなにすぐに出ないいんじゃないの？」

こっちの世界の貴竜って基本的に長寿だから、当然だけど働ける時間も長いんだよね。上が詰まっているなら領主になるのは無理だ。騎士になって新規開拓するしか方法がない。

「いい質問だな。確かに領主の空きが出ることは珍しい。だが、絶対に出ないというわけでもない。何故《なぜ》なら領地の防衛で命を落とす領主がいるからだ」

「……あー、なるほど……」

考えてみたら簡単な話だ。縄張り争いをしているんだからこちら側にだって当然被害は出る。こっちの世界では真竜とか強力な魔物が湧いてきて領主を殺すという事態もそこまで珍しくない。だからその空席を巡って領主候補生が奪い合いをするんだ。

「他には、継いだばかりの領地が広すぎて管理できぬからと領地を分けたり、たまに盗賊騎士と呼ばれる不逞《ふてい》の輩が小さな領地に押し入って領主を殺して占領していたりする場合もある。その不届者どもを誅殺《ちゅうさつ》した後に空いた領地を与えられることもあるぞ」

怖っ！　盗賊騎士?!　それって犯罪行為に走った貴竜のことだよね？

なんで貴竜が盗賊なんかしているのかわからないけど、そんな強盗みたいな奴らがいるんだ……。

「まあ、盗賊騎士なんぞ落ちこぼれだからな。まともな領主ならそうそう後れは取らん」

その後もブーノ先生はいろいろと教えてくれたけど、結局は領主を目指すなら強くなれ、勉強しろという内容が結論だった。男子もやる気を出して領主を目指すと言っているし、モチベーションを高めるという意味では大成功だっただろう。

「……ねえ、領主を目指すの？」

「うーん、領主になれたらいいなと思うけど……難しいかな」

リナちゃんに聞かれたけど、正直僕が領主になるのは難しいと思う。

騎士に求められるのが強力な敵個体を倒し、縄張りを切り開いていく剣だとすると、領主に求められるのは民衆の盾となって全てを守る防衛力だ。

特に魔物の群れの殲滅は非常に重要だ。弱いけど数が多い魔物が領地を襲ってきた時、範囲攻撃ができる貴竜なら一瞬で全滅させることができるけど、雑竜の僕じゃ一匹一匹叩いて殺すしかない。そんなことをしている間に領民に大きな被害が出てしまうだろうね。

一対一の戦いならともかく、数が相手だとやっぱり属性魔力持ちの独壇場だ。

「ふーん、そう……」

「詳しい話はあとで、部屋に戻ったらしようか」

「わかったわ」

まあ、リナちゃんが領主になって僕が内政面で支えるというパターンもあるし、後で二人で相談しよう。

「領主を目指さないんですの⁈　あなた、それでも男なんですの⁈」

僕とリナちゃんがコソコソおしゃべりしていると、ナーシャちゃんが顔を突っ込んできた。領主を目指さない僕に男らしくないとおかんむりだ。

でも僕は雑竜だし、無属性だからどっちにしても領主として認められる可能性は低いと思う。だって普通の雑竜って〝領主〟でも〝騎士〟でもない〝兵士〟だよ？

それこそ、リナちゃんとか他の貴竜を代理で領主にしようとした方がなれる可能性が高いと思う。

「もう、こんなに志が低いだなんて！　なんなんですの！　あなたは本当になんなんですの‼」

頬を赤くしてバシバシと僕の背中を叩いてくるナーシャちゃんとか、いろいろ勉強していそうだし領主に適任かもしれないね。

■

――とまあ、こんな感じで学校の授業初日は終わり。

戦闘訓練の時間で体を動かし、その後は教室に戻って簡単な座学の授業を受ける。僕から見るとかなり温《ぬる》い内容だけど一年生の初日だからこんなものなのかな？

まだこの学校の環境に慣れていない生徒もいるだろうし、これからだんだんと難しくなっていくんだと思う。

リナちゃんはリナちゃんで僕を授業に参加させたいみたいだし、先生から注意を受けるまではこの機会を活《い》かしてしっかり授業を受けさせてもらうとしよう。

「……僕の将来かぁ」

雑竜の僕が領主になれるとは限らないけど。漠然とリナちゃんと一緒にいたいと考えていたけど。

ちょっと真剣に将来のことを考えてみようかな。

5 楽しい学園生活

学校の授業はまず戦闘訓練から。

男子生徒十八人で模擬戦を行ってワーワー騒いでいるのを女子たち三人と一緒に見学する。男子の中で一番強いレオナルドくんでもナーシャちゃんに勝てないからね。高みの見物というやつだ。

でも見ているだけでもいろいろと勉強になるね。考察が深まる。

例えば魔力の属性に関してだけど、火水風土の四属性が圧倒的に多い。一年生二十一人の中で四属性の生徒が十七人。特に一番多い火属性はリナちゃんを含めて十人もいた。

そして四属性以外の属性、ナーシャちゃんの氷、ミラちゃんの雷、レオナルドくんの光、それともう一人鉄属性の男子がいたけど、こちらは一人ずつしかいなかった。

どうやら貴竜《きりゅう》の属性は基本となる四属性と希少属性に分かれているみたい。ただ、レオナルドくんは男子の中で一番強いけど、鉄属性の男子は普通に負けているから、希少属性でも強いとは限らないようだ。

それと男子の強さだけどどんぐりの背比べ状態。レオナルドくんが頭半分くらい上。逆に準貴竜のアーロンくんともう一人の男子は他《ほか》の貴竜の男子より少し劣っている。でも頑張って訓練したらすぐに埋まりそうなくらいの差しかない。

クラスの中でも天才や神童と呼ばれるような飛び抜けた生徒は――ミラちゃんくらいかな？

リナちゃんも僕との模擬戦で経験を積んでいるし、この二人が一年のトップ層。

というわけで、今のところこんな感じのヒエラルキーになっている。


リナ・ミラ＞ナーシャ＞レオナルド＞他の男子（貴竜）＞アーロンたち（準貴竜）

ただ、ミラちゃんは好戦的ではなさそうだし、リナちゃんものほほんとしたミラちゃんの空気に毒気を抜かれたようで喧嘩《けんか》をふっかけることもなかった。男子の格付け争いでしばらくブーノ先生も忙しそうだから、リナちゃんとミラちゃんの対決が実現するのはしばらく先だろう。

■

戦闘訓練の時間が終わった後は勉強の時間だけど……、授業を受ける度にいろんな新発見があるのが面白《おもしろ》い。

「今日の授業はカードを使うぞ。三人組を作れ」

ブーノ先生の手にあるのはカードの束。

なんとこれ、この世界のトランプなのだ。

基本四属性である火水風土の数札と絵札、光と闇《やみ》のジョーカーが入った、まんまトランプ。絵札に描かれているのは騎士が二人と領主。光と闇のジョーカーには紋章が描かれていた。

「このカードの騎士・領主には偉業を達成した貴竜の姿が描かれている。今までに何度も変更されてきたが、カードの絵柄に選ばれることは大変名誉なことで……」

ブーノ先生によると、このカードはなんと王国主導で発行しているらしく、王国が認めた〝最も優れた騎士と領主たち〟ランキングらしい。

王国に多額の税金を納めたり、強大な敵を倒した領主や騎士が選ばれてカードの絵札になる。カードは毎年刷新されて存命の領主や騎士から選ばれるが、命がけで偉業を成し遂げて死んだ者がいた場合は一年間だけカードの図案が入れ替わることもあるみたい。

例えば領地に侵略してきた真竜《しんりゅう》と戦い、相打ちで命を落とした貴竜がいた場合、ほぼ確実にカードに選ばれる。命を失っても名誉を得る、そういう仕組みなんだ。

「俺様《おれ》もこのカードに載ってやるぜ！」

「父上の姿がないとは、カードを作った者も見る目がないな……」

カードを見ながらアーロンくんやレオナルドくんがわいわい騒いでいると、ミラちゃんがカードの中から一枚取り出して、僕とリナちゃんに見せてきた。

「ねえねえ、知ってる〜？　これこれ〜」

ミラちゃんが差し出したのは水の領主。蒼《あお》の色調の涼しげな顔立ちの青年が描かれていた。かなりのイケメンである。

「この人がどうしたの？」

「あのね～。この人がナーシャちゃんのパパさん。北の大領地の領主さんなんだよ～」

「……そうなんだ。すごいね」

ナーシャちゃんって思っていた以上のお嬢様だったんだ。この国に領主が何人いるかわからないけど、その上位四名に入るほどの大領主の娘さんだったようです。

「今更わたくしのすごさを知ったようですけど遅いですわ！　これだからクリスティアル家を知らない田舎者《いなか》は困るんですわ！」

「……すごいのはアナじゃなくてアナのお父さん。あんたじゃない」

「アナスタシアですわ！　いい加減その呼び方をやめなさい！」

「やだ」

ナーシャちゃんのドヤ顔が気に入らなかった様子でからかうリナちゃん。

そんな二人を宥《なだ》めてナーシャちゃんのお父さんについて聞いてみる。

「まあまあ。ナーシャちゃんのお父さんがすごい人だってことはわかったよ。どんな人なの？」

「だからアナスタシアですわ！　……お父様は大鉱山の麓を含む、北の大領地を治める大領主ですわ！　北方でも一番格が上の代表者ですわ！」

「え。何それすごい」

詳しい話を聞いてみたけど、どうやら大領主というのは辺境伯とか北方方面軍の将軍に匹敵する権力を持っているみたい。

王国の領主には細かい階級分けというものが存在せず、基本的に〝領地が広い＝強くて偉い〟という認識をされるらしい。公侯伯子男といった爵位が存在しないから領地の大きさで格付けをするのが普通なんだって。

そして北方で一番大きな領地を治めているのがナーシャちゃんのお父様。だから北方領主の筆頭であり、まとめ役。北方で何か大きな問題が起こった時に率先して問題解決に当たることになる。

そういう役割を持っている領主が東西南北の四方に一人ずつ存在していて、それを〝大領主〟と呼んでいるようだ。

ただの大きな領地の領主なのかと思っていたけど、全然違っていた。それは確かにナーシャちゃんもドヤ顔するわけだね。

■

「火の領主。これで私の勝ちよ！」

「ごめんね。はい、光の王。僕が貰《もら》っていくよ」

リナちゃんが自信満々で出した赤い領主のカードの上に、光の王（ジョーカー）を重ねる。光と闇の王は他のカード全てに勝てる最強のカードなので僕の勝ちだ。

場に出ていたカードを全部ごっそりと貰っていく。

「ああああーーー！！！　なんで、なんでまだ王様があるのよ?!」

「そりゃもちろん、温存していたからだよ」

「は〜、また連勝か〜。アレクくん、強いねえ〜。本当にカードゲーム初めてなの？」

「うん、このカードで遊んだのは今日が初めてだよ」

まあ前世ではいろんなゲームをやっていたけどね。

今遊んでいるのは【大戦争】という名前のゲームで、変則的な大貧民みたいな遊びだ。

光と闇の王・領主・第一騎士・第二騎士（絵札）・数札1〜10という順番で強さが決まっていて、一人ずつ順番にカードを出して一番強いカードを出した人が場のカードを総取り。

全員の手札がなくなったら手に入れたカードの枚数を数えて、一番多かった人が勝利、というルールだ。8切《やぎ》りとかイレブンバックとかは存在しないわかりやすいゲームだ。ただ大貧民にはない特殊ルールも存在していてそれがちょっと面倒かな。

「最初は私の方が勝ってたのに！　もう一回よ!!」

「はいはい。それじゃあカードを配るね」

シャッシャッとカードを切って配り直す。今度の手札は王も領主もいない。最高で第一騎士までしかないから弱いな。

まあ、それでもこの三人相手なら勝てるけど。

「食らいなさい！　光の王よ！」

「あ〜ん。ミラの領主が〜」

「甘いですわ、わたくしは闇の王を出しますわ！　戦争ですわ！」

「あっ！　わ、私のカードが……何するのよ、アナ！」

「あなたには負けませんわ！　アナスタシアですわ！」

この大戦争というゲーム、先に出されたカードが王様か領主だった場合、同じ強さのカードを出すと戦争を起こせるんだ。

光の王と闇の王が出てきた場合は引き分け。リナちゃんが意気揚々と出した光の王とナーシャちゃんの闇の王は、他のカードと一緒に没収されてしまった。

領主と領主が戦争する場合は少し変わり、場に出ているカードと手持ちのカードのうち、領主と同じ属性の騎士を一緒に出して味方にすることができる。

「絶対許さない……！　私は火の領主で戦争をしかけるわ！」

「わたくしのお父様で返り討ちですわ！」

次の回、ナーシャちゃんが出した水の領主にリナちゃんが火の領主で戦争をしかけた。援軍として手札から火属性の騎士を出す。するとナーシャちゃんも手札から水属性の騎士を援軍に出して再び両者引き分け。カード没収となった。

「私のカード！」

「お父様が！」

切り札が不発に終わって悲鳴を上げる二人。引き分けなので順番が回ってミラちゃんの番になる。

「う～ん、う～ん、どのカード出せばいいかな～？　これかな～？」

ミラちゃんが悩んでいる間に場に出たカードを数えて残っているカードを確認した。リナちゃんとナーシャちゃんがぶつかり合ってくれるから強いカードをどんどん出していくから終盤になるほど有利になる。

まだ出ていないカードと、僕の手札がこうだから……うん、ここから全部取れるな。それじゃあまた逆転勝利させてもらおう。ごめんね、リナちゃん。戦争にルールは存在しないんだ。また漁夫の利を取らせてもらうよ。


学校の授業中にカードゲームなんかしていていいのかと思うけど、これも大事な授業の一環。

何かあった時にすぐに手を出して喧嘩をするのは子供の貴竜だけ。大人《おとな》の貴竜はだんだんと落ち着いてくるし、決闘ではなくゲームで決着をつけることも多いとブーノ先生が言っていた。

ゲームのやり方を知らないと領主や騎士になっても社交で困るし、こうして学校で遊戯の時間を作って子供たちに教えるらしい。

今日はカードを使った遊び方を教えてもらったけど他にもゲームはいろいろあるんだって。次は何を教えてもらえるのか楽しみだ。

「というわけで二人とも。ゲームの結果がどんな結果になっても喧嘩はダメだよ？」

「わかっていますわ！」

「……我慢する」

仲を深めるどころかますます対抗意識を強めた気がするけど、まあいっか。リアルファイトに発展しないなら問題なし。

さあ、それじゃあ次のゲームをしようか。

■

「おいお前、俺様と大戦争しろよ!!」

「雑竜風情《ざつりゅうふぜい》がどうして我々の授業に紛れ込んだのかわからないが、ちょうどいい。俺が直々《じきじき》に君たちに格の違いというものを教えてあげよう」

火属性のアーロンと光属性のレオナルドがあらわれた!!

「「バトル!」」

アーロンとレオナルドに勝った!

「な、なんだと……俺様が……俺様が負けたのか……?! 雑竜なんてザコに……?!」

「嘘《うそ》だ嘘だ嘘だ、この俺が、負けた……?! そんなわけない……こんなの嘘だ、在り得ない……!」

アーロンとレオナルドの目の前が真っ暗になった……。

■

女の子たち三人といちゃいちゃカードゲームをしていたら男子から絡《から》まれた僕です。まあ可愛《かわい》い女の子たちを独占している男がいたらちょっかい出したくなるよね。気持ちはわかる。

とりあえず全戦全勝で終了。一年生最強の称号を手にした。カード運にかなり左右されるから大変だったけど、そこは盤外戦術で何とか切り抜けた。アーロンくんとレオナルドくんの試合はすぐに潰し合いを誘導できたのですごい楽だったね。

他の男子も僕が雑竜だっていう嘲《あざけ》りもあって油断がすごかったし。こっちは転生している分いろんなゲームの経験もあって年季が違うよ、年季が。

「雑竜相手だろうとこうして負けることがある。それがゲームだ。悔しいなら練習して強くなれ！以上だ！」

最後はブーノ先生がいい感じに締めて授業終了。男子たちはカードを手に再戦に向けて燃えているみたい。

「おい、お前。俺様の修行に付き合え！」

「アーロンと修行だなんてごめんだと言いたいところだが……、仕方ない。今回だけ付き合ってやるよ」

「なんだと！」

「うるさい、騒ぐな。それよりさっさと試合を始めるぞ！」

さっそくあちこちで闘いが始まりそうな予感。やっぱりどこの世界でも男子はカードバトルが大好きなんだね。僕はリナちゃんたちと一緒に女子寮に帰らせていただきます。みんなさようなら。カード修行がんばってね。

■

寮に戻ってくると、入り口のホールでメロディお姉様をはじめとしたお姉様たちが僕たちを待ち構えていた。

「君たち、そろそろ授業でゲームを教えてもらったんじゃないかな？　一戦どうだい？」

寮生同士の交流というよりは単にゲームしたいだけっぽい。しかも全員闘志に溢《あふ》れすぎている。お前たちをこれからボコボコにしてやるぜ！　と顔に書いてあった。

「ふん、いいわ。受けて立とうじゃない！」

もちろん挑まれた勝負から逃げるリナちゃんじゃないし、ナーシャちゃんたちもやる気満々で頷《うなず》いた。ホールのソファとテーブルについて、最初は僕たちとメロディお姉様の五人でゲームをすることになった。

「おや、君も参加するのかな？　ルールはちゃんと覚えてる？」

ちゃっかり席についた僕にメロディお姉様が不思議そうな顔をしている。お供の雑竜の人たちって普通はこういうゲームに交ざらないらしいよ。僕はリナちゃんが一緒に遊びたがるから平気で参加しているけどね。

「なめないでよ、アレクはとっても強いんだから‼」

僕の強さを誇るリナちゃんのドヤ顔可愛い。

「アレクくんは一年生で一番強いんですよ～」

「……今は最強の座を預けているだけですわ！　必ずわたくしが奪い取りますわ！」

ミラちゃんとナーシャちゃんのフォロー？　もあってメロディお姉様が僕を見てニヤリと笑った。

「ほう……それは楽しみだ。それじゃあお手並み拝見といかせてもらおう」

「がんばるよ」

獲物を見つけた肉食獣みたいな目で見つめてくるメロディお姉様。

中性的な美人なのでそういう顔をされるとかなり迫力がある。ぷるぷる、僕悪い雑竜じゃないよ。食べないでください～。

「――はい。これで終わり。僕の勝ちだね」

「……え……？　ボクの……負け……？」

最後のカードを出し終えて結果は僕の勝ち。ぽかーんとしたメロディお姉様のレアショットいただきです。ボクっ子可愛い。

まあ今回は実質三対一の戦いで、リナちゃんやナーシャちゃんがどんどんメロディお姉様に戦争しかけてくれたからね。そりゃ勝てるわけがない。ミラちゃんはのほほんと普通にゲームしていた。

「ふふん。先輩っていっても弱いのね。まあ、アレクが強すぎるのかもしれないけど？」

「も、もう一回！　もう一回だけ！　今のは、そう、ただの練習だから！」

お姉様としての威厳がボロボロのメロディお姉様が、泣きの一戦をお願いしてくる。

「うーん。今のままじゃメロディお姉様は絶対勝てないと思うけど……」

戦争は数だよ、姉貴。三倍の敵と真正面からぶつかればまず勝てるわけがない。

「ふふ。じゃあ次はわたしも一緒に交ぜてくれないかしら？」

「雑竜なのに意外とやる。だけどメロディは私たちの中で一番の弱者、調子に乗らない方がいい」

「ちょっと待って、そんなに弱くないよ⁈　一年に変なことを吹き込むのやめてくれたまえ‼」

メロディお姉様の背後でゲームを観戦していたお姉様たちが現れた。

「誰か席を代わってくれる？　六人だとカードが少なくなっちゃうでしょう？」

とても大きな包容力をお持ちのクロエお姉様が柔らかく微笑む。明るい茶色の髪が光の当たり方で金髪にも見える、ゴージャスな美人だ。そこにいるだけで周囲を華やかにするオーラがある。

「あ、じゃあミラが……」

「いや。ちょっと待って。僕にいい考えがある」

ミラちゃんが席を代わろうとしたのを止めた。

「カード二組使って七人でやろうよ。大戦争じゃなくて【超戦争】！　面白そうでしょう？」

クロエお姉様と、もう一人のお姉様も一緒に交ぜて三対三対一（僕・リナちゃん・ナーシャちゃん対お姉様三人対ミラちゃん）で大乱闘の殴り合いを提案するとみんな乗り気になった。

勝利を貪欲に求めて争うのもいいけど、折角《せっかく》のゲームだし楽しまないと損だよね。


「――はい。僕の勝ち」

「あらあら……。アレクくん、本当に強いわね」

「ゲームは得意なんで！」

七人大戦になった戦場で十回戦い、僕は五回優勝した。王や領主や騎士たちが大量に飛び交う戦場はどんでん返しの連続だったけど、修学旅行で変則大貧民とかもやったことがあるしね。発案者として負けていられない。

優勝した僕をクロエお姉様がすごいすごいと頭を撫《な》でてくれて新感覚。こういうのもいいかも。

「今日習ったばかりとは思えない腕前。このルールを思いつく発想も素晴らしい。すごい子」

二位は三回優勝した水色の髪のソフィお姉様。小柄でスレンダーだけどお姉様である。お姉様三人組の中で一番ゲームが上手《うま》いらしく、今回の変則ルールに対応するのも早かった。間違いなく一番の強敵はソフィお姉様だった。

だけど今回は勝利の女神が僕に微笑《ほほえ》んでくれたみたい。手札に王様三枚とかあったんだもの。このゲーム、革命とかないからカードパワーがそのまま勝敗に直結するんだよね。

「アレクなら当然よ。アレクは最強なんだから！」

「うわ～、アレクくんすご～い！　おめでと～!!」

僕の勝利にリナちゃんとミラちゃんも大喜び。左右から抱きついて祝ってくれた。リナちゃんはまだこれから。ミラちゃんは大変立派なものをおモチでした。

「……まあ雑竜にもゲームが得意な者もいますわね。少しは認めてあげてもいいですわ。次はわたくしが勝ちますけれど」

ナーシャちゃんはなぜか上から目線で僕を認めてくれたけど、十回やって一回も勝てていないよね？　他に勝ったのミラちゃんとクロエお姉様だし。

まあそんな様子も可愛いからいいか！

■

ゲームが終わった後は夕食を食べて、お風呂でのんびり——とはいかず。

「ねえ、リナちゃん。この子ボクにくれない？　ちゃんとお礼はするからさ」

「絶対ダメ！！！　アレクは私のよ！！！」

リナちゃんが僕の背中に抱きついて周囲を威嚇している。

なぜこうなったのかと言うと、周りにお姉様たちがいっぱいいて、リナちゃんに僕を譲ってほしいと頼んでいるからなんですね。モテモテで困っちゃう。

まあもちろん、僕を異性として気に入ったとかそういう色っぽい話ではなく、ゲームの強い僕を部屋に連れ帰って一緒に遊びたいという理由なんだけどね。

最新の対戦機能付きのコンピュータゲームを欲しがる子供みたいなものかな。

でもお風呂。無防備な美人のお姉様たちが裸で迫ってくるというのは……正直興奮してしまう。

メロディお姉様の引き締まった美しい裸とか、クロエお姉様の豊満なおっぱいがお湯に浮かんでいる様子とか、ソフィお姉様のとてもスレンダーで年上に見えないボディとか、反応するなという方が無理でしょ。僕は悪くない。

「あらあら……」

「これが男性器……」

そういうわけで、お湯の中でおっきくなっているのがお姉様方にバレてしまいました。

「お、大きい……。じゃなくて、君ねえ、こんなところで発情してどうするっていうのさ。気をつけないとすぐに無くなっちゃうよ、これ?」

メロディお姉様が指で亀頭をツンツンしてくる。なんか余計に興奮してきた。

「うわ、もっと大きくなってきた……。ねえ、ボクの話聞いてる?」

「ごめんなさい」

「その返事、聞いていないってことだよね? はあ……」

「いつまでも触らないで」

ぺしっ! とリナちゃんがメロディお姉様の手を叩く。どうやらお触り厳禁のようです。残念。

「やれやれ。忠告しておくけど、そうやってすぐ大きくしてたらあっという間に去勢されちゃうからね。嫌なら気をつけないといけないよ?」

「去勢……？　え、誰に？　なんで？」

「うん？　女の子たちにさ。なんで知らないの？」

メロディお姉様たちが教えてくれたけど、普通の雑竜は貴竜の女の子の下着に触れると指やオチンチンが吹っ飛ぶらしい。僕、そんなの知らないんだけど。

いや、まあ、言われてみればリナちゃんの服とか触れるだけで燃えるし。特にパンツなんて魔力の塊みたいなものだから魔力の少ない人間が触れたら……。うん、消滅してもおかしくないかもしれない。

「あ、小さくなったね。よしよし」

恐怖でちょっと縮こまりました。おパンツ怖いよぉ……。

「まあでも、アレクくんが去勢されていなかったとは意外だね。この寮にいる雑竜は全員去勢済みのはずだし」

「えっ」

それは、この寮にいる雑竜全員がオチンチンでパンツに触れて吹っ飛んだと……？　そういうことですか？

「ああ、いや。女性関係以外の理由で去勢されている人がほとんどみたいだよ」

メロディお姉様の話をクロエお姉様とソフィお姉様も一緒に補足してくれた。

「わたしが聞いた話だと、雑竜の子たちは学校で去勢されることも多いって聞いたことがあるわ」

「そう。命の代わりに玉を賭ける伝統の決闘方式」

「何それ怖い」

僕の金玉までヒュンとした。

でもお姉様たち曰《いわ》く、お互いの命を賭ける決闘もあるけど、男のプライドと尊厳を賭けた〝玉賭け決闘〟なるものがあるんだとか……。なんて嫌なアンティルールなんだ。

それ以外にも喧嘩していたら股間に直撃して潰れたとかもげたとか、何らかの罪を犯して罰として潰されたとかで、毎年去勢された雑竜がそれなりに出ているらしい。

去勢されると性欲が減って大人しくなるらしく、そういった去勢済みの雑竜が従者として学校についてくるみたい。後宮の宦官《かんがん》かな……？

「そういうわけだから、君も迂闊《うかつ》に女子の下着に触れたりしないように気をつけなよ。赤ちゃん作れなくなると困るでしょ？」

「うん、気をつける……」

なんか話の途中からリナちゃんが僕のオチンチンを握りしめて押さえつけているんだけど。事故が起きないようにリナちゃんも気を配ってくれているんだろう。多分。

「アレクくん、さっきからわたしのおっぱい見てるけど、気になるの？　おっぱい触る？」

「触る」

それとついついクロエお姉様の豊満なおっぱいをチラ見していたら普通にバレて、触らせてもらえました。幸せ。

この世界だと女性のおっぱいって赤ちゃんに母乳を与える器官って印象で、エッチな場所とは思われていないみたい。まあ地球でも女性が胸丸出しで生活している地域とかあったしね。

そんなわけでクロエお姉様の豊満なおっぱいに触れて、魅惑の感触を味わっていたら、赤ちゃんみたいねと笑われてしまった。

中身は全然赤ちゃんじゃないんですけどね。お姉様たちが無防備すぎて今すぐ襲いたくなって困っちゃうよ。

「ミラちゃんのおっぱいも触りたいな～」

「え～、わたしの～？」

それからしばらくすると、お姉様包囲網が解かれてしまった。お姉様たちはそれぞれ自分のお気に入りの場所でのんびりとお湯に浸《つ》かっている。

ちょっと残念だけど、ミラちゃんの側に移動しておねだりしてみた。

ミラちゃんお願い～。

「う～ん、ちょっと恥ずかしいけど……触ってもいいよ～」

「ありがとう！」

ミラちゃんの許可が出たのでぷにぷにのおっぱいを触らせてもらいました。ハリがあって元気なおっぱいですね。本当は吸ったり舐《な》めたりしたいけどそれは自重する。僕は自重を知る男なのだ。

「ミラちゃん、おっぱい触られるの恥ずかしいの？」

「え～、う～ん……」

クロエお姉様は全然気にしていなかったけど、ミラちゃんは気にするお年頃《としごろ》なのかな？　だけど嫌がっているわけではないみたい。ちょっともじもじしながら教えてくれた。

「触られるのは別にいいんだけど……私だけおっぱいが大きいから、ちょっと恥ずかしい。リナちゃんもナーシャちゃんもこんなに膨らんでいないでしょ？」

なんということだ！　ミラちゃんが大きなおっぱいにコンプレックスを抱いていたなんて、これっぽっちも気がつかなかった。

「まだ赤ちゃんもいないし、お乳だって出ないのに、なんでこんなに大きくなっちゃったんだろう……」

「そうなんだ。でも僕はミラちゃんのおっぱい好きだよ。大好き！」

「……そうなの？」

「うん！」

ぷにぷにむにゅむにゅ
ずっと揉《も》んでいたいくらい好きです。

「あ、もしかしてミラちゃんがいつも上着着てるのって、おっぱいを隠すためだったりするの？」

「……うん」

真っ赤な顔で恥ずかしがりながら、僕におっぱいを揉まれているミラちゃんがエロ可愛い。

「……大きくしすぎ」

ぎゅむっ！

「ご、ごめんリナちゃん！　ごめんなさい！」

思わずオチンチンを大きくしたら、リナちゃんにぎゅっと握りしめられてしまった。僕のオチンチンはずっとリナちゃんに握られています。リナちゃんの手の感触が気持ちよくて勃起が収まらないんだけど、僕はどうしたらいいんだ。

ガジガジと肩を噛《か》み始めたリナちゃんを宥めて、ミラちゃんと向き合う。

「ミラちゃんのおっぱいはちょっと成長が早いだけだよ。同じクラスでも背の高い子や背の低い子がいるみたいに、おっぱいが大きい子や小さい子もいるってだけ。だからミラちゃんが気にしたり恥ずかしがったりする必要はないんだよ」

むにゅう

「ミラちゃんのおっぱい、僕は大好きだから！　大きくて柔らかくて気持ちよくて、とっても素敵なおっぱいだもん！　だから自信を持ってね！」

「……うん、ありがとう」

ミラちゃんの嬉《うれ》しそうな笑顔が見られて僕も嬉しくなる。

むにゅむにゅ

ミラちゃんのおっぱい吸ったり舐めたりしたいなぁ。

「……」

ちなみにナーシャちゃんが静かだなと思ったら、顔を真っ赤にして大きくなった僕を見つめていた。

ずいぶんと熱心に見ているね。

「ナーシャちゃん」

「っ！　な、なんですの⁈　ア、アナスタシアですわ！」

ビクンと震えてちょっと声がひっくり返っている。

「触ってみる？」

「～～～～～～っっっ？！？！？！」

声をかけてみたら、バシャっと温泉をかき分けてそのままナーシャちゃんが逃げ出してしまった。

興味ありそうだし、もっと積極的にいってみようかな。

■

「んひぃ♥　お、ぅ、あっ♥　ひぃぃんっ♥♥」

じゅぷじゅぷ、ぺろぺろ、ちゅうちゅう♥

お風呂を出てみんなと別れた後、ずっと焦《じ》らされていた僕はすごくムラムラしてしまってそのまま部屋に直行した。

部屋に入った途端、リナちゃんに挿入。そのまま膝《ひざ》の上に乗っけてずっと乳首を責め続けている。

「おおおおぉぉ……♥　くうっ♥　あ、あーっ♥」

どのくらい舐めていたか覚えていないけど、チンポを突っ込まれて乳首をいじられ続けたリナちゃんは、乳首だけでも簡単にイけるようになっちゃった。

ぢゅるるるるる！

「アアァァア――ッ！！！♥♥♥」

かりっ、こりこり♥

「アッ♥　アア、アアッ、ンンーッ！♥」

まだまだ小さなおっぱいの先端にぷくっと膨らんだリナちゃんの乳首が可愛いね。このままおっぱいを性感帯にしてあげるね。おっぱいはこんなにエッチなんだって僕が教えてあげないといけないんだ。

両方のおっぱいをたくさんいじって、オ〇ンコに今日のムラムラを全部叩きつけてたら、リナちゃんがイきすぎて壊れちゃった……。まあ明日になったら治るよね。

6 貴竜の学校

一週間が経過して、だんだんこの学園についてわかってきた。

ここは〝貴竜《きりゅう》が通う学校〟じゃなくて〝貴竜をつくる学校〟なんだ。

体育の時間という名前の戦闘訓練。男子は嬉々《きき》としてやり合っているけど、お互いに切磋琢磨《せっさたくま》して競い合うことで日に日に強くなっているのがわかる。

他《ほか》の男子が使っていた技術を見て模倣しようとしたり、模擬戦で負けた理由を考えて自分の弱点を克服しようとしたり、他の生徒たちの模擬戦の様子を見学して攻略方法を考えたり。

これまで一人で自由気ままに過ごしていた男子が競争相手を与えられて、必死に強くなろうと足掻《あが》いている。元々強かったレオナルドくんは更に強くなったし、弱かったアーロンくんや準貴竜の子はメキメキと力をつけてあっという間に差を縮めた。

強者を生み出すためにはやはり競争させるのが一番手っ取り早いんだろう。

そして熱くなりすぎた生徒が暴れる前にストレス発散させるためにゲームがある。

カードゲームで一喜一憂し、ボードゲームで慣れない頭を使う男子たちの諍《いさか》いは、まだ命の取り合いまで発展していない。普通の喧嘩《けんか》の範疇《はんちゅう》だ。

僕もよくゲームに呼ばれて全勝しているけど、殴り掛かってくる子とかはいない。ゲームの敗北はゲームで取り返そうとする姿に好感を持てるね。


戦闘訓練、ゲームに加えて重要視されているのが〝贅沢《ぜいたく》〟の授業だ。

美食。国内の各地から取り寄せられた食材を使った美味な料理を食べる授業。

服飾。デザイナーが作った衣服を鑑賞する授業。

装飾。職人が作った装飾品を鑑賞する授業。

芸術。芸術家が作った美術品を鑑賞する授業。

読書。作家が書いた書物を読む授業。


この贅沢の授業が貴竜をつくるために必要な教育なんだと思う。

野生の竜は何も知らない。食らいたいものを食らい、殺したいものを殺し、破壊したいものを破壊し、性欲を持て余せば適当な雌で解消し、眠りたい時に眠る。

食欲、殺戮《さつりく》欲求、破壊衝動、性欲、睡眠欲に従って周囲に多大な被害をもたらす生きた災害。それが野生の竜だ。

何の教育も受けず、何の知識も持たない竜は略奪者であり、何も生み出さない。ただの邪魔者にすぎない。

だけど、そんな竜に教育を施し、美味《おい》しいものを食べさせ、楽しいゲームを教えて、金銀財宝の数々を見せて、人間たちが作り出したたくさんの美しいもの、面白《おもしろ》いものを教えていく。

そして、地面を耕し食材を育てるのも、美味しい料理を作るのも、綺麗《きれい》な服のデザインを考えるのも、美しい装飾品や美術品を作り出すのも、素晴らしい物語を書き上げるのも。全てに魔力を持たない人間が関わっている。竜から見たら矮小《わいしょう》で脆弱《ぜいじゃく》でちっぽけな生き物がこんなにも多くの素晴らしいものを生み出すことができると教えていくんだ。

そうやって〝人間の有能さ〟と〝お金〟の価値を覚えていく。お金をたくさん稼げばいろんな楽しいものを好きなだけ楽しめると学んでいく。

お金はどうやって稼ぐのか？　当然働くしかない。

領主として民を守って税金を得る。騎士になって仕える主人から給料を得る。なんらかの仕事をして報酬を得る。

仕事と報酬の仕組みを理解させることで〝野生の竜〟が〝社会の歯車〟の一つとして組み込まれていく。

——それが〝貴竜〟。圧倒的な武力によって人類の守護者となる代わりに贅沢の限りを尽くすことを許された者たち。

「人間ってたくましいなぁ」

天災に等しいはずの竜の力すら絡《から》め取り、引きずり込み、沼に落とす。

暴力では圧倒的に劣っているはずの人間が作り出した作品の力で竜たちを魅了し、人類のファンに変えてしまう在り方。遥《はる》か昔から共生し共存し、繁栄を重ねてきた生物の力強さ、生命の神秘がそこにある。

■

「あの勲章……つまり〝いいね〟ボタンか」

教室の教壇に魔力を持たない男性が立っている。彼の胸元には金銀宝石を使った豪華な勲章がいくつもつけられていた。

大勢の貴竜に囲まれ普通なら絶体絶命、命の危機に絶望する状況でも彼は実に自然体の様子で手に持っていた本を掲げていた。

本に描かれているのは服飾のデザイン。前後左右、様々な角度から描かれた何枚もの絵を使ってどんな服なのか説明している。

「説明は理解できたな？　それではアーロン、この服を着てみろ」

「わかった！」

男性の説明が終わると、ブーノ先生がアーロンくんを指名した。

「はあ!!　……どうだ？」

アーロンくんがいつもの早着替えで服を作り変えた。

出来上がったのは男性の本に書かれていた服とそっくり同じ……とはいかず、背後のデザインが微妙に違う。

「ここが間違っているぞ。鏡を見ながら練習してみろ」

「くっ、それならこう……うん？　なんだか余計変になったぞ？　あれ？」

「アーロン様。一旦落ち着いてもう一度このデザインをご確認ください。先ほど間違えたのはここの部分ですね。このラインをしっかり覚えて作り直してみてください」

今日の授業のために用意された鏡の前で、ああでもない、こうでもないと試行錯誤するアーロンくんに男性が話しかけて、間違えていた部分を指摘する。

そうやって何度も何度も修正を繰り返しながら作り直し、最後は無事にデザイン通りの服を作ることに成功した。

「よし、できた！　どうだ、似合っているか？」

「はい。アーロン様の活発でのびのびとした雰囲気にとてもお似合いだと思います」

「むふふ。そうかそうか。俺《おれ》様もそう思うぞ、うん」

鏡に映った自分の姿を眺めてにやにやと笑っているアーロンくん。田舎《いなか》出身だからアーロンくんの服飾センスはイマイチで、これまでどこか垢抜《あかぬ》けない印象があったけれど、服を変えただけでかなり雰囲気が変わった。

まあ準貴竜だからアーロンくんの顔立ちは元々整っているんだけどね。でもデザイナーさんの選んだ服が彼にとてもよく似合っているのは確かだった。

「はっ、馬子にも衣装だな。アーロンには上等すぎてもったいない」

「なんだとお!!」

「騒ぐな二人とも。そこまで言うならレオナルド、お前も自分に似合う服装を選んで作製してみろ」

「はい。わかりました！」

次はレオナルドくんが指名されて新しいデザインを選び始める。絶対にアーロンくんよりもカッコいい服を作ってやるという意気込みがすごい。

「レオナルド様にお似合いのデザインでしたら、こちらとこちらがオススメでございます。いかがでしょう」

「……悪くないな。お前はどちらが良いと思う？」

「こちらは軽やかで活発な印象を、こちらは大人《おとな》びた落ち着いた印象を与えますので、レオナルド様の見せたい自分に合わせた方をお選びくださいませ」

「なるほど、見せたい自分か。ではこっちにしよう」

「はい。かしこまりました」

デザイナーさんの指摘は本当に的を射ている。二言三言会話をするだけでレオナルドくんの希望に添ったデザインを選び出してしまう。

渡されたデザイン画を穴があくほどじっくりと見て、レオナルドくんも服を着替えた。

「素晴らしい！　完璧でございます、レオナルド様！」

「ふっ、これくらい当然だ」

デザイナーさんの称賛にレオナルドくんが笑みを浮かべ、鏡の前でポーズを取る。気に入っているのが丸わかりだ。

「なんだその服。お前には似合わないだろ」

「やれやれ、アーロンには高尚すぎて理解できないか。やはり君にその服を着る資格はないようだな」

「お二人とも大変よくお似合いかと。ですがよろしければ私から更なるファッションの秘訣《ひけつ》をお教えさせていただきたく――」

「「なんだと⁈」」

アーロンくんとレオナルドくんがお互いの服装を貶《けな》してバチバチ火花を飛ばそうというところで、さらりとデザイナーさんが間に入って主導権をかっさらった。

どうすれば更にカッコいい着こなしができるか。その服に合う小物にはどんなものがいいのか。一部のデザインを変えることで無限のバリエーションが出てくるなど、実用的かつためになる内容で二人の心を掴《つか》んでいった。

いや、アーロンくんたちだけではなく、デザイナーさんの話を聞いている生徒たち全員から信頼を勝ち取っていた。

〝この人に任せておけばカッコよくなれる〟と生徒たちに思わせているんだ。

その実力と巧みすぎる営業力に、これがこの世界を生きる人間たちかと舌を巻いたね。いやあ……すごい。どこの世界でも、どの分野でも、一流の人間ってやっぱりすごいや。

■

そんなわけで生徒たちのハートをガッチリ掴んだデザイナーさんが男子生徒たちにそれぞれデザインを見繕《みつくろ》っていく。まあデザイナー兼トータルコーディネーターなんだけど、実力は間違いなく本物だ。

この世界の貴竜は自分たちで服を作れちゃうから服飾文化が発達していないのかと思ったけど、とんでもない。

むしろどんな服でも手間をかけず、一瞬で作り直しできるので服のデザインだけがどんどん進化していくという方向で発展していた。

新しいデザインが作られるだけでなく、一昔前のデザインが再評価されてアレンジされて再ブームを巻き起こしたり、自分のお気に入りのデザインをずっと着続ける貴竜がいてそれを見た若者が真似《まね》をし始めて再び流行《はや》ったり、デザインに関しては本当に自由でいろいろと存在している。

その多様なデザインの中から依頼主に似合うデザインを選んで、時にはその場でアレンジを加えるのも今回教室に呼ばれたデザイナーさんの仕事だった。本当になんでもできるね、この人。

彼の衣服に付いている多くの勲章は彼の仕事に満足した貴竜が感謝状として与えたもの。要するに〝お気に入り〟の印であり、この男性に手を出したら俺たちが黙っていないぞと他の貴竜を威嚇するためのものだ。

自分の仕事に自信があり、多くの後ろ盾を持っているから貴竜たちに囲まれても怯《ひる》みはしない。まさにプロフェッショナル。

ちなみにお金持ちの一般人や自分で衣服を作れない雑竜《ざつりゅう》は普通に服屋で服を買うけど、貴竜たちの間で流行しているデザインを真似た服が富裕層でも人気になるらしい。上位者の真似をしたがる心理はこっちの世界でも同じみたいだ。

「どうアレク？　似合ってる？」

「うん、よく似合ってるよ！　お姫様みたい！　リナちゃん可愛《かわい》い！」

「そう……まあ当然よね。だって私だもの」

今回の授業でリナちゃんが選んだのは赤い大きなドレスの上に白いワンピースを重ねたようなデザイン。スカートは丸くふわりと広がって足首まで隠し、胸元にはピンクの大輪の花が飾られている。

大人の女性が着るにはちょっと子供っぽいけど、リナちゃんが着ると可愛さが何倍にも引き立てられて本当によく似合っている。

「……わたくしのドレスはどうですの？」

「わ、すごい！　毛皮だ！　そのモコモコした感じ、とてもいいね！」

リナちゃんのドレスを褒めていると、今度はナーシャちゃんがドレスの感想を求めてきた。

ナーシャちゃんのドレスはスッキリした青いドレスと純白の毛皮のボレロを組み合わせ。毛皮のモコモコ感がすごくいい。

「ま、まあ当然ですわね」

普段から豪華な凝ったデザインのドレスを着ているナーシャちゃんだけど、やっぱり褒められると嬉《うれ》しいみたいで笑顔を見せてくれる。このままお持ち帰りしたい。

「アレクくん、わたしはどうかな～？」

「ミラちゃんもよく似合ってるよ！　大人っぽくて綺麗だよ！」

「ありがとう～。嬉しいな～」

ミラちゃんが選んだのは体のシルエットがけっこうはっきり出ているドレス。白地に金の花が刺繍《ししゅう》されているけど、布地自体がキラキラしているのでよくよく見ないと気がつかない隠れたおしゃれ。

幼い顔立ちと成熟した体のアンバランスさも魅力だね。


三人とも可愛くて綺麗で最高だと思ったけど、その次の授業ではドレスに似合うアクセサリーの選び方などもあって、更に可愛く綺麗になってしまった。

好きな女の子の着飾った姿を見るために雄竜はがんばってお金を稼いでくるんだろうなーと非常によく理解できる授業だった。

□

小さな世界だった。

気がつけばそこにいて、昨日と同じ今日が繰り返されて。

ただ生きるために生きていた。何の理由もなく、何の意味もなく。この世界に生を受けたから惰性のままに生きる。

世界の色はきっと白黒しかなくて、そんな世界を赤く染めることだけが喜びで。

だけど、いつの間にか新しい彩《いろどり》が増えていた。

意味のない日常に、薄っぺらな背景の上に、自分の世界を作り上げていく。

——美味しい料理を食べた。あなたと一緒に食べたいと思った。

——美しいものを見た。あなたと一緒に見たいと思った。

——可愛らしい服を着た。あなたに見てほしいと思った。

美味しいご飯は好き。キラキラ光る宝石も好き。見たことのない綺麗な服も好き。

「リナちゃん、よく似合ってるよ！　お姫様みたい！　可愛い！」

でも、一番好きなのはあなた。あなたにもっと可愛いと言ってほしい。可愛い私を見てほしい。

どんなに私の世界が広がっていっても。

どんなにたくさんの物が私の世界に溢《あふ》れても。

私の世界の中心にいるのはあなただから。

いつでも、どこでも、私の側《そば》にいてほしい。

今までみたいに、これからもずっと私の側にいてほしい。

「とってもセクシーだね、リナちゃん」

あなたに褒められるだけで心が弾む。

「アレクも、かっこいい……」

「ありがとう」

今日の授業はパーティ参加用のドレスを作った。先生が呼んだデザイナーから一人一着ずつドレスを作ったんだけど、あなたの分はなかった。

だから、私があなたのパーティ用の服装を考えて着替えさせてみた。

あなたの黒と私の赤を組み合わせた色合いで、それに合わせて私のドレスも赤と黒に変えてみた。

二人の彩。二人だけのパーティ。

私とあなたしかいない部屋の中で、まっすぐに私を見つめてくれている。

あなたの瞳《ひとみ》に見つめられるだけで体が熱くなる。勝手に両手が動いてしまう。

「ああ……とってもエッチだ。綺麗だよ……」

私の両手がドレスの裾を持ち上げると、あなたは獣のような顔で私を見てくれるの。どんな魔物よりもカッコいい眼差《まなざ》しに、私は食べてほしいと願ってしまう。

「そのまま持ち上げていて」

あなたの手が私のお腹《なか》に触れる。竜紋《りゅうもん》を撫《な》でる優しい手つきにお腹の奥がどろどろと熱を孕《はら》んでいくのがわかる。

片足を持ち上げられた。下着の上からあなたの指がなぞる。

「破いていい？」

「い、やぁ……♥」

触れられるだけでゾクゾクしてしまう。破られるのは怖い。でも、破いてほしいと思っている。

下着を破いて乱暴に。下着を破かないで優しく。どちらでも。あなたが望むなら。

「リナちゃん、ごめんね」

ブチ……ブチ……ッ
「あ、やあ♥　やって言ったのにぃ……♥」

あなたならいつでも好きなだけ入れていいのに、わざわざ下着を破って……ひどい人♥

無理やりされて拒みたいのに、大好きなあなただから受け入れたくて、頭も体も混乱してしまう。

「リナちゃんごめんね、可愛いね」

あなたがキスをしてくれる。目尻にもキスを落として私の涙を舐《な》めとった。

とっても優しいのに優しくない。私の中をずんずんとかき分けて進み、二人の腰がぶつかった。あなたが私の一番奥まで辿《たど》り着いた。

「――――ッ♥♥♥」

頭の中が真っ白になって、体が勝手にぶるぶると震える。お腹の中であなたがたくさん子種を注ぎ込んでくれているのがわかる。

抱きしめたい。今すぐ抱きしめてあなたにたくさんキスをしたい。

でも、スカートを持ち上げていてって言われたから、抱きしめられない。

「あぁ……すきぃ♥」

抱きしめられなくて悲しい。もっとあなたに側にいてほしい。

「すき、すきなのぉ♥　だいすきぃ♥」

動きたいのに動けない。こんなに好きなのに動いていいよって言ってくれない。どうしてどうして
どうして……。

「リナちゃん、可愛い」

あっ♥

「僕も好きだよ。大好きだよ」

「うん……♥　私もだいすきぃ……♥」

好き♥

「僕の赤ちゃん産んでね。今日もたくさん子作りしようね」

「うん♥」

すき♥　すき♥　あなたのあかちゃんいっぱいうむの♥

「リナちゃん！」

「きて♥」

すき……♥　あいしてる……♥

だいすき……♥　しゅき……♥　あー……♥　しあわせぇ……♥

すきぃ……………♥

■

「リナちゃん、また壊れちゃった」

今日もいつものようにリナちゃんをパンパンしてたら、途中で反応しなくなってしまった。

「しゅき……♥　しゅき……♥　しゅきぃ……♥」

好きの言葉だけ繰り返す壊れたレコードみたいになったリナちゃん。虚《うつ》ろな目で焦点もあっていない。授業で作った可愛らしいドレスもめちゃくちゃで、それなのに両手でスカートを持ち上げたままのリナちゃんの姿がすごくいい。オ◯ンコから僕の精液を垂らして、虚ろな笑顔で好き好きって……。

僕がここまでリナちゃんを壊したんだ。リナちゃんをめちゃくちゃにしていいのは世界で僕だけなんだ。そう思うとすごく興奮する。燃える。

「リナちゃん、もう一回！　もう一回出すよ！」

「あっ、あっ、あっ♥　しゅきぃ♥　あっ、しゅきぃぃぃ♥」

ビュウウウウウウウウウウ!!

「あーっ♥　ああーっ♥♥　あああ――――っ♥♥♥」

はあ。リナちゃんは可愛いなぁ。このままもう二度と元に戻らないくらいリナちゃんを壊しつくしたい。

「大好きだよ、リナちゃん。愛してる」

「あは……♥　わたしもぉ……あいしてるぅ♥」

二人は幸せなキスをして終了――とはならず。

この後もたくさんリナちゃんに中出ししまくった。

7 氷を砕く

入学してから一ヶ月が経過した。

授業も少しずつ進んでいて、徐々に真面目《まじめ》な内容に入ってきている。アーロンくんとか準貴竜《じゅんきりゅう》の子たちはそういう授業は苦手のようでブーノ先生にいつも怒鳴られているね。

優秀なのはナーシャちゃんとレオナルドくん。リナちゃんは……まあ、僕がフォローしているし、ちゃんと勉強するように言っているから大丈夫かな？

「……勉強するならオススメの参考書がある。教えてあげる」

女子寮の談話室でみんなで今日の授業の復習をしていると、ソフィお姉様が声をかけてくれた。

「こっち。ついて来て」

ソフィお姉様はカードゲームで仲良くなった先輩の一人で、水色のセミロングの髪をした小柄な先輩だ。談話室の隅で静かに本を読んでいることが多いけど、ゲームをしていると近くに寄ってくるゲーム好きでもある。

「ここ」

「これは……図書館？」

「そう」

そんなソフィお姉様が案内してくれたのは学園の隅にある図書館だった。

本校舎で騒動があっても図書館まで被害が及ばないように離れた場所に隔離されているらしい。噂《うわさ》には聞いていたけど初めて来た。

校舎と同じ材質の白い建材で造られた図書館に入ると、紙とインクの懐《なつ》かしい香りがする。内部には本棚がズラリと設置されていて大量の本が並んでいた。

「すごい数だ……。これって全部手書きなの？」

入り口から見える範囲だけでも百冊以上の本が置かれている。この図書館の蔵書量がどのくらいなのか気になるところだ。

「……手書きは少ない。破損した時に写本を作るのが面倒だから」

ソフィお姉様が手に持っていた本を開いて中を見せてくれた。確かに手書きではなく、ちゃんと印刷された本だった。ソフィお姉様によるとこの世界にはすでに印刷技術が存在していて、本が好きな貴竜や富裕層向けの本を大量に印刷しているらしい。

「なるほど。貴竜向けならあってもおかしくないのか」

この世界の技術の発展は地球の歴史とは大きく違っていて、何があって何がないのかよくわからない。

貴竜の存在があるから軍事技術はたぶん発展しないと思う。戦闘機と生身で戦闘できる生物がいる世界でわざわざ大金を費やして軍事技術を一から研究するかと言ったらしないだろうね。

医療関係もそうだ。貴竜《きりゅう》・雑竜は命に関わる怪我《けが》じゃなければ寝ていれば治るし、病気にもかからない。普通の人でもお金持ちならポーションを使えば大体の怪我や病気は治せる。魔物の素材から作られたポーションは希少で高いけど、その分効果は高いし即効性がある。

お金を持っている人間はこのポーションで満足してしまい、医療分野に資金を投入しない。だから医者も医療技術も発展しない。逆に娯楽や芸術に関する分野はどんどん発展している。

地球を知っている僕からするとすごく歪《いびつ》な発展をしているように見える。

もしかしたら明日にでもインターネットが誕生するかもしれないし、逆に千年経《た》っても今と変わらない生活をしているかもしれない。

この世界の未来がどうなるのかわからないけど、過去と現在についてなら学ぶことができる。今日はそのためにやってきたんだ。


「これがおすすめの参考書」

「絵本なの?!」

ソフィお姉様が持ってきたのは子供向けの絵本だった。

……ビックリしたけど、村で最低限の読み書きを習っただけのリナちゃんでもわかりやすい良い本だったよ。

■

ソフィお姉様がリナちゃん向けの本を選んでいる間、折角《せっかく》なので僕とナーシャちゃんとミラちゃんは館内の探索をすることにした。

一年生の僕たちは図書の貸し出しが認められておらず、館内での閲覧のみ可能だった。本を借りて返さない生徒、紛失した生徒、汚したり破ったりした生徒、そして乱闘騒ぎで本を巻き添えにした生徒。そういった前科者が多すぎたせいで厳しく制限しているようだった。

「あ～、この本面白《おもしろ》そう～！」

「どんな本……少女漫画？」

ミラちゃんが手に取ったのはいかにも女性向けという絵が表紙に描かれた本だった。しかもよく見ると周りにあるのは同じような本ばかりで、女性向けコーナーに迷い込んでしまったようだった。

「ミラちゃん、僕あっちの方を見てくるね！」

「は～い、またあとでね～」

近くの椅子《いす》に腰かけて本を読む態勢に入ったミラちゃんを置いて奥に進む。ちょっと進むとナーシャちゃんが本を取ろうとしている姿が見えた。どうやら領地経営についての本のようだ。

高い所の本を取ろうと手を伸ばすナーシャちゃん。その背後に音もなく近づく影があった。

「こ、この本でいいのかい？」

「え？　だ、誰《だれ》ですの？」

見たこともない青い髪の少年がナーシャちゃんに話しかけていた。ひょろりと背の高い少年。クラスメイトではないので上級生の男子だと思う。ナーシャちゃんに笑いかけようとして笑顔が引き攣《つ》っていた。

「た、たまたま見かけたから……気にしないでいいよ。はい、これ。き、君は一人で来たの？」

そのまま本棚から本を抜き取るとナーシャちゃんに差し出したが、ナーシャちゃんは能面のような顔で身構えたまま受け取らなかった。

「……寮の先輩と一緒ですわ。待ち合わせがあるのでこれで失礼します」

「あ、ちょ、ちょっと待ってよ！」

噛《か》み噛みで本を差し出した少年の横を、ナーシャちゃんがすり抜けようとした。だけど少年の手が行く手を阻《はば》む。小柄なナーシャちゃんの体に覆いかぶさるように立っている年上の少年。どう見ても事案である。

「……通してください」

「あ、あのさ、この本。読もうとしていたんでしょ？　領地経営に興味があるんだね。実は僕は西の領主の息子で、き、君が興味あるなら僕が――」

「……」

これ以上はアウトだろう。まだ体に触れてはいないが、行く手を塞《ふさ》ぐのはやりすぎだ。しかも自分語りまで始まってしまった。ナーシャちゃんが嫌がっているのに全く気がついていない。

僕は熱くなっている迷惑男の後ろに立つと、さっと彼の手を退《ど》かした。

「通してもらうよ」

「なっ⁉」

「あ……。あなたは……」

「行こう」

迷惑男に一声かけて、そのままナーシャちゃんを連れ出した。ナーシャちゃんの小さな体を僕の体で隠すようにして急いでその場を離れる。

「ま、待て！　なんだお前、いきなり出てきて！」

背後で騒ぎ始めた迷惑男に振り返り、一言。

「図書館ではお静かに。……ほら、こっちを見てるよ？」

「ッ！」

壁を指差すと司書さんが僕たちを見ていた。図書館で騒いだり喧嘩《けんか》をしたら司書さんに追い出される。それがここのルールだ。迷惑男もそれを思い出したのか、射殺すような目で僕を見ながら引き下がっていった。

「……あのくらい、わたくし一人でも対処できましたわ」

質《たち》の悪いナンパから助けたナーシャちゃんだけど、僕の助けは必要なかったとおかんむりだった。

僕が声をかけた時に一瞬だけホッとした顔をしていたけど、それを指摘したらもっと怒りそう。

「雑竜のくせに……雑竜なんかにわたくしが助けられるなんて……！」

しばらく思い詰めた様子でブツブツとつぶやいた後、キッ！　とまなじりを決してナーシャちゃんが言った。

「決闘ですわ！　わたくしの実力をあなたに教えて差し上げます！」

ナーシャちゃんを迷惑ナンパ男から助けたと思ったらなぜか決闘を申し込まれてしまった。

■

深夜。リナちゃんを部屋に残して僕は一人で決闘場にやってきた。リナちゃんがプリプリ怒っていたので明日以降が怖いけど、一対一の決闘だからと何とか納得してもらった。

決闘場は女子寮の地下にある屋内運動場の一角だ。寮生の部屋から遠いから戦闘音も聞こえにくいし、こっそりナーシャちゃんと戦うのにうってつけの場所だと思う。

階段を下りて運動場の扉を開けるとすでにナーシャちゃんが待っていた。蒼氷《アイスブルー》の装甲と白雪のドレスを組み合わせたバトルドレスを着た彼女の全身から魔力が立ち上り、冷気となって決闘場を満たしていた。

息をすると肺の中に冷気が入ってくる。油断すると内から凍り付きそうだ。しっかりと全身に魔力を巡らせる。

「おまたせ、ナーシャちゃん。準備万端みたいだね」

「……よくぞ来ました。今日こそわたくしの実力を見せてあげます！　覚悟はできているでしょうね

「……！」

そこにいるのはお人形みたいに可愛《かわい》い女の子でも、ナンパ男に絡《から》まれて困っている女の子でもなく。

「貴竜と雑竜の格の違い、思い知りなさい!!」

自らの誇りを賭けた戦いに挑む、人の形をした小さな氷竜だった。

「凍り付きなさい!!」

決闘開始の合図の代わりにナーシャちゃんが作った氷弾がまっすぐに突っ込んでくるけどそれをステップで避《よ》ける。

遅い。それにもし直撃しても大したダメージにはならないだろう。リナちゃんの火球の方が圧倒的に速いし痛い。

「ちょこまかと！　それならこれでどうです！」

そのままひょいひょい攻撃を避けていると、このままでは埒《らち》が明かないと悟ったナーシャちゃんが戦法を変えた。

最初の戦闘訓練の時にナーシャちゃんが作った氷の壁。それがナーシャちゃんの周囲に形成され、時間とともにどんどん厚く大きくなっていく。

一ヶ月前と比べて速度も上がっているしナーシャちゃんも練習をしていたのかもしれない。

「……どうして動きませんの？」

壁を作り出しても動かない僕にナーシャちゃんが不思議そうな顔をする。

「ナーシャちゃんの実力を見せてくれるんでしょう？　君の全力を見せてよ、ナーシャちゃん」

「減らず口を！　後悔しても知りませんわよ！」

そんなことを言っている間に氷が運動場を覆いつくし、僕の体も凍らせようとしてくる。あの時レオナルドくんにトドメを刺したのと同じだ。氷はすぐに僕の全身を覆い、冷気が侵食してこようとする。

体中を蝕《むしば》むナーシャちゃんの冷気を感じながら、僕は体内――丹田《たんでん》に集めていた魔力を解き放った。

侵食が止まり、全身の氷が溶けだし、自由を取り戻した。

ナーシャちゃんの全力がどれくらいなのかわかった。このくらいの冷気じゃ僕を止めることはできない。

右手に魔力を込め、目の前の氷壁に振り下ろす。

「ナーシャちゃん、いくよ！」

打撃音。大穴が開いて崩れた氷壁のすぐ向こうに、別の氷壁が用意されていた。

「もう一発！」

殴った箇所を中心にヒビが入って砕け散る。

再び氷壁。それも一撃で破壊する。

ただただ、魔力任せ、力任せの攻略。巨大な防壁を張ったナーシャちゃんより、一点に魔力を集中させた僕の拳《こぶし》の方が強くて堅い。

ナーシャちゃんが時間をかけて何重にも張り巡らせた氷の壁を一撃で粉砕していく。すごく楽しい。

どんどんテンションが上がっていく。

「ここかな、ナーシャちゃん？」

まっすぐ前に突き進むと、最後にとても丈夫な白いドームが出てきた。

本当に小さなサイズの、ナーシャちゃんが入ったらそれだけでいっぱいになってしまう氷のかまくら。

コンコン、コンコン

「ナーシャちゃん？」

叩《たた》いた感じだと、かなりの魔力を込めて作られている。ナーシャちゃんがこんなに固い魔力物質を作れたことに驚いてしまう。

それでも思い切り殴ったらいけそうだけど……。そうだ、こうしよう。

拳を手刀の形に変えて魔力を収束する。魔力はただ放出するだけなら簡単だ。でも、こうして一定以上の密度に収束するには訓練が必要になる。僕が何年もかけて練習した魔力の収束は、ただの手刀に魔剣の鋭さをもたらした。

「くらえ！　マジックブレード!!」

思いついたばかりの技名を適当に叫びながら、白い壁に手刀を突き入れ、そのまま切り裂いた。

「見つけた！」

かまくらの中でナーシャちゃんが小さくなって丸まっていた。防壁が次々に破壊されていくのが怖かったんだろう、ちょっと泣きそうになっている。

「な、なんで……なんでわたくしの氷をこんな簡単に……」

「はい、捕獲」

「ざ……雑竜のくせに……！　わたくしは貴竜なんですわよ……！　離しなさい！」

小さく丸くなって嫌々するナーシャちゃんをお姫様抱っこで持ち上げる。

「ナーシャちゃんから挑んできた決闘に負けたんだ。どうなるかわかるよね？」

「や……やだ……やめて、お願いですの……」

「大丈夫大丈夫。ただちょっとナーシャちゃんに雑竜の良さを知ってもらうだけだよ」

「ううぅぅ……！」

さあ、決闘で勝ったからこれはもう僕のものだ。誰にも渡さないぞ。

■

ナーシャちゃんを抱っこしたまま彼女の部屋までやってきた。従者さんも隣の部屋でお休みしているらしく、僕とナーシャちゃんの二人きりだ。

バトルドレスの装甲部分を解除してドレスだけになったナーシャちゃんをベッドに寝かす。

「ほ、本当にするん、ですの？」

「そうだよ。まずはキスしようか」

「だ、だめですの……、わたくしの体は将来の旦那《だんな》様のもの……あ……」

ナーシャちゃんの小さな体を抱きしめて唇を重ねる。舌で割り入って口内を愛撫《あいぶ》すると、ナーシャちゃんもおずおずと舌を伸ばして応《こた》えてくれた。

「……っ、はぁ……。こんなの、だめ……ですの……旦那様、しかぁ……」

たっぷり十分以上キスをすると全身から力が抜けて息も絶え絶えの様子だった。

我慢できずにスカートをめくり、ナーシャちゃんの足を開く。純白の生地に青いリボンとレースのついたパンティーがとても清楚《せいそ》で可愛らしい。

「可愛い下着だね……それじゃあ、そろそろ本番をしようか」

「んん……だめぇ……わたくしは、お父様のような、素敵な旦那様と……あっ♥」

肉棒を取り出して先端を擦《こす》り付ける。凍り付くようなことはないけどヒンヤリしている。

パキ……パキパキ……

「ふぁ♥　やだぁ♥　ぐりぐりしない、でぇ……♥　あっ♥」

身をよじらせるナーシャちゃんを押さえつけて、少しずつ腰を前に進ませる。

パキ……パキィ……

ナーシャちゃんの作った氷のパンティーが、儚《はかな》い悲鳴を上げている。

「う、うぅ……旦那、さま……ぁ♥」

ナーシャちゃんが腕を伸ばして僕に抱きつき、ポロポロと涙をこぼした。

「だ、旦那様に、ナーシャの旦那様になってくれる人しかだめなの……」

「ナーシャちゃん、入れるよ。ナーシャちゃんを僕のお嫁さんにするよ」

「あ♥　あぁ♥　あなたは、ナーシャの旦那様に、なってくれるんですの……？　ナーシャをちゃんと愛して、可愛がってくれるんですの……？　ナーシャの、だんなさまぁ……」

こぼれ落ちた美しい涙にキスをして、腰を突き入れた。

「あ……！　ああ！　あ――っ?!」


パキィイインッ!!　ズンッ……!!


「あ、あああぁぁぁぁ♥　あつい♥　あついのがナーシャの中に……あああぁっ♥」

ナーシャちゃんの中はとても冷たかった。そして狭く硬い。まるで氷の壁に穴を空けたみたい。


ミチミチミチ……ズッ、ズッ……！


氷の海を割り進む砕氷船になった気分。少しずつ、少しずつ時間をかけて進むしかない。

「お、おおきい、ですのぉ……なかがいっぱいで……」

「もうちょっとで全部入るから、それまで頑張ってナーシャちゃん」

「はやく……んああっ♥　お、おなかのなか、いっぱいですのぉ♥」

目をつぶって耐えるナーシャちゃんを宥《なだ》めながら、ようやく全部挿入することに成功した。お腹《なか》が僕の形に膨らんでいるのがはっきりわかる。

初めての証《あかし》が一筋、ナーシャちゃんの秘所からこぼれ落ちた。

「あ……あっ……旦那様のが……わたくしの中に……あ、んん……♥」


ズリュ、ズリュ……


狭くて硬いナーシャちゃんの中を少しずつ広げるように腰を動かす。ちょっとずつナーシャちゃんのオ〇ンコが僕の形になっていく。

「はっ……はっ……♥　旦那様ぁ……♥　キス、キスしてほしいですの♥　ナーシャのことをもっと愛してほしいですのぉ♥」

「うん。いくよナーシャちゃん。中に出すよ」

「はいですの♥　旦那様♥　来て、わたくしの中に――っ♥」


ドビュルルッルルルルルルッッ!!

「ッ！！！♥♥♥　中で熱いのが、注がれて……、あああああ！！！！♥♥♥♥♥♥」

ドプドプと大量の精液を注ぎ込んでいく。ナーシャちゃんの中に塗り込めるようにチンポの先で膣《ちつ》肉に擦り付けていく。

竜紋測定の時よりも色濃い、蒼《あお》い淫紋《いんもん》がお腹の上に浮かび上がってピカピカ光っていた。

「ナーシャちゃん、初めての中出しどうだった？」

「はぁっ……、お腹の中が熱くて……不思議な感覚でしたの……♥　……あっ♥　な、なんですの、これぇ……♥」

じゅぷっ、にゅるっ

「ひぁっ♥　なにこれ♥　さっきまで、こんなっ♥　あんっ♥」

中出ししたことでナーシャちゃんの氷のオ◯ンコに劇的な変化が生じていた。ガチガチに硬くて少し動かすのにも苦労していた膣穴がすっかりと溶けて解《ほぐ》れて、奥から大量の潤滑油を溢《あふ》れ出させていた。まるで春の訪れによって流れ出た雪解け水のように、次から次へと溢れてくる。

にゅるぅっ、じゅぷるるっ

「ナーシャちゃんの中が吸い付いてくるよ。すっかり僕の形になっちゃったね」

「あっ、お腹の中が、引っ張られて♥　なんで♥　こんな急にっ♥」

「ナーシャちゃんのオ〇ンコが僕のことを旦那様だって覚えたのかな。僕専用オ〇ンコになっちゃったね、ナーシャちゃん」

「そ、そんなぁ♥　だんなさま♥　わたくしはっ、ぁあんっ♥」

狭かったオ〇ンコの中は相変わらずキツキツで、僕の形にピッタリと密着するオーダーメイドオ〇ンコになっていた。引き抜こうとすると膣全体が吸盤みたいに吸い付いてくるし、突き入れると密着感がすごい。

あまりの気持ちよさに二回目の射精もあっという間だった。

「出る、また出すよ、ナーシャちゃん！　受け止めて!!」

「あ、あ、あ♥　また出るんですの♥　今出されたら♥　わたくし、わたくしっ♥　だめっ♥　だめですの♥　おねがいだから♥」

「イクッ!!　くっ!!」


ドビュルルッルルルルルルル!!　ビュッルルルル、ドビュウウウウウ！！！


「や♥　らめ♥　ゃあああああああぁぁぁぁっ!!♥♥♥」

柔らかな膣肉が僕のチンポに絡み、根元の方から先端へと締め付けて吸い込もうとしてくる。その快感に逆らわず、ナーシャちゃんの子宮の中に全部の子種を吐き出した。

「すごく良かったよナーシャちゃん。気持ちよすぎて何度でも出そうだよ」

「んん……♥　どうぞ、だんなさまぁ……♥　わたくしの、オ○ンコにいっぱい出してぇ……んんっ！♥」

ナーシャちゃんの細い体を抱き上げて、対面座位の体勢に変える。

繋《つな》がっていたところがナーシャちゃんの体重で更に深く結合し、ぐぷぅっと音をたてて愛液が溢れ出た。

「ナーシャちゃん、気持ちいいでしょ？　僕の子供を産んでもらうからね。いっぱい子作りの練習しようね」

「は、ひぃ……あ♥　これ、ふかぃ♥　あっ♥　あーっ♥　だんなさまのがぁっ♥」

ナーシャちゃんの体を上下にゆする。じゅぶじゅぶと音を立てながらオ○ンコを出入りすると、あっさりとナーシャちゃんは腰砕けになって、僕に抱きつき体を震わせながら鳴くことしかできなくなってしまった。

旦那様、旦那様と鳴くエッチなナーシャちゃんが可愛くていっぱい可愛がっちゃった。

■

にゅぽにゅぽとナーシャちゃんに抜き差しして何度も何度も射精した。だんだんと目が虚《うつ》ろになって「あー」とか「うー」しか言わなくなってくる。

「ナーシャちゃん、大丈夫？」

「……だんな、さまぁ……♥　なーしゃの、だんなさま……♥　ぁあぅ……はあぁぁ……♥」

さすがにやりすぎたかなと思ったけど、離れようとするとナーシャちゃんが抱きついてイヤイヤと首を横に振る。

ナーシャちゃんは一度くっつくと離れない系女子だったみたい。

「ぎゅって♥　ぎゅってして、ほしいですのぉ……♥」

じゅぷっと二人の結合部から新しい愛液が溢れて落ちた。


「――アナ、いい加減にして」


ナーシャちゃんの背後から不機嫌さマックスのリナちゃんが現れた。パンツ以外は全部脱いで臨戦態勢だ。

部屋で待っていてってお願いしたんだけど、どうやら我慢できなくてこっちに来ちゃったみたいだね。

「あー……？　あなすたしあ、ですの……はぅ♥」

「うるさい。いつまでも一人占めして……さっさと替わりなさいよ、このチビ」

「ひぁ♥　ひゃう♥　チビじゃ、ありませんっ♥　おっ♥」

グイグイとリナちゃんが両手でナーシャちゃんのお腹を押している。そこには今現在も僕のオチンチンが突き刺さっているので、ナーシャちゃんのお腹を内と外から責め立てる形になる。

「ふああああぁぁぁぁぁ♥」

どびゅるるるるっ!!


ビクンビクンとあっという間にナーシャちゃんが絶頂して、気持ちよくて僕も一緒に射精した。

ナーシャちゃんのオ◯ンコとリナちゃんのお手々の共同作業とか最高だ。

しかも絶頂した後もリナちゃんは手を止めずにぐにぐにと動かし続ける。

「ほら、もういいでしょ。さっさと退いてよアナ」

「あっ♥　あっ♥　あなじゃらくて、あなすたしあですのぉ♥　んほぉ♥　まらぁ♥　あーっ♥」

二回、三回とリナちゃんの手でイキ続けるナーシャちゃんにすごく興奮していっぱい出た。

「ふん、この口だけ貴竜め。決闘するとか言ってたけど、あんたがとっくにアレクに心を許していたってわかってるわよ」

「ふぇ、そ、そんにゃこと……ありませんのお……」

「あるのよ。だって」

フニャフニャのナーシャちゃんの淫紋を押しながら告げた。

「あんた、アレクに〝ナーシャ〟って呼ばれていたのに一度も訂正していないじゃない」

「────ッ?!?!」

今まで僕にナーシャと呼ばれるのを許さなかったナーシャちゃんが、訂正しろと言わなかった。リナちゃんにそう指摘されたナーシャちゃんは、あっという間に真っ赤になって、両手で顔を隠してしまった。でも耳や首筋まで赤いから意味ないよ。

「ナーシャちゃん」

「あ、あ……くぅっ!!」

なにか言おうとして、葛藤《かっとう》して、何も言えない。

にゅぷっ、じゅぷぷっ♥

すっかり蕩《とろ》けて解れたオ○ンコに僕のチンポを突き入れる。

「僕にナーシャって呼んでほしかったんだ?」

「ほら、顔隠すのやめなさいよ」

「う、ぅぅ……あぁぅ……」

ナーシャちゃんの背後から伸びた手がナーシャちゃんの両手を外してしまった。

さえぎる物のないナーシャちゃんの瞳《ひとみ》が、僕の瞳と結ばれる。

「……ナーシャと……呼んでほしいですの……」

「ありがとうナーシャちゃん!」

ずっと断られていたのにナーシャちゃんから呼んでほしいとお願いされた。喜びもひとしおだ。

「あぁ……言ってしまいました……♥　恥ずかしいですの……♥」

首まで真っ赤になった顔でナーシャちゃんが身を寄せてくる。

「旦那様……♥　本当はもっと前からこうしてほしかったんですの♥　いっぱい可愛がってほしいですの♥」

キスをしようとして甘えてくるナーシャちゃんが可愛い。


グイッ！！！


「きゃっ！　もう、何をするんですの！」

いきなり引っ張られて怒っているナーシャちゃんの背後でリナちゃんが羽交《はが》い絞《じ》めにしていた。

「アナはもう終わり！　私の番！」

「アナスタシアですわ！　あなたが勝手に決めないでほしいですわ！」

次の順番を巡って争いだす美少女二人。

もちろん両方とも押し倒した。

■

リナちゃんのオ○ンコはアツアツトロトロ。挿入したチンポが融けてしまいそう。

ナーシャちゃんのオ○ンコはぴっちりぬるぬる。チンポに吸い付いてきて離れようとしない。

リナちゃんに出して、ナーシャちゃんに出して、またリナちゃんに出して――それぞれ違った感触のオ○ンコに交互に抜き差しすると永遠に続けていられそう。一生飽きない気持ちよさ。

「抜いちゃやだぁ♥ 私の、リナのオ○ンコにずっといて♥ たくさん種付けして♥」

「だめですわ、ナーシャのオ○ンコに入れてほしいですの♥ 旦那様の赤ちゃん恵んでほしいですの♥」

仰向けになったナーシャちゃんの上にリナちゃんが覆いかぶさった体勢で、僕に向かってオ○ンコを見せながらおねだりするお嫁さんたち。

真紅のパンツを横にずらして、両手で女の子の大事なところをくぱぁ♥ としているリナちゃん。さっき注ぎ込んだばかりの精液が垂れていてとてもエッチだ。

ナーシャちゃんも、破れた純白のパンツの奥、さっきまで新品未使用だったオ○ンコをくぱぁ♥と開いて、大量の愛液と精液が混ざった白い液体を股間から溢れさせていた。

二人がエッチすぎて、結局朝まで延々と続けてしまった。そろそろ従者の人が起きてきてしまうからと、急いで後片付けをしてそそくさと退散した。

控えめにいって最高でした。

■

「おはよう、ミラちゃん」

「……おはよう」

「おはよう～。あれ、ナーシャちゃんは？」

朝食の席にやってきたミラちゃんが、いつもの席にナーシャちゃんの姿がないのを不思議そうに確認する。

「ナーシャちゃんなら来てないよ。まだ寝てるんじゃないかな」

「そうなんだ。寝坊かな～？」

「珍しいね」

「いつも私より早いのにね～」

ミラちゃんとのほほんと朝食をとるけど、本当はナーシャちゃんが来れないことを知っているのでちょっとドキドキしている。リナちゃんは眠いのかダンマリ作戦でいくようだ。ご飯だけはしっかり食べている。


実は慌てて後片付けをすませたところでナーシャちゃんが急に眠いと言い出して、そのまま殻に籠っているんだよね。

現在は銀色の殻の中ですやすやお眠りタイム。いつ起きるかわからないけど後でお見舞いに行こうと思う。ちょっとやりすぎちゃったかな……。

「ナーシャちゃん来ないね～」

「うん。ナーシャちゃんの部屋まで様子見に行こうか」

しばらく待ったけど結局ナーシャちゃんは起きてこなかった。そのまま三人でナーシャちゃんの部屋に向かうと、ちょうどセレスさんが部屋の中で診察中だった。

「アナスタシアさん。診察に来ました。この殻を少し開けてもらえますか？」

「んー……みゅー……？」

「ナーシャちゃん、開けてくれる？　セレスが診察したいって言ってるよ」

「みー……はふぅ……」

寝ぼけているナーシャちゃんに声をかけて銀色の殻の一部を開けてもらい、まずはナーシャちゃんの竜紋をセレスさんが診察した。蒼い竜紋が弱く、強く、点滅するように光っている。

「やはり問題はないようです。学校には私が説明するのでこのまま休んでいてくださいね」

セレスさんの診察結果も問題なし。ご飯はきちんと食べさせてあげてくださいと従者の人に告げて、セレスさんはさっさと帰ってしまった。

「それじゃあナーシャちゃん、またお昼に来るね〜」

眠そうなナーシャちゃんを慮《おもんぱか》ってミラちゃんが一足先に退出した。従者さんも朝ご飯を取りに行き、今部屋の中にいるのはナーシャちゃん以外だと僕とリナちゃんだけ。

「ナーシャちゃん、お口開けて」

「……あー」

小さな口を開けたナーシャちゃんの目の前に、僕のチンポをポロリ。

「朝のミルクだよ。残さず飲んでね」

「はぁい……ですのぉ♥」

トロンとした顔でミルクを飲み干すとナーシャちゃんはスヤスヤ。朝食を持ってきた従者さんと入れ替わりで部屋を出た。

そして部屋に戻り慌てて制服姿のリナちゃんのお腹にも一発注ぎ込んで、登校時間になった。

またお昼になったらナーシャちゃんに会いに行こうかな。お昼のミルクも飲ませてあげないとね。

□

セレスは自室で書類の整理をしていた。つい先日、アナスタシアの竜紋を検査した時点では兆候はなかったのに、今朝検査したら二次性徴が始まっていた。その書類を作っているのだ。

竜紋は成人した証。体が子供から大人《おとな》へ成熟したことを示す証明だ。

男子の場合はさほど変化はなく気がつけば竜紋が浮かんでいるという場合もあるが、女子の場合は一週間ほど殻に籠り、安静にした状態で過ごす。

アナスタシアの体内では覚醒した魔力が自分自身の体の仕組みを造り変えて、子供を宿せるよう準備をしている。

貴竜の――魔力持ち同士の妊娠は難しい。雄と雌の魔力が十分に馴染《なじ》み、融和している状態になって初めて母体に子供が宿る。魔力が馴染まない状態だとお互いに反発し合い、妊娠はしない。

雌は胎《はら》の中に雄の魔力を受け止め、それを自分の魔力と混ぜて馴染ませるために、魔力の受け皿を胎内に持っている。この魔力の受け皿を〝魔宮〟と呼び、本格的に機能し始めているのが今のアナスタシアであり、すでに覚醒しているのがリナとミラだ。

ちなみに〝魔宮〟は〝子宮〟の働きとも深い関係があり、妊娠にも関わる重要な機関なので魔宮と呼ばれている。

この魔宮があるから雌竜の魔力は普通の雄竜よりも強いのだと言われている。

そして弱い雄竜の魔力は雌の魔力に混ざらず、弾《はじ》き出されてしまう。雌の魔力を屈服させて無理やり自分の魔力を注ぎ込むことのできる強い雄だけが雌竜と子供を作る資格を持つのだ。

ちなみに、魔力のない雌を妊娠させるのはそれよりも遥《はる》かに簡単である。

魔力の反発がないので雄の魔力が浸透しやすく、異種間であっても魔力の作用によって無理やり成長してしまうケースが多い。主人公たちが学園へ向かう途中で出会ったケンタウルスもこの仕組みによって誕生している。

貴竜と貴竜の間に誕生する子供は必ず貴竜になるが、魔力を持たない女性との間に作った子供はほとんどが雑竜になる。

セレスは書類を書き終えて思案していた。

どうして何の予兆もないままにアナスタシアが二次性徴、魔宮の覚醒を迎えたのか。もちろん突然起こることもあるが、普通はある程度の前兆があるものだ。

また竜は警戒心が強く、弱っている時に特にその傾向が強い。今回だって一週間も寝込んで自分の体を造り変えるのだから、殻に閉じ込もってなかなか出てこないという事態を想定していた。じっくり時間をかけて少しずつ警戒を解いていこうとしたのに、あの少年が声をかけた途端に動きが見られた。

アナスタシアの様子は少年にすっかり心を開いているかのようだった。

「……あの少年が……。いえ、そんなまさか……」

もしも。もしもリナに付き添っている少年が、ナーシャと番《つがい》になったというのなら謎は解ける。番を拒む雌竜なんていないのだから。弱っている時ほど側にいてほしいと願うだろう。

けれど、あの少年は、

「雑竜が貴竜の番になるなど、ありえません」

魔力に劣る弱い雄。子供を作るどころか性行為すらできない弱い雄。

そんな相手を魔力で勝る雌が異性として意識できるはずがない。セレスはそのことを誰よりも知っている。

貴竜とは竜の力と人の心を併《あわ》せ持った存在。竜と人の狭間《はざま》に揺らぐ不安定な存在。

時折、魔力を持たない人間、魔力に劣る雑竜とよしみを結び、対等の友人関係になることもあるが、決して恋愛関係には発展しない。生物としてあまりに違いすぎて異性として見られないのだから。

「……ありえません。そんなこと、ありえないんです……」

無意識のうちにセレスの右手が自分の下腹部に伸びる。セレスの紋章に、子供を宿すための器官がある場所に、無意識のうちに触れていた。

8 弱肉強食

「おはようございますですの、旦那様《だんなさま》！」

あれから一週間が過ぎて、無事に殻からナーシャちゃんが出てきた。

見た目はあまり変わらず、相変わらずちまっとしていて可愛《かわい》い。

だけど、纏《まと》う雰囲気が変わり、以前の子供らしさが減って艶《あで》やかさが増した気がする。蕾《つぼみ》が花開くように、蛹《さなぎ》から蝶《ちょう》になったようにナーシャちゃんは大人《おとな》になったのだ。

「あああああああああっ♥」


ドプドプドプ！


だからとりあえず押し倒してみた。一週間我慢していたナーシャちゃんのオ◯ンコ、オチンチンを入れた瞬間に吸い付いてきて気持ちいい。

朝だからあまり時間がなかった。仕方ないので一度で終わらせて朝食に向かうことにした。

「ナーシャちゃん、おはよう～！　元気になったみたいでよかったよ～」

「おはようですの、ミラ。毎日お見舞いに来てくれてありがとうですの」

「気にしないで～。わたしがナーシャちゃんの顔を見たかっただけだから～」

ナーシャちゃんが殻に籠っている間、ミラちゃんは最低でも一日一回はお見舞いに行っていたから喜びもひとしおだろう。

ようやく元気になったナーシャちゃんと一緒にキャピキャピしている二人に癒《いや》される。そのうち一人は朝から僕のオチンチン突っ込まれてお腹《なか》の中が精液でタポタポしているんですけどね。

「あ。ナーシャちゃん、おめでとう～！　綺麗《きれい》になったね～」

「え、そうですの？　……嬉《うれ》しいですの、ありがとうですの」

ひとしきり騒いだ後はミラちゃんをはじめ、周りのお姉様たちもナーシャちゃんにおめでとうと声をかけている。その度に恥ずかしそうにしながら頬《ほお》を緩めている。

リナちゃんもお祝いしないの？　興味ない？　そっか。まあそのうち仲良くなれるよね。

ベッドの上の喧嘩《けんか》はまだちょっとだけ後を引いているみたい。完全無欠に僕のせいなので二人が仲良くなれるようにがんばろうと思います。

■

「この格好が好きなんですの？」

「うんうん。とっても似合ってる。すごく可愛いよ、ナーシャちゃん」

今までのドレス姿から一転、制服姿のナーシャちゃんです。

やはり学生なら制服だよね、ということでナーシャちゃんには青いジャンパースカートに白のボレロとベレー帽を着てもらった。この前の授業でナーシャちゃんが着ていたドレスに似ているので学生服というには少し華やかすぎるけど、ナーシャちゃんの可愛さが更に引き立つね。

「旦那様に喜んでもらえてナーシャも嬉しいですの♥」

ちゅっ♥

ナーシャちゃんが抱きついてキスしてくれた。ナーシャちゃんはスキンシップ多めで可愛いね。

「……私の服も気に入ってるわ。ありがとう」

ちゅっ♥

ナーシャちゃんと抱き合っていると、臙脂《えんじ》のブレザーの制服を着たリナちゃんが横から割り込んできて僕にキスをした。焼きもち焼いていて可愛いよね。

「もう！　邪魔をしないでほしいですの！」

「私たちの邪魔をしたのはアナでしょ。ここは私の部屋だし、さっさと自分の部屋に戻れば？」

「旦那様がいる場所がわたくしの居場所ですの！」

「違う。私たちの愛の巣。アナは要らないわ」

「アナスタシアですの！　そんなこと言うなら旦那様をわたくしの部屋にいただいていきますの！」

「……私の番《つがい》なんだけど。私から奪おうってわけ」

「……わたくしの旦那様を他《ほか》の女から救い出すだけですの」

ゴゴゴゴゴと背後に擬音が浮かびそうな顔で睨《にら》み合う二人。溢《あふ》れた魔力がぶつかり合い、今にも殺し合いが始まりそうな、一触即発の空気……！

「リナちゃん、ナーシャちゃん。二人とも仲良くして。その壁に手をついてお尻出して」

「うん♥」

「はいですの♥」

だが、もうなくなった。

スカートをめくり、パンツを下ろして、お尻を突き出した恥ずかしいポーズをさせる。

登校前だから時間もないし、サクッと終わらせよう。

ズブッ！　パンパンパン！

「リナちゃん、ナーシャちゃんはこれから一緒に暮らすから。喧嘩したらダメだよ」

「あ♥　あ♥　わか、った♥　仲良くするぅ♥」

「いい子だね。制服姿可愛いよ、リナちゃん」

ドビュルルルルルル！！！

「あぁあ♥　出てる……♥　あなたの……♥　いっぱい……♥」

一発出したら終わり。次はナーシャちゃんのオ◯ンコへ。

ズブッ！　パンパンパン！

「ナーシャちゃんも。二人とも僕のお嫁さんなんだから喧嘩はやめて」

「あ♥　でも、リナが♥　喧嘩を売ってくるからぁっ♥」

「口答えしない！　ちゃんと可愛がってやるから仲良くして！」


ドビュルルルルルルル！！！


「ひうあぁっ♥　ご、ごめんなさいですのぉっ♥　おっ♥　あーっ♥」

ナーシャちゃんも一発出したら終わり。このまま尻を並べてガンガン突きまくりたいところだけど、それをやると遅刻してしまうので我慢する。僕はちゃんと我慢ができる男なんです。

僕に精液を注ぎ込まれた姿のまま、大人《おとな》しく待てをしている二人のオ◯ンコに指を突っ込んでかき回す。愛液と精液の混ざった液体がドロリと溢れてくるのを見るの、好きだなぁ。

「僕のお嫁さん同士、仲良くすること。いいね」

くちゅくちゅ♥

「な、仲良くするぅ♥」

「わ、わかりましたのぉ♥」

ちゃんと二人ともわかってくれたみたいだね。みんな仲良し、ヨシ！

「わたくしも旦那様に服をプレゼントしたいですの！」

「私が作った服があるからダメ」

いざ出かけようとしたら、今度は僕の服で喧嘩を始めた。

僕が着ているブレザーの制服はリナちゃんに作ってもらったお揃《そろ》いなんだけど、ナーシャちゃんも僕に服を作りたいらしい。

二人とも可愛いなあ。時間があればもう一戦するのにとても残念だ。

時間がなかったので簡単な話し合いの結果、僕の臙脂のブレザーはこれまで通りにリナちゃんが作り、その中に着る白いワイシャツをナーシャちゃんに作ってもらうことにした。

……ちなみに僕のパンツは二人が交互に作ることになったよ。

□

アナスタシアの久しぶりの登校にクラスはざわめいた。

一週間前とは違う成熟した雌の放つ色気。それこそフェロモンのようなものがアナスタシアから放たれていて、それを男子たちは敏感に感じ取っていた。

最初に見た時はまだまだ未熟な子供らしさが残っていたのに、ほんのわずかな時間を置いただけで大人になっていた。

成熟前と成熟後の両方を知っているゆえに、男子たちの脳は激しく揺さぶられた。

まだまだ子供と思っていた幼馴染《おさななじみ》が、久しぶりに会ったら急に女らしく色っぽくなっていた時に感じる言葉にできない感情が、彼らの胸中に溢れていたのだ。

その変化に男子は色めき立ち、体育の時間を利用してアナスタシアに模擬戦を仕掛けようとした。

気になる子にちょっかい出したくなるよくある男子の行動である。

だがアナスタシアはこれをスルー。リナに模擬戦を挑んで激しくぶつかり合った。ともに性徴を迎えた雌同士の争い。まだまだ未熟で修行の足りない雄たちでは割って入るには実力が足りなかった。

そんな男子たちがフラストレーションを溜《た》め込んだ結果。

「おい、お前！　俺《おれ》様と戦え!!」

「そこの雑竜《ざつりゅう》。俺の相手をしろ」

リナの作った制服とアナスタシアの作ったシャツを着た、女子たちと仲の良い雑竜の少年に矛先が向かうのは当然のことだった。

□

貴竜《きりゅう》の〝お気に入り〟にもランクが存在している。

例えばお抱えのデザイナーや御用商人、領地運営に携わる官僚などの場合、貴竜から勲章を渡される。

下位の勲章は身分証明書を兼ねていて普通の材質で作られるが、上位勲章は魔鉄のような魔力を吸収する素材で製作される。

魔力を感知できる人間ならこの違いはすぐにわかり、上位勲章に込められている貴竜の魔力を感知することで他の貴竜は『この人間に手を出すと他の貴竜と争うことになる』と知ることができる。必然的に争いごとが減るのだ。

下位勲章は上位勲章ほどではないが、貴竜の保護下にある証《あかし》なので多少は効果がある。


これらの勲章と違い、貴竜が自分の魔力で作りだした魔力物質を他者に渡す行為は、更なる好意を示す行為とされる。

そもそも魔力物質は永続的に存在するわけではない。何もしないでいた場合、時間経過によって魔力が解けて消滅してしまう。

解けそうになった魔力を繋《つな》ぎとめるのは難しくない。直接触れる必要もないし、手間や魔力がかかるわけでもない。ただ、定期的に魔力が解けないように意思を込めるだけだ。

逆に言うと、意識して繋ぎとめようとしない魔力物質は必ず魔力に還る。例えば友情の証としてお互いに交換した物であっても、友情がなくなり興味を失えば消滅する。

だから魔力物質のプレゼントを纏っている者は、贈り主からずっと意識され続けていることになる。


——気になる異性がいるのにお近づきになれない男子たちの目に、女子たちからの贈り物を着ている少年の姿がどう映るのか。

幼馴染のリナが贈った服だけでなく、アナスタシアからも新たに服を贈られた少年にどんな感情を抱くのか。もはや説明するまでもないだろう。

□

アーロンは怒りに燃えていた。

田舎《いなか》生まれの準貴竜のアーロンはリナともっと仲良くなりたいと思っていた。同じ準貴竜、同じ火属性、同じ年に生まれた誰《だれ》よりも近しい存在。

有体《ありてい》に言ってしまえば、アーロンはリナに運命を感じたのだ。

初恋だった。

それなのに。アーロンはまだまともに会話すらできていないのに、あの雑竜の少年はいつも二人で肩を寄せ合って楽しそうに話をしている。

アーロンには冷めた眼差《まなざ》ししか向けないリナが、少年のことをいつも視線で追いかけているのが気に食わなかった。

(雑竜なんか、ただのザコじゃないか……!)

アーロンの村にも二人の雑竜の兵士がいた。口煩《くちうるさ》い爺《じじい》とその子分だ。どっちもアーロンが焼けばすぐに悲鳴を上げて逃げ惑うザコだった。

アーロンが村人を焼いた時も、女を焼いた時も、子供を焼いた時も、畑を焼いた時も。何もできずにギャアギャア喚《わめ》くだけの無能。それが雑竜だ。

アーロンは最強だ。誰にも負けずあらゆるものを燃やし尽くす最強の男なのだ。

だがそんな最強のアーロンでさえ、好きな女の子と、リナと会話することすらできないのに、リナの笑顔を独占するザコのことが羨《うらや》ましくて大嫌いだった。

だからゲームで少年をボコボコにして、恥をかかせて、リナと一緒にゲームをしようと誘う計画を立てていたのに、いつもボロ負けして誘えなかった。

雑竜のくせに。

準貴竜であるアーロンの足元にも及ばないザコのくせに。

更にリナだけでなく、しばらく休んでいたと思ったら急に綺麗になったアナスタシアという女子とも仲がいい様子だった。

いつの間にかリナの作った服だけでなくアナスタシアの作った服まで着ているのが魔力から感じ取れた。

それが無性にムカつく。今日の雑竜はいつも以上にアーロンをイラつかせるのだった。

――初恋の女の子だけでなく、ちょっといいなと思った女の子まですでに雑竜のアレクに取られてしまっているということに、アーロンの幼稚かつ未熟な情緒は耐えられなかった。

「おい、お前！　俺様と戦え!!」

リナとアナスタシアの二人が激しくやり合い、少年から離れたのを見計らって、アーロンは少年に喧嘩を吹っ掛けた。

決闘ではない。雑竜程度が貴竜と決闘できるわけがない。これはただの制裁だ。

アーロンが気になっている女子に近づくいけ好かない雑竜に立場の違いをわからせてやるための、一方的な私刑。

殺すとリナに怒られるかもしれないが、手加減するつもりもなかった。死んだら死んだでその時考えればいいだけだ。

今はとにかく、一刻も早く目障りな雑竜を自分の視界から消し去りたかった。

「燃えろ雑竜！　ファイアボール!!」

クラスメイトたちとの模擬戦で鍛えた魔力操作を使い、一度に大量の火球を生み出す。

一発でも当たれば雑竜の爺が火達磨《ひだるま》になる火球を次々に打ち出していく。雑竜の少年に着弾し、盛大に爆炎が広がった。模擬戦の舞台が炎に包まれる。

「あははははは！！！　いい気味だ!!　思い知ったか！！！　――は？」

雑竜の丸焼きの出来上がりだと高笑いしていたアーロンの目の前で、炎を突き破って人影が突っ込んできた。

アーロンの火球で火達磨になっているはずの雑竜の少年は、リナが贈った魔力物質でできた上着を盾にして、炎の弾幕を掻《か》い潜《くぐ》ってきたのだ。

（――あの服、俺様の魔力でも燃えないのか!!）

アーロンよりもリナの方が魔力が遥《はる》かに多く、魔力操作の技術も上。そして、リナが雑竜の少年に贈った上着にはリナの想いと魔力がたっぷりと込められている。だからアーロンの火球がどれだけ着弾しても焦げ跡一つつかない。

瞬《まばた》きするほどの時間でそのことに気がついたアーロンだったが、ただそれだけ。

「ば、バカな――ごふがっ?!」

完全に油断していたアーロンに少年が体当たりをすると、そのまま後ろに倒れ込んで強《したた》かに地面に後頭部を強打した。

ただの地面ではなく、土属性のブーノ教師が魔力で強化していた地面だ。最強の凶器を用いた一撃によってあっさりとアーロンは意識を手放したのだった。

「そこまで！　勝者アレク！」

■

「やはり準貴竜などこんなものか。……恥さらしめ」

まさか雑竜風情《ふぜい》に負けるとは。

先ほどの戦い、あまりのアーロンの不甲斐《ふがい》なさにレオナルドは顔を歪《ゆが》めた。

リナの贈った衣服があった。アーロンが油断をしていた。ブーノ教師が魔力強化していた地面があった。

(――どんな理由があろうと貴竜が雑竜に負けることは許されない)

カードゲームの勝ち負けならいざ知らず、戦闘で貴竜が雑竜に後れを取ることをレオナルドは認められなかった。

貴竜は雑竜の上位の存在だ。真竜《しんりゅう》の血と力を色濃く受け継いでいる貴竜が、ほんのわずかな魔力に目覚めただけの雑竜に負けるなどありえない。

王国の支配者層である貴竜が雑竜に負けるなど、この世界の理《ことわり》に反している。それがレオナルドの考えだった。

「俺がどうにかしなければ……」

運動場の一角にある決闘場に上がり、目の前の雑竜をどう料理するかレオナルドは考える。

魔力を持たない人間も、魔力に劣る雑竜も、貴竜を畏《おそ》れ敬うべきだ。その上、貴き貴竜の中でもレオナルドは北方の中堅領主の息子に生まれ、希少属性である光属性を持ち、大領主の娘のアナスタシアと同じ年に生まれた選ばれた貴竜だ。

やがてはアナスタシアを妻に迎え、王国の最強の証、国王にまで上り詰める。そして国王の秘蔵の名湯をアナスタシアに献上するのがレオナルドの夢だった。

竜はみんな温泉が大好きでアナスタシアももちろん温泉が大好きだ。

そんなレオナルドの野望を妨げる障害物。物心ついた時から片思いをしていたアナスタシアに馴《な》れ馴《な》れしく話しかけ、愛称であるナーシャと呼びかける不遜な雑竜はここで断ち切らねばならない。そう思いを新たにする。

「試合開始!!」

ブーノ先生の合図に合わせてレオナルドは前に出た。

(あの服の防御力はかなり高い。ならばやはりこれだな)

「貴様の行い、死をもって償え! シャイニングブレード!!」

以前はビルのような大きさの光の剣を振るっていたレオナルドだが、アナスタシアの氷壁に手も足も出なかった反省から、更なる攻撃力を求めて魔力を圧縮することに成功していた。

普通の長剣くらいの大きさに縮んだ光の剣を袈裟《けさ》切《ぎ》りに振るう。自分の刃《やいば》ならばあの服も切り裂けるはずだと信じていた。

パシッ

「えっ」

雑竜の少年が一歩前に踏み出し、剣を振るおうとしたレオナルドの腕を逆に押さえた。

思いがけない反応にレオナルドの体が一瞬、固まってしまい、

グイッ！

腕を掴《つか》んだまま雑竜の少年が体を回して一本背負いを決める。

「あ——ぐほおっ?!」

先ほどのアーロンよろしく、地面に向かって盛大に頭から着地したレオナルドは綺麗に意識を刈り取られた。

「そこまで！　勝者アレク！」

リナとアナスタシアに横恋慕するストーカー予備軍二名は、こうしてアレクの手で叩《たた》き潰されたのだった。

□

リナから贈られた服の〝防御力〟と属性魔力が関係ない〝接近戦の技量〟。

雑竜だが決して侮《あなど》れない存在だと少年は男子たちに力を示した。

「すごい……」

模擬戦を見ていた金髪の少女も彼の戦いに思わず見惚《みと》れてしまっていた。

あの火球や光の剣もひと月前と比べるとかなり洗練されていた。きっとあの二人は前回の敗北の後から必死に訓練したのだろう。

それなのに雑竜の少年は知恵と工夫、技と読み合いで男子たちを翻弄《ほんろう》して勝利を掴み取ってしまった。

ただ魔力の高さによらない〝武術〟。

「……こんなに強かったんだ……」

琥珀《こはく》色の双眸《そうぼう》が雑竜の少年を見つめていた。

■

男子生徒たちに模擬戦を挑まれたので倒した。

魔力任せに叩き潰せば簡単だったと思うけど、そういうのは女の子を相手に心を折る時だけで十分だと思う。男子相手なら遠慮なくいろいろと試せるから、いい機会だと思っていつもと戦い方を変えてみた。女の子相手に殴る蹴るとかしたくないもの。

今回は接近戦の練習をすることにした。リナちゃんやナーシャちゃん、他の男子の戦い方を見るとわかるけど貴竜の戦い方って属性魔力をブッパして魔力の強さで決着をつけるというのが多いんだよね。足を止めての魔力の撃ち合い、砲撃戦ばかり。

逆に雑竜の僕は魔力を使った身体強化しかできないから接近戦しかできない。だから相手の砲撃を掻い潜って距離を詰めて、接近戦で仕留めるというのが基本になる。

遠距離攻撃ができない僕が一方的に不利な戦いなんだけど、実は貴竜の子って属性魔力の破壊力に頼りすぎていて接近戦を練習していない子がすごく多い。

だから懐に入っても逃げようとしないし、レオナルドくんみたいに攻撃してきても拙《つたな》い、遅い、狙《ねら》いが丸わかり、余裕で対処可能な甘い一撃しか放ってこない。あれなら懐に入り込んでしまえばいくらでも料理できるね。

そういうわけで、接近戦の練習台にちょうどいいかなと思ってアーロンくんとレオナルドくんを倒した後も男子たちを相手にして全員地面に転がしたけど、接近戦が上手《うま》い子は一人もいなかった。

うーん。

今回の経験を糧にこの子たちが接近戦の訓練を積んでくれると僕もたくさん遊べて楽しいんだけど、どうだろうなぁ。まあ、今後に期待しておこうっと。

■

リナちゃんとナーシャちゃんの模擬戦は引き分けだった。

リナちゃんの攻撃はすごく苛烈だったけど、ナーシャちゃんの氷壁もかなり強度と生成速度が上がっていた。

魔力を収束した強力な一撃（名付けるならリナちゃんストライクかな？）で氷壁もろとも吹き飛ば

そうとしたリナちゃんの攻撃と、同じくナーシャちゃんが魔力を圧縮して築いた強固な壁と激突して対消滅。

　氷壁は破壊したけどナーシャちゃん自身は無傷。その後もリナちゃんが攻撃してナーシャちゃんが防いでと時間切れまで続きブーノ先生の判断で引き分けになった。


「今日の体育、二人は引き分けだったね」

「納得いかない！　アナの氷壁を破壊したんだから私の勝ちよ！」

「納得いかないのはこちらのセリフですの！　リナの攻撃を全部防いだんですからわたくしの勝ちですの！　あとアナスタシアですわ！」

「うーん……」

　部屋に戻って二人に声をかけると、なるほど。矛盾のたとえみたいなことを言い出したぞ。最強の矛と最強の盾、どちらが強いかみたいな。

「本当なら勝った方をいっぱい可愛がってあげようかなって思ってたんだけど――」

「私よ！！！」「わたくしですの！！！」

　二人が目を輝かせて僕を見つめてくるけど、どうしようかな。

「うーん。ナーシャの氷壁を全部破壊したからリナちゃんの攻撃の勝ちかなぁ？」

「そうでしょ！　やっぱり私の勝ちよ!!　ほら、アナは引っ込んでなさい！」

　満面の笑みでナーシャちゃんを追い出そうとするリナちゃん。ナーシャちゃんがそれを必死に抵抗しているのがちょっと面白《おもしろ》い。

「いや、やっぱりリナちゃんの攻撃を全部防いだし、ナーシャちゃんの防御の勝ちかな？」

「そうですのそうですの！　わたくしは無傷なんですの！　だからわたくしの勝利ですの！」

今度は一転、ナーシャちゃんが輝く笑顔で抱きついてくる。それをリナちゃんが不満顔で引きはがそうとするけど、ナーシャちゃんがべったり抱きついて離れない。

「うーん。いやでもなぁ。やっぱり……」

「アレク！」「どっちですの?!」

真剣な顔で問いかける二人に、僕はにっこり笑って答えた。

「うん、やっぱり引き分けだね！　ブーノ先生も引き分けって言ってたし。だから二人で一緒に気持ちよくしてくれる？」

結論。やっぱり引き分け。

というわけで二人ともベッドに連れていきました。


「じゅぷっ♥　じゅるっ、ずずっ♥」

「れろれろ♥　はむぅ♥」

ベッドの上に寝転んだ僕のオチンチンを、制服姿のリナちゃんとナーシャちゃんがお口で気持ちよくしてくれる。

すっかり慣れた様子で喉の奥まで呑《の》み込んでくれるリナちゃん。玉を舐《な》めたり口に入れて刺激してくれるナーシャちゃん。

ものすごく気持ちいいからあっさりと射精してしまう。


ドプドプドプッ!!


「ごくごくっ♥　ごっくん……っ♥」

リナちゃんが僕の射精を喉の奥で受け止めながら全部飲み干してくれる。ありがとうの気持ちを込めてナデナデしてあげると嬉しそうに目を細めた。可愛い。

「あ……わたくしもほしいですの……」

「もう全部飲んじゃったわ」

ナーシャちゃんが恨めし気な様子でリナちゃんを睨んでいる。一人だけご褒美を貰《もら》ったリナちゃんが羨ましいんだろう。リナちゃんもお口をあーんとあけて挑発しないの。

二回目は二人の位置を入れ替えてもらった。

「ちゅぱっ♥　ちゅぅっ♥　ちゅぷ、じゅるっ♥」

「ぴちゃぴちゃ♥　レ……ロォ……♥」

ナーシャちゃんの小さな口に全部入りきらなかったので、ぷっくり膨らんだ亀頭のところだけ口に含まれている。ちゅぱちゅぱじゅぷじゅぷと出入りをして、亀頭にどんどんイライラが溜まってくる。

竿《さお》の方はリナちゃんが舐めたり唇で撫でたり。裏筋を舌で撫でられる感触にゾクゾクします。しかもリナちゃんの手が僕のタマタマを撫で撫でにぎにぎしてくるのであっという間の熱いものが込み上げてくる。

ドププッ!!　ビュルッ!!

「じゅるるるるっ♥　ずぞぞぞっ♥　じゅるぅっ♥」

亀頭に張り付いたナーシャちゃんが射精を全部飲み干していく。ものすごい吸引力に根こそぎ吸い取られそう。頭を撫でるともっと張り切って吸い付きが強くなった。可愛い。

「ごちそうさまでしたの♥」

「むう……」

あーんとお口を開けて一滴も残っていないことを見せてくるナーシャちゃん。リナちゃんは悔しそうな顔しているけど先に飲んだよね？

ベッドの横に二人を立たせて、スカートを持ち上げさせる。

スケスケの生地にレースがセクシーな真紅のパンツ。精緻《せいち》な刺繍《ししゅう》が綺麗な輝くような純白のパンツ。

二人のパンツ鑑賞はどれだけ見ても飽きることはない。

うーん、紅と白の下着を両手で撫でるのも甲乙つけがたいぞ。

切なそうな顔をしている二人とキスを交わしながら、僕は今日はどうしようか悩むのだった。

9 学園最強の処女

「またわたくしの勝利ですわ！」

「くっ。その駒を見落としていたかぁ……」

いつもの談話室。ナーシャちゃんと新しいゲームで遊んでいるんだけど、これがなかなか強かった。

今回遊んでいるのは竜将棋というゲーム。９×９のマス目に駒を置いて戦わせる、見た目は将棋にそっくりなボードゲームだね。

持ち駒はまず『雑』が九枚。この『雑』は四方向に一マスずつ移動できるので『歩』より動かしやすいけど、『雑』の駒しか倒せないという非常に悲しい制約がついている。要するに雑竜《ざつりゅう》の兵士のことだ。

次に『火』『水』『風』『土』の基本属性の貴竜駒《きりゅう》が二枚ずつ。『火』の駒は『香車《きょうしゃ》』と同じようにまっすぐ前に何マスでも進める。『風』の駒はチェスの『ナイト』の駒のように相手の駒を飛び越えながら八方向に飛べるなど、将棋やチェスと動きが似ている駒もあれば全然別の動きをする駒もある。

そして希少属性である。『雷』『氷』『光』『闇《やみ》』などの特殊駒。

属性によって性能が違う特殊駒から二枚を選んで使用できるというルールで、自分の戦術に合わせた駒を選択するのが非常に重要だ。

『雷』は前方扇状に移動できるので非常に攻撃力が高い。『氷』は自分の周りに氷壁を生み出して駒の動きを阻害するなどの能力がある。

これらの駒に将の駒を一枚加えたものが竜将棋で使う駒になる。

はっきり言おう。すごく難しい。

前世で将棋やチェスを知っていたからなんとかルールを覚えられたけど、それでも駒の動きを覚えるのが大変だった。特殊駒とか変則的すぎる。

他《ほか》の二人だけど、リナちゃんは基礎の駒でもちんぷんかんぷん。ミラちゃんも少しできるみたいだけど、それほど得意じゃないと言っていた。

「一年最強はこのわたくしですわー!!」

そんなわけで唯一の経験者であり、それなりに指せるナーシャちゃんに連敗を喫しているわけなんだけど、また調子に乗っているからこの雌をわからせてやりたいという気持ちがメラメラ湧いてくる。

どうしたら懲らしめてやれるだろうか……。

■

そして数日後。

「竜将棋最強は誰《だれ》だ・女子寮杯！　ここに開幕だー!!」

ワアアアアアアアアアア！！！

大きなホールの中に集まった暇人――もとい選ばれし精鋭たちが歓声を上げた。ノリが良くて本当に助かります。

「な、なんなんですの、これは……?!」

「くっくっく……ナーシャちゃんが調子に乗っているから上には上がいるとわからせるためにみんなに協力を願ったのだ！　参加者を増やすために優勝賞品も用意したんだよ！」

メロディお姉様たちをはじめ、ゲームが好きで一緒に遊んでいるうちに仲良くなったお姉様たちにも協力してもらって今回の大会にこぎ着けられました！　ご協力ありがとうございます！　参加者のみなさんもありがとうございます！

「な、なんという熱意ですの……?!　このわたくしを倒すために、これほどの人数を……?!」

「うわ～。アレクくん、がんばったね～」

「……アレクは時々変なことをするから……」

「それじゃあ大会を始めるよー！　あ、ナーシャちゃんは強制参加だけど、みんなもできれば参加していってね！　あと、セレスに相談したら料理とかも用意してくれたから好きに食べていいよ！」

今日は休日なので朝から一日中大会の予定。セレスさんに使っていないホールを借りて、料理人さんたちも協力してくれたので急造の大会にしては悪くないんじゃないかなと思う。

「それじゃあ参加者が確定した後はくじ引きだよ！　みんな自分が引いたくじのところに名前を書いてね！」

今回は第一回なのでシードとかはない。各々《おのおの》トーナメント表に名前を書いて対戦だ。

「僕の相手は……あっ」

一回戦　アレク　vs.　アナスタシア・クリスティアル

「まさか、最初に当たるとは……」

ナーシャちゃんをわからせるために開いた大会で、僕が最初の対戦になったようです。くじ引きとはいえ、まさかの偶然だね。

■

「――僕は雑竜で氷壁を破壊するよ」

「雑竜なんていくら攻めてきても無駄ですわ！　反撃で撃破ですわ！」

「じゃあ開いたその穴から光竜で狙撃。ナーシャちゃんの氷竜を撃破ね」

「えっ。ちょ、ちょっと待ってほしいですの！　ええと、次の手は……次は……」

いやあ、ナーシャちゃんの氷壁を使った防衛陣地は強敵でしたね。僕の手持ちの雑竜のほとんどが氷漬けにされちゃったよ。足止めとか肉壁にも使うから本当に損耗率《そんもう》が酷《ひど》い。このゲーム、将棋と違って敵の駒を倒しても自分の駒にできないから本当にガンガン減っていく。

僕の駒もかなり少なくなったけど、ナーシャちゃんも防衛陣地を構築するのに時間をかけすぎたのと、氷竜に頼りすぎてしまっていたのが悪手だったね。

「雷竜で王手。逃げ場はある？　たぶんないと思うんだけど」

「えっ、ウソ、どうしてわたくしの将竜が追い込まれてるんですの……？　こ、こんなのおかしいですわ……」

ごめんねナーシャちゃん、僕って本番に強いタイプなんだ。

「ナーシャちゃん。まだ打つ手はあるの？」

「あ、あ……ありませんですの……。わ、わたくしの負けですの……」

「よし、勝った！　対局ありがとうございました！」

ワアアアアアアアア！！！

僕が勝利した瞬間、周りから歓声が上がった。

ナーシャちゃんに勝つためにこの大会を開いたってみんな知っているので、みんなが祝福してくれる。

ナーシャちゃんにはちょっと悪いけど、僕もまさか自分の手で今日の目標を達成できるとは思っていなかったから許してほしい。

「嘘《うそ》ですわ……。こんな……わたくしが……いくら旦那《だんな》様相手だからって……嘘ですわ、嘘ですわ……」

ナーシャちゃんが魂の抜けた顔をしていてちょっとかわいそうだったかな。まあでも、勝ちは勝ち、一年生最強の座は僕が貰《もら》っていきますね。


ナーシャちゃんと僕が戦っている間に他の参加者の対戦も進んでいた。

今回の特別ルールとして下級生と上級生が戦う時は上級生が駒落ちで対戦するというルールになっていた。特に一年生に非常に有利な設定になっていて、対戦相手のお姉様は最低でも特殊駒一枚は使えなくなるようにしてあった。

それが原因で普段の実力を発揮できなくなったのか、あちこちの対局でも大番狂わせが続いているようで大荒れの大会となった。

「対局よろしくお願いします……」

「は、はい。よ……しくお願い、ます……」

そして決勝戦。竜将棋の主と異名を取るお姉様と――まさかの対戦相手・僕。

うん、ちょっとハンデをつけすぎちゃったかな。さすがに主催者の一年生がここまで上がってくるのは問題だと思う。

次回はもうちょっとルールを考えるかなーと思いながらスカスカの相手陣地を見て反省した。

「……負けました」

「あ、ありがとうございました……わ、私の、勝ち、ですね……えへ」

負けました。完敗です。ちょっとのミスから一瞬で陣地をズタボロにされて将駒が陥落したよ。

まるで手品でも見ているみたいだった……。相手は特殊駒と基本属性の半分、五枚落ちだったのに
こんな一方的に負けるのかぁ……。

特に対戦相手のお姉様が使った『闇』の特殊駒の使い方が上手《うま》すぎた。まさかあんな使い方ができ
たなんてね。

「す、筋はいいです。もっと経験を積めば、強く、なれます」

「……ありがとうございます」

周りの観戦者たちから祝福の言葉を受け取っていたお姉様が、僕の頭をナデナデして慰めてくれる。

筋がいいって褒めてくれたけど、ちょっとやそっとじゃ勝てそうにないなぁ。他のこと投げ出して本
気で竜将棋のプロを目指したらやっと勝負の舞台に上がれる、そんな感じの隔絶した壁を感じた。

やっぱりこの世界にも強い人っているんだなぁ。僕なんてちょっと前世の知識でズルしているだけ
の一般人だって思い知らされたよ。

「わ、私の優勝……優勝賞品、えへ、えへ……」

「――失礼します。皆さん楽しんでいらっしゃいますか？　なにか問題などはありませんでした

か？」

「あ……セレス、さん……」

ちょうどそこに大会の様子を見にきたセレスさんがやってきた。今日の準備も手伝ってもらったしお礼を言おうとしたところで、優勝したお姉様がセレスさんに声をかけた。

「…………あ、あの、もし、よければ、一局……」

「まあ、よろしいのですか」

「は、ははは、はい」

まさかの対戦の誘い。いつもより嬉《うれ》しそうなセレスさんに席を譲って対局が始まった。

僕は最初、お姉様が勝つんだろうなと思ったんだけど、セレスさんも強かった。なんだこれ。ハンデなしの平で打ち始めているんだけど、手がパパパパパッと一瞬の迷いもなく動いて、戦局が目まぐるしく変わっていく。

まるでお互いにお互いの打ち方を熟知しているような――あっ。

もしかしてこの二人、いつも竜将棋をしているのかな？

レベルが違いすぎて他に対戦相手がいないのかも。だからこんな風に慣れた様子で打てるんだ。

そう思って僕が一人で納得している間にも二人の駒が激突した。

一度ぶつかり合えばどちらかが死ぬまで争うのが竜将棋。駒の再利用はできないのでお互いの手駒がガンガン減っていく。一進一退の攻防に見えるが、最後に将竜を追い詰めたのは――セレスさんだった。

「……参り、ました……」

「はい。素晴らしい対局、どうもありがとうございました」

お姉様がガクリと項垂《うなだ》れ、セレスさんが口元に笑みを浮かべる。メカクレ状態なので目元は見えないが間違いなく喜んでいた。

「……それじゃ、優勝賞品は、セレスさんに……」

「えっ、優勝賞品ですか？」

「は、はい……どう、ぞ……」

飛び入りで参加したセレスさんは賞品のことを知らずに優勝してしまったらしい。いつも落ち着いているセレスさんにしては珍しく困惑しているように見える。

「勝者の権利……どうぞ、受け取ってください……」

「……あ、ありがとうございます……？」

それでも優勝者のお姉様が潔《いさぎよ》くセレスさんに優勝賞品を譲ったので、今回の大会の優勝者はセレスさんになった。

というわけでセレスさんの前に出て商品を発表する。

「それでは今回の優勝賞品は……なんと！　一晩、〝僕を自由にできる権利〟です!!」

「……えっ？」

ワアアアアアアアアア！！！

最後の名勝負を見ていたみんなが歓声を上げた。

「セレスさん、優勝おめでとう！」

「素晴らしい対局でした！　今度、私とも一局お願いします！」

「おめでとうございます！」

寮生のお姉様たちがセレスさんの優勝を称《たた》える。

思い付きで開催した大会だからちゃんとした賞品を用意できなかったんだけど、この雰囲気じゃ辞退とかできないよね。

というわけで、

「セレス、今夜はよろしくね！」

「え……ええーっ?!」

こうして僕は今夜一晩、セレスさんのものとなったのでした。

セレスさんのビックリした顔って、かなりレアなんじゃないかな。

■

「今からお風呂に入るの？」

「はい。皆さんのお風呂が終わってから入るようにしています」

「そういえばお風呂でセレスを見たことなかったね」

竜将棋大会が終わった後、これからお風呂に向かうというセレスさんにくっついて僕もお風呂に入ることにした。本日二回目だけど別にいいよね。リナちゃんたちが寂しそうにしていたけど今日だけは我慢してください。

広い湯舟を二人で独占しながらいろいろと質問してみる。

「おっぱい触っていい？」

「え？　おっぱいですか？　い、いいですけど……？」

「わーい」

許可が出たので遠慮なく。最近はお風呂でいつもおっぱい触っているのでおっぱいがないと落ち着かない体になってしまった。

セレスさんの肌は真っ白。おっぱいはぺったんこ。乳首だけ綺麗《きれい》なピンクであとは起伏のない壁のようなおっぱいだった。これはカップで言うといくつなんだろう。ＡＡＡカップとか？　ちっぱいもいいものだ。

……そういえば、寮長って何なんだろう。セレスさんにいろいろと質問している途中でふとそんな疑問が浮かんできた。

寮で一番偉い人という認識だったけど、セレスさんがどういう立場なのか、イマイチよくわからない。

「セレスって学生なの？」

「いえ、私はこの寮の管理者として置いていただいているだけですよ。学生の皆さんとは違います」

「へー……じゃあもう働いてるんだ」

下手《へた》すると僕より幼く見えるのにもう社会人らしい。本当は何歳なのか気になるけど女性に年を聞くのは憚《はばか》られるのでやめておこう。

こっちの世界で女性の年齢を聞くのってどうなんだろうね。貴竜《きりゅう》は老化が遅いらしいから年齢を聞いても気にしないのか、逆にものすごく失礼なことで怒り出すのか、全然想像ができない。

「じゃあセレスは国家騎士なの？」

僕たちの担任のブーノ先生は国家所属の騎士だ。若い頃《ころ》は軍に所属し最前線で戦い続けたらしいけど、今は一線を退いて後進の教育に当たっている。この学園で働く他の教師たちもみんな騎士だってブーノ先生が言っていた。

「違います。この学園の学園長預かりですね」

「学園長預かり……？　そういえば見たことないけど、学園長ってどんな人？」

「学園長はとても素晴らしい方ですよ。私も大変良くしていただいています」

「ふーん？」

普通の学校なら入学式で学園長から激励の言葉とかありそうだけど、この学園は良くも悪くも普通じゃないしなぁ。新入生が大人《おとな》しく整列して式に並んでる姿とか想像できない……。いや、ブーノ先生が力尽くで並ばせればなんとかなるかな？

でもそこまでして入学式をする必要があるかと言われるとなさそう。実際に今のままでも特に問題ないしね。

「学園長は国王陛下の妹に当たるお方です。この学園周辺の領主でもあります」

「そういえば王様の話も聞いたことないや」

「そうなんですね。陛下も優しいお方ですよ」

学園長、思った以上のＶＩＰだった件。普段はこの学園ではなく、北にある領主の館で執務をしているらしい。

セレスさんは学園長にも王様にも会ったことがあって、二人は光属性と闇属性の双子の姉妹らしい。王都と学園の温泉を姉妹で管理しているというから非常に力の強い貴竜なのだろう。

王国が発行しているカードに描かれている光と闇の紋章が王のカードだってブーノ先生が言っていたけど、双子の姉妹だったんだね。


その後も寮長の仕事や学園のこと、王都の話などを聞いてお風呂タイムは終わった。自分がまだまだこの世界のことを何も知らないんだなと思った。今度ソフィお姉様に相談してオススメの本がないか聞いてみよう。

「これで拭きますね」

「お願いしまーす」

セレスさんが白いタオルを出して拭いてくれるというのでお願いした。いつもは女の子たちの魔力で水を吹き飛ばしているけど、こういうのもいいね。

セレスさんの部屋に移動すると書類を収納するためのキャビネットとベッド、姿見以外は何もない生活感皆無の部屋だった。

ナーシャちゃんとかミラちゃんの部屋を見たことがあるけど、あっちは可愛《かわい》い小物とか家から持ってきて飾っていたのに、セレスさんの部屋は何もない。どこかの棚の中に竜将棋とかがあるんだろうか。

「それでは寝ましょうか。こちらへどうぞ」

無防備にベッドへ案内してくれるセレスさん。警戒心のないところがいいところだと思う。おっぱい触らせてくれるし。

「ねえセレス、またおっぱい触っていい？」

「え、またですか？」

不思議そうにするセレスさん。

「いいですけど……私のおっぱいを触って楽しいですか？　何も出ませんよ？」

寝巻の前部分を開いておっぱいを触らせてくれるセレスさんと一緒にベッドに横になる。

ぎゅっと横から抱きつくようにして可愛い乳首にしゃぶりついた。

「ん……、おっぱいを吸いたかったんですか？　赤ちゃんみたいですね」

ちゅうちゅうとセレスのおっぱいに吸い付いたけれど柔らかな微笑《ほほえ》みで受け入れてくれた。僕の頭を抱えるようにしてナデナデしてくれる。すごくいい匂いがして安心する。

「お母さんが恋しいんでしょうか。お乳は出ませんけど、私のおっぱいならいくらでも吸っていいですよ」

あー……優しい囁《ささや》きに脳みそが蕩《とろ》けるぅ……ダメになるぅ……。

これがバブみかぁ。

「ママァ……」

今度からママって呼ぼう。ママ、ママ。おっぱい吸わせて。

「――ッ！！」

「んぅ……？」

なんだろう、急に口の中が……甘い？

じんわりと温かい何かが体の中に広がっていって。

「……ふあっ?!」

股間が暴発した。え、なんで？

「あ、あっ、あっ……?!」

どびゅるるるるっ!!　とズボンの中が盛大に汚れていく。腰から下が完全に別の生き物になったみたいに制御できない。

わけがわからず混乱していると、セレスさんが口を開いた。

「ご、ごめんなさい、私の魔力が……！　ど、どうしましょう……」

「セレスの、魔力……？」

「はい！　あの、こんなことになるなんて思っていなくて……本当にごめんなさい！」

泣きそうな声で狼狽《うろた》えているセレスさんを落ち着かせて話を聞いた。ズボンの中は一旦落ち着いたけど気持ち悪いので後で着替えなきゃ……。

「……私の魔力属性は〝生命〟。傷や病を癒《いや》し、他者に活力を与える力なんです」

「生命属性？　初めて聞いた」

「……この属性は少々特殊なので、一般的には知られていません」

魔力が存在するこの世界だけど、僕が確認した限りだと回復魔法は存在していなかったはずだ。

貴竜の属性魔力というのは破壊に特化していて、広範囲に大きな影響を及ぼすのは得意だけど、何かを作ったり何かを癒したりするのは苦手なんだ。魔力物質で好きなものを作れるけど、それも貴竜本人が死ねばやがて魔力に還って消滅するし、他者の回復にも使えない。

だからセレスさんの持っている生命の属性魔力はそのルールから外れていることになる。

「ねえセレス、おっぱいからミルクが出てるよ」

「だ、ダメです。どうやら私の魔力が籠っているので、飲んだらまた……」

「飲みたい。飲ませて？」

セレスさんの――いや、セレスママのおっぱいからじわじわと溢《あふ》れ出たミルクがこぼれ落ちていく。すごく甘くていい匂いがする。美味《おい》しそう。

「セレスママ、こっちもナデナデして」

「えっ、あのっ、ど、どうしたらっ」

精液でぐちゃぐちゃになったズボンを脱ぎ捨てて、すでにギンギンに硬くなったチンポをセレスママに握らせる。セレスママのちっちゃなお手々を使ってしごきながら、ママのミルクを口に含む。

「あっ！　ダメです、またっ！」

口の中にセレスママの甘いミルクの味と生命属性の魔力が広がる。そのまま魔力が僕の体に染み込んで、オチンチンを直撃した。


ビュビュウウウウウ!!


「きゃっ！　と、止まりません……どうしたら……」

「ママ、手を止めないで……ママのミルク美味しいよ。ちゅうぅっ」

「ま、また……。こ、こうですか？」

「すごく気持ちいいよ、ママ」

セレスママのミルクを飲みながらオチンチンをナデナデシコシコされるのが最高に気持ちいい。頭が赤ちゃんになる。

「私のミルク、美味しいですか？」

「うん。すごく美味しい。ずっとママとこうしていたい」

「そうですか……じゃあ、満足するまで飲んでいいですよ」

白い頬を真っ赤に染めたセレスママが、ミルクを飲みやすいように片手で僕の頭を支えながら、もう片方の手で優しくオチンチンをシコシコしてくれる。さっきからずっと射精が止まらないのにママのミルクのおかげで疲れ知らず衰え知らずだ。

ああ……、気持ちいい…………。

■

「ママ、もうお腹《なか》いっぱい……」

「いっぱいミルクを飲みましたね。いい子いい子♥」

セレスママのミルクはまだまだ出てくるのに、先に僕のお腹がいっぱいになっちゃった。なんだかすごく眠いんだ、ママ……。

「おねむみたいですね。このまま眠っていいですよ。あとはママが綺麗にしてあげますから」

「うん……ママ、おやすみ……」

「おやすみなさい……私の可愛い坊や♥」

セレスママに抱きついてそのまま眠りに身をゆだねる。今日はぐっすり眠れそう……。

□

抱きついて離れないアレク——坊やを起こさないように気をつけながら、お漏らしで汚れた下半身を綺麗にしてベッドのシーツを入れ替える。

破壊力を持たない生命属性の魔力しか使えないセレスには少々難易度が高かったが、それでも無事にやり遂げた。母としての達成感が胸にこみあげてくる。

「ママぁ……。ちゅうっ……あっ」

「あら。またお漏らししちゃいましたね」

寝ながらセレスのミルクを吸った坊やがまたお漏らしをしてしまった。坊やの粗相を綺麗にするのに苦はないが、それで寝ているところを起こしてしまうのは可哀《かわい》そうだ。

「おむつ……でしたか。あれをつけた方がいいんでしょうか」

確か赤ちゃんにつける下着があったはずだと思ったセレスだったが、それをつけると窮屈かもしれない。可哀そうに思う。ママにナデナデしてほしいと可愛い坊やが言っていたから、ちゃんとセレスの手でナデナデしてあげたい。

「これは難しい問題です」

自分に抱きついて離れない坊やの寝顔を見ながら、あれやこれやと考えを巡らせる。一晩中このままでも全然構わない。むしろご褒美である。

「……次の大会、いつ開かれるのでしょう」

可愛い坊やと離れ離れになるのが辛《つら》い。毎晩セレスのミルクを与えてナデナデしてあげたい。でも寮長としての責務がセレスにはあるのだ。家族と仕事の板挟みに遭う苦しさをセレスは感じていた。

「私の坊や。いつでもママに会いにきていいですからね♥」

このまま夜が明けなければいいのにと願いながら、セレスは坊やの寝顔をずっと眺めていた。

□

〝一角獣《ユニコーン》の呪い〟。

永遠に処女《おとめ》であることを課せられた少女は愛《いと》しい坊やを愛《め》で続ける。

10 天才少女

「内緒にしていてくださいね」

セレスママからペンダントを貰《もら》ったので服の下につけた。その上からリナちゃんたちに貰った服を着て寝起きの準備は完了。

昨晩はたくさん甘えられたからかなんだか体が軽い。絶好調だ。

セレスママにいつでも遊びにきていいと言われたので、またミルクを飲みにくると約束して部屋を出た。

食堂でいつものメンバーで朝食をとる。リナちゃん、ナーシャちゃんが恨めしそうな目を向けてきたので愛想笑いで誤魔化《ごまか》した。なんか浮気して朝帰りする亭主みたいだね。

登校前に一度部屋に戻ると二人に両脇から抱きつかれた。一晩僕がいなくて寂しかったみたい。いつものように中出しして安心させてあげた。

この学園に入学してから二ヶ月が経《た》った。

授業にも慣れて日常になりつつある。体育の時間では折れずに突っかかってくる男子たちを軒並み返り討ちにしている。魔力に頼らずに技術で倒す練習をするのにちょうどいい練習台だ。

男子生徒も弾幕のように飽和攻撃を撃ってきたり、接近戦で迎え撃とうとしたり工夫をしてくれるので飽きずに戦えていいね。

そんな風にいつも通り男子生徒を寝かしつけた後、ミラちゃんが僕に声をかけた。

「ねえアレクくん、あのさ～。……わ、わたしと模擬戦してみない？」

恐る恐る、でも興味を隠し切れない様子でミラちゃんが戦いを挑んできた。

……へえ。まさかミラちゃんからお誘いを受けるなんて思わなかった。

「いいよ。ここでやる？」

「うんと、残り時間も少ないし、寮に帰ってからでいいかな～？」

正直楽しみだ。ワクワクした気持ちが溢《あふ》れてきて、ミラちゃんも僕と同じ気持ちだってことがすぐに理解できた。

「わかった。それじゃあ授業が終わったらやろうか」

「うん！　約束だよ！」

こうして僕とミラちゃんの模擬戦が決まった。

■

女子寮の決闘場。前回はみんなが寝静まった深夜に戦ったけど、今日はミラちゃんが待ちきれないというので放課後すぐにやることになった。

そのせいかギャラリーが大勢いる。お姉様たちは面白《おもしろ》そうな顔をしている人がほとんど。決闘場入り口のドアからセレスママが心配そうに覗《のぞ》いていたので笑顔を見せておいた。

「準備はいい～？」

「僕はいつでもいいよ」

「私も～。それじゃあ……やろっか！」

普段と違って闘志が漲《みなぎ》っているミラちゃん。

「全力でいくよ、アレクくん！！！！」

ミラちゃんの全身から噴き出した魔力が決闘場全体を包み込む。一番最初の授業の時に男子を一網《いちもう》打尽《だじん》にした雷撃より、更に多くの魔力が込められていた。


ズガアアアアアアアン！！！！


逃げ場のない強力な一撃が襲う。閃光《せんこう》と衝撃、音がやんだ後、ボロボロの僕が決闘場に立っていた。

「すごい！　これを防ぐんだ！」

「やっぱりミラちゃんは強いね……服もボロボロになっちゃった」

リナちゃんとナーシャちゃんの魔力で作られた服にあちこち穴が開いて焼け焦げている。アーロンくんの攻撃だとビクともしなかったのに、やはり魔力量が違うね。

僕自身の魔力を高めて防御したから怪我《けが》はしていないけど、雷の魔力の影響でわずかに痺《しび》れが残っているし。かなり厄介《やっかい》な属性だね。

「今度はこっちからいくよ！」

何度も食らうのはマズい。足に力を込めて一気に距離を縮める。

「これはどう？」

ミラちゃんの手に魔力が集まり、雷光となって僕に向かって撃ち出される。先ほどよりも範囲は狭いけど発動までが早い。

予備動作を見た瞬間から回避に動いたけど避《よ》けきれず、左腕を掠《かす》めて後方に飛んでいく。

「くっ……まだだ!!」

衝撃を無視して距離を縮めるけど、その後も何発も食らってしまった。

体の感覚が鈍くなっていくのを感じながら必死に足を踏み出し、なんとか接近戦の間合いまで距離を縮めた。

「いくよミラちゃん！」

思い切り振り被った右手を叩《たた》きつけた！

カアァァァアン！！！

金属同士を叩きつけたような音。

「すごいすごい！　ここまで来た！」

興奮して頬《ほお》を紅潮させたミラちゃんが、手の中に生み出した雷の槍《やり》を使って僕の攻撃を防ぐと、そのまま穂先を回して攻撃してきた。

「うわっと！　危ない!!」

「今のも避けるの?!　本当にすごいね！」

慌てて下がって距離を取ると、ミラちゃんはバチバチと紫電を纏《まと》った雷槍《らいそう》を引き戻し、腰を落とした構えを取った。

昨日今日習い始めたような付《つ》け焼刃《やきば》ではない。何年も鍛錬を積んできたのが見てわかる武術家の構えだ。

□

ミラの父親は北の大領主に仕える領地騎士だった。

「あの時、俺《おれ》の攻撃があと少し速ければ今頃《いまごろ》北の大領主になっていたのは俺だった」

酒を飲むと必ずそう口にするミラの父は、確かに言葉通りの実力の持ち主で、北の大領地でも屈指の強さを持った騎士だった。

ただ、普段の口癖が災いして親しい友人はおらず貴竜《きりゅう》の妻もいない。

給金の全てを酒と娼婦《しょうふ》に費やす人間で、娼婦が子供を孕《はら》めば新しい娼婦を買ってくる。生まれてくる雑竜《ざつりゅう》の子育ても人任せ。そんな人間だった。

だが、買った娼婦が貴竜のミラを産み、同じ年に北の大領主の娘アナスタシアが生まれたことで彼は変わった。

娼婦からミラを引き取ると、それまでは生まれても放置していた雑竜の息子たちを家に呼び寄せてミラの相手をさせた。

できる限りの教育を与え、小さな頃から槍を持たせて兄たちと戦わせることで武術の腕を鍛えた。

貴竜同士の戦いで魔力量が互角の場合、最後にものを言うのは武術の腕だとミラの父は知っていたのだ。

そしてミラは持って生まれた才覚と父の厳しい手ほどきによってぐんぐん成長し強くなっていった。

自分との手合わせで初めて一本を取ったミラに、父は破顔する。

「さすがは俺の娘だ！　お前なら必ずあの娘よりも強く優秀な婿《むこ》を捕まえられるぞ！　将来は大領地の領主の妻だな！」

娘が強くなればなるほど、父は大層喜び、訓練も苛酷になっていった。

そんな父の教えを学園に入学した時点で存分に修めていたのがミラという少女だった。

魔力量に優れ、魔力操作に優れ、父譲りの接近戦の武術の才を持った新入生最強の貴竜。

一言で表すなら〝天才少女〟。ミラが同級生との決闘に興味がないのは自分の方が強いと理解しているから。弱い者いじめに興味がないから戦わなかったというのが真実だった。

そんなミラだからこそ〝勝てるかどうかわからない〟相手の登場に歓喜した。自身が振るう槍の一《いっ》閃《せん》を、全力の一撃を受け止めてくれる少年に胸が高鳴るのだった。

■

ミラちゃんが槍を構えた途端にプレッシャーが増した。殺気が肌に突き刺さるようだ。レオナルドくんが棒きれ振り回して遊んでいたのとは違う凄味《すごみ》がある。

あの、こっちは素手なんですけど！　雷を纏ってバチバチと鳴っている槍に触れるだけでダメージ負うんですけど?!

「不公平すぎる！　あーもう!!　僕も魔鉄の棒かなにかほしい!!」

「次は用意してもいいよ！　でも今回はこのまま――勝負!!」

強烈な踏み込みに合わせて雷槍が伸びる。容赦なく顔を狙《ねら》ってくる槍の穂先を横に避けると空気の焼ける臭いがした。刺突《しとつ》プラス高圧電流とか殺意が高すぎる。

「はあっ！　やあっ！　たあっ！」

ミラちゃんの突き込む槍を何とか躱《かわ》しながら、相手の呼吸を読む。

――今だ!!

完全に槍が伸び切り、引き戻すタイミングに合わせて前に踏み込んだ！

「あはっ！　アレクくん、これはどう？」

僕の踏み込みに反応してミラちゃんの引き手が変化した。槍が斜めに引かれ、僕の足を切り落とそうと狙ってくる。

「そうくると思った！」

予想通りの動きに、即座に上体を沈め、手に魔力を込めて槍を掴《つか》む。そのまま思い切り引っ張って
ミラちゃんの手から槍を引っこ抜いた！

そしてバチバチ鳴っている雷槍の石突《いしづき》をそのまま突き入れたけど、ミラちゃんが生み出した二本目
の雷槍に防がれてしまう。

「反応が速い！」

「まだまだいくよ、アレクくん！」

「僕だって負けないよ！」

カカカカッ!! とお互いの槍が打ち合い、有利を取ろうと乱舞する。ミラちゃんはやっぱり強い。

この世界に転生してから武術でここまで競り合ったのは初めてだ。

「はあっ!!」

ミラちゃんが突き入れた槍を、僕が持った槍で防ごうとして――激突の瞬間、僕が持っていた槍が
魔力に還ってしまった。ミラちゃんが魔力の物質化を解除したんだ。

「しまった!!」

「もらったー!!」

ミラちゃんの槍に解けた魔力が合わさり更に輝きを増す。極限まで高められた雷の暴威が、僕の胴
体に直撃した瞬間に解き放たれた。

――――ッ！！！！


白。

凄《すさ》まじい衝撃に弾《はじ》き飛ばされ、視界が真っ白に染まり、一瞬意識が途切れる。

これは、まるで、あの時の――

前世でトラックに轢《ひ》かれた時のような衝撃。

ゴロゴロと地面を転がる自分を他人事《ひとごと》みたいに感じる。全身が痺れて感覚がなく、指一本動かない。

脳裏に浮かぶのは走馬灯。

リナちゃんやナーシャちゃん、セレスママの可愛《かわい》い姿。メロディお姉様やクロエお姉様、ソフィお姉様たちと遊んだりお風呂に入ったりする場面。

学園に入学してからはずっと女の子たちと遊んでばかりだ。ついつい笑ってしまう。もっと鍛錬の時間を確保しないとダメかな……。

■

「大丈夫ー？」

ミラちゃんが不安そうな顔で近寄ってくる。やりすぎたと思っているんだろう。実際指一本動かないし、痛みも感覚もないからどういう状況なのか自分でもわからない。ミラちゃんの雷撃で全身が麻《ま》た。

痺《ひ》しているみたいだ。

でも、このままここで終わるつもりはないよ、ミラちゃん。

自分の内側に意識を向けて、体の奥から魔力を引き出す。

魔力ってなんだろう。この世界の住人は普通に受け入れているけど僕にはとても不思議だった。

栄養失調で魔力不足になって死にかけた時、魔力は僕の体内で作られているエネルギーだとわかった。

食事をとることで魔力に変換され、身体能力の強化に使える力。

だから、僕は魔力のほとんどを内臓の強化に使っていた。

大量の食べ物を消化し、栄養を貯《たくわ》え、魔力に変換する。

その機能を高めるために僕はずっと自分の体内を強化していた。

その魔力を外に回す。

全身を巡らせてミラちゃんの雷の魔力の影響を排除し、雷撃で痛めた肉体を回復させる。

ピクリと指が動いた。感覚が戻ってきて全身に痛みが走るけど、それもすぐに消えていく。

全身に力が満ちている。気分が高揚して全能感が僕を支配する。

「悪いね、ミラちゃん。ここからは一方的に決めさせてもらうよ」

「――うん！　来て！」

立ち上がった僕に、ミラちゃんが本当に嬉《うれ》しそうに笑ってくれた。本当に楽しそうに戦うから気持ちいい。でも悪いけどもう終わりだよ。

足を踏み出す。一瞬で距離が縮まる。

力の強さを持て余しそうになるけど、感覚も強化されているのですぐに調整。時間の流れすら遅く感じる。

ミラちゃんの瞳《ひとみ》が僕を認識し、槍の穂先が動き出すのが見えた。やっぱり反応がいいね。微調整。

雷槍を掴むけどミラちゃんの雷撃は僕の魔力の防御を貫けない。

そのまま槍の間合いの内側に入ってミラちゃんの腕を掴むと地面に叩きつけた。

「……わぁ……」

人型に凹《へこ》んだ地面の上で、ミラちゃんが目を真ん丸にして僕を見上げる。

「まだ続ける？」

「う、ううん……わたしの負けだよ～。アレクくん、やっぱり強いね～」

えへへ、と嬉しそうにしながらミラちゃんが負けを宣言した。

「ねえ、また戦ってくれる？」

「もちろん。僕も勉強になったし、またやろうね」

「うん！」

ミラちゃんの手を引っ張って立たせる。

怪我も汚れもほとんど無いミラちゃんと、着ている服が黒焦げで今にも崩れてしまいそうな上に全身に火傷《やけど》の跡が残っている僕。横に並ぶとどう見ても僕が敗者っぽいよね。だけど勝ったのは僕だ。

「「きゃ～～～～！！！」」

観客のお姉様たちが僕の逆転勝利に黄色い声を上げている。拍手の雨が降り注ぐけど、ちょっと素直に喜べないかな。

最初はリナちゃんやミラちゃんと戦った時と同じくらいの魔力量で勝とうと思ってたんだけど、それだと手も足も出なかったから最後は魔力量の差に任せたゴリ押しになっちゃった。

戦闘技術、属性魔力、そして魔力武器の有無も大きいけど、槍の打ち合いの途中で僕の槍だけ物質化を解除させられたのは本当にびっくりした。ミラちゃんの戦闘センスが光っていたね。

僕の課題は山積みだ。貴竜と雑竜の差をどこまで埋められるか。それが解決できない限り、僕は必ずどこかで頭打ちになってしまうだろう。

魔力量で勝る相手にしか勝てないんじゃ先はない。魔力量が拮抗《きっこう》する相手、僕よりも魔力の高い相手にも勝てるようにならないとね。

もっともっと強くなりたい。この世界の誰《だれ》よりも強くなるんだ。

リナちゃんたちが駆け寄ってくるのを見ながら、僕は決意を新たにした。

□

セレスは先ほどの光景を思い浮かべた。

雑竜なのに貴竜に勝ってしまった少年。

雑竜が寮内に入ることを許されているのは魔力量で劣っていて貴竜の子女を傷つけることができな

いからだ。ならば魔力量で圧倒し、貴竜と雑竜の絶対的な差を覆《くつがえ》した少年はもしかしたらこの女子寮の少女たちに害をなす要因になるのではないか？

寮長としてセレスが取るべき対応は一つ。少年が女子生徒たちに害をなす前にこの寮から追い出すこと。

この上竜《じょうりゅう》学園の周りには学園都市と言うべき規模で街ができている。その中から適当な建物を借りて放り込めばいい。

それが寮長であるセレスが行うべきただ一つの正解なのだ。

「――もうあんな無茶をしたらダメですよ。ちゃんと自分の体を大事にしてください。心配したんですからね」

「ごめんなさい、ママ……。ちゅうちゅう……」

「ちゃんと反省できるならいいのですよ。いい子ですね。よしよし」

「ママァ……」

救護室で可愛い坊やにミルクを与えながら、セレスは思った。

――私がこの子を守らないと……こんなにか弱い雑竜の子なんですから……!!

体中に火傷や怪我を負いボロボロの姿をした坊やのことを思い出すだけで、セレスの小さな胸が締め付けられる。

模擬戦終了に慌てて駆け寄ったセレスは、怪我の治療をするからとこの部屋に連れ込み、ボロボロの坊やにミルクを与えた。

ミルクに含まれている生命属性の魔力の効果で怪我が癒《いや》されていく。

別に怪我を治すだけならミルクを飲ませる必要はないのだが、セレスにとって坊やにミルクを与えることは当然のことだった。何の疑問も抱かずおっぱいを吸わせていた。

「こちらは大丈夫ですか？」

「うん、大丈夫。ありがとう、ママ」

「いいですよ。出ちゃいそうになったら我慢しないで大丈夫ですからね」

この前と同じように片手で坊やのオチンチンをナデナデする。

前回は生命魔力がすぐに暴発させていたが、今回は怪我を治すために消費されているので暴発は免《まぬが》れていた。

「ママのミルク、美味《おい》しい……」

「あなたのためならいくらでも出ますから。いっぱい飲んでくださいね」

セレスのミルクは生命属性の魔力の塊だった。体内でミルクとして形を得た魔力が乳首から湧き出している。だからセレスの魔力が尽きない限りミルクが尽きることはない。

美味しそうにミルクを飲む坊やの姿に、ただただ幸福感に包まれる。

――こんなにいい子なんですもの。悪さなんてするわけがありません。

可愛い我が子の頭を撫《な》でる。

セレスは坊やと離れ離れになるのが嫌で、無意識のうちに現実から目を逸《そ》らしていた。

■

セレスママの治療が終わった後、お風呂でいつものようにミラちゃんのおっぱいを揉《も》む。

「ミラちゃん。このあと部屋に来るよね？」

「……う、うん。いいよ……」

顔を赤く染めるミラちゃんを見て、離れたところでお姉様たちがキャイキャイ言っている。お姉様たちも可愛いけど、今日はミラちゃんです。

「さあ、ミラちゃん。ベッドの上にどうぞ」

「……お邪魔します……」

部屋まで大人《おとな》しくついてきたミラちゃんがベッドの上に女の子座りになった。

目が合うと照れくさそうにミラちゃんが笑う。初めて見る表情。このミラちゃんの笑顔を知っているのは僕だけだろう。

「えへへ、恥ずかしいね……」

僕が手を触れる前に自分から服を脱いでミラちゃんは下着一枚になった。

大きなおっぱい、真っ白な肌、そしてレモンイエローのパンツと黄色の淫紋《いんもん》が無防備にさらされている。

お風呂で何回も見ているはずなのに妙にドキドキしてしまう。

「ミラちゃん……触るね」

「あっ、……ンッ……」

思わず押し倒してしまったけど、抵抗しない。体から力を抜いて僕に為されるがまま。

ミラちゃんの大きな柔らかおっぱいを両手で揉みしだき、ピンク色の頂きを口に含む。ミルクは出ないけど甘いと感じるのが不思議だ。

両方の乳首を舐《な》めて吸って、唾液で濡《ぬ》れた光景が美しい。

「ミラちゃんのおっぱい可愛いね。大好き」

「あぅぅ……恥ずかしいよぉ……」

大きなおっぱいにコンプレックスを抱いているミラちゃんに自信を持ってもらおうと褒めちぎる。

乳首をきゅっとつまむと可愛い声で鳴いてくれた。

「ミラちゃん、キスしようか」

「……う、うん……」

おっぱいをイジメながらミラちゃんにキスをする。ぷるぷるの唇をかき分けてミラちゃんの舌と舌を絡めると、拙《つたな》いながらに応じてくれた。

「ちゅぱっ、れろっ、ちゅっ♥　……はあっ、はあっ♥　これが、キス、なんだぁ……♥」

最初はおずおずと舌を絡《から》めていたミラちゃんだけど、だんだんと大胆になっていた。ミラちゃんの腕が僕の首に回されて、自分から舌を差し入れてきた。

くちゅくちゅと唾液を混ぜ合う音と、ミラちゃんの乱れた吐息が僕を興奮させる。

「ねえミラちゃん」

「……なぁに？」

トロンとした目で見上げる顔がとても色っぽい。二人の間にツーッと唾液のアーチが繋《つな》がり、落ちる。

「僕のこと、好き？」

「……うん、好きだよ。……大好き♥」

ちゅっ♥

ミラちゃんからのキス。

僕はパパっと服を脱ぎ捨てて準備万端の相棒を取り出した。もちろん魔力は最初から全力全開だ。

「ミラちゃん……！」

ミラちゃんのパンツに相棒を押し付けるとビリビリした感触が返ってくる。雷の魔力が僕の侵入を阻《はば》もうとしているんだ。

「僕もミラちゃんが好きだよ。ミラちゃん、僕のものになってくれる？」

「……うん♥」

ミラちゃんが自分から足を開き、両手で下着を見せつけるように広げてくる。

「わたしを、きみのものにして……♥」

真っ赤な顔で服従のポーズをするミラちゃん。

なんだこの雌は。エッチすぎる！！！

「いくよ、ミラちゃん！　僕のものにするからね！」

「うん、うん、来て……ああっ！！！」

乙女《おとめ》の抵抗を押さえつけ、一気に中に突き入れた。


——ビリィィッ！！！


「んくっ！　入って……くるぅっ!!　ああっ!!」

レモンイエローのパンティーを破り、ミラちゃんの処女膣《ちつ》を突き進む。

すごい。なんだこれ。腰がビリビリする。

「ミラ、ちゃん……！　あと少し……だからっ！」

「わたしは♥　だい、じょうぶ、だから……そのままっ♥　はあ、んあっ♥」

ミラちゃんの中はグチョ濡れで、僕のオチンチンはどんどん中へ中へ入っていく。

ゾワゾワと背筋《せすじ》を駆け上る感覚。突き入れた肉棒に雷の魔力が纏わりついてビリビリと刺激してくる上に、膣肉がキュンキュンとリズミカルに締め付けてくる気持ちよすぎる雌穴だった。

下半身に走る電流に、未知の快感にあっさりと我慢の限界を迎えた。

「全部入った！　出すよ、ミラちゃん！　出る!!」


ドブッ!!　ドビュルッ！　ビュルルルルル！！！

「あ、あっ♥　出てるっ♥　わたしのなかに、あ、あぁぁぁぁっ♥♥」

ミラちゃんの一番奥を目掛けて僕の精液が飛び出していく。

とんでもない勢いで噴き出す精液がミラちゃんの中を汚す度に淫紋がぴかぴかと輝き、膣がキュンと締まる。

脳みそが真っ白になるような気持ちよさに、ただ射精することしか考えられなかった。ドクドクと脈打つ度に僕の背筋に快感の電流が走っていた。

「はぁ……はぁ……。ミラちゃんの中、すごい……気持ちよかったよ……」

「う、うん……わたしも、すごく気持ちよかった……♥　ありがとう♥」

なんとか射精が落ち着いたところで、ミラちゃんを抱きしめてキスをした。

抱き合いながらイチャイチャしているだけなのにミラちゃんの膣が僕を刺激して、また射精したくなってきた。

なんなんだろう。ミラちゃんのオ○ンコは快感電流マッサージ機とかそんな感じなのかな？　ミラちゃんのオ○ンコに入れているだけでどんどん硬くなってしまう。

「ミラちゃん、またいい？」

「うん。わたしも、もっとしてほしいなって思ってた♥」

恥ずかしそうにそう教えてくれたミラちゃんだけど、体は正直でキュンキュン締め付けて続きをおねだりしていた。

キスをねだるミラちゃんが両手で抱きつき、両足もいつの間にか僕の腰に回されていた。少し腰を動かすだけでミラちゃんの中が締まって快楽電流を発し、僕のチンポを気持ちよくさせてくる。

——まるでトラップだ。僕はミラちゃんの肉体という電流の檻《おり》に捕らえられてしまっていた。

二回目の射精を終えても、もう一度。それが終わってももう一度。何度でも。

「……ミラちゃん、今日が初めてなのにすごくエッチだね」

「え、だ、ダメだった……？」

「ううん。エッチな女の子も好きだよ。ミラちゃんはこれが好きなんだよね？」

「あっ♥ そこ♥ うん、それいい♥ あんっ♥ 気持ちいいよぉっ♥」

最初は恥ずかしがっていたミラちゃんだったけど、どんどんエッチになって、大胆に喘《あえ》ぐ。初めてでこんな反応をされるなんて思わなかったけど、ミラちゃんは快感に素直ですっかりセックスに溺《おぼ》れていた。

それに僕のオチンチンがミラちゃんのいいところを擦《さす》り上げる度にビリビリするんだ。ミラちゃんのオ○ンコはとっても素直で、気持ちいいところを刺激してあげるとお返しに僕も気持ちよくしてくれる。

ミラちゃんの気持ちいいと僕の気持ちいいがリンクして、まるで僕とミラちゃんの下半身が一つに混ざり合ったみたいだ。

ミラちゃんから送り込まれる絶頂の予測信号に、僕のオチンチンも条件反射で射精の準備が整う。

「またイっちゃう♥ イクっ♥ お願い、一緒に♥ 一緒にぃ♥」

「僕もイクよ！ ミラちゃん!!」

「うん、一緒に、あっ♥　イク、アッ♥♥　イっちゃうううぅぅぅぅぅぅ♥♥♥」

ミラちゃんの全身が震えて絶頂を迎えるのと一緒に、僕も大量の精液を発射した。


ビュルルルルルルルッ！　ビュルルルッ！！！


「うっ、あああああ♥　出てる……っ♥　お腹《なか》の中で、赤ちゃんのもと、いっぱい出てるぅ……♥」

ぎゅうっと抱きついてくるミラちゃんのお腹で淫紋が輝いて、僕の子種が飲み込まれていく。

「ミラちゃん、僕の赤ちゃんいっぱい産んでね。このおっぱいでたくさんお乳あげてね」

「うん♥　いっぱい産む♥　可愛い赤ちゃん、いっぱい産むね……♥」

キスをして、おっぱいを揉んで、いっぱい中出しして。

ミラちゃんとのラブラブ子作りエッチ。最高だね。

■

「旦那《だんな》様ぁ……わたくしも赤ちゃんほしいですの♥」

「次は私！　いっぱい赤ちゃん産ませて♥」

もちろんミラちゃんとの子作りエッチを見ていた二人ともたっぷり子作りエッチした。

ミラちゃんに対抗するようにすごく熱心におねだりしてきて、二人ともとっても可愛かったよ。

11 魔宮の攻略者

「それでは今週の竜紋《りゅうもん》検査を行います」

セレスママの言葉に慣れた様子で下着姿になるリナちゃんたち。

赤、青、黄色の竜紋が並ぶ姿は不思議な感動がある。

「……はい、問題ありません。みなさん、健康ですよ」

三人の竜紋を診《み》終わったセレスママが片付けをしようとするのを、リナちゃんが止めた。

「ねえ、セレス。赤ちゃんっていつできるの？」

「赤ちゃん……ですか」

一瞬セレスママが僕の方を向いたけど、すぐにリナちゃんに向き直った。

「リナさんはまだ魔宮が成長中ですから。この学園を卒業する頃《ころ》でしょうか」

「成長中？」

「はい。魔宮は女性の体内にある魔力を受け止める場所ですね」

セレスママが自分のお腹《なか》を撫《な》でながら、魔宮という器官について説明している。

「この魔宮に男性の魔力を受け止め、それを自分の魔力と馴染《なじ》ませて融和した状態にすることで妊娠が可能になります。子供を宿すための子宮に対し、これを魔力を宿すための魔宮と呼びます」

性徴を迎えた魔宮が目覚めることで女性の持つ魔力は大きく上昇するが、その後も体の成長に合わせて魔宮は成長する。特に十代が最も魔力が成長する時期と言われている。

これは上竜学園の一年生から七年生の時期と重なる。学園は生徒たちの魔力の成長に合わせて作られているのだ。

「それともう一つ、魔宮に男性の魔力が混ざると竜紋に変化が生じます」

竜紋は魔宮の魔力の状態を示している。だから魔宮内の魔力が変化すると竜紋にも影響が出る。

一番わかりやすいのは色の変化で、例えば火の赤と雷の黄が混ざるとオレンジに。光の白と闇《やみ》の黒が混ざると灰色に、という感じで変化する。

このため、女性の竜紋の色をこまめに調べてチェックすることで女性が男性と性交渉を行ったかどうかも判断することが可能なのだ。セレスが毎週行っている竜紋検査はこの検査も兼ねている。

「ですので、みなさんが赤ちゃんを妊娠できるのは魔宮の成長が終わる学園卒業の時期になりますね」

「そうなの……早く赤ちゃんが欲しいのに、残念だわ」

魔宮が成長を終えてしっかりと魔力が混ざり合うようになると、子宮に新たな生命が宿る。

今はまだリナちゃんたちの赤ちゃんはお預け。

リナちゃんだけでなくナーシャちゃんもミラちゃんも残念そうに竜紋を撫でていた。

■

登校前の身だしなみチェックの時間。

「リナちゃん。すぐに赤ちゃん産めるようにいっぱい練習しようね」

「うん♥　いっぱい練習して♥　いっぱい産む♥」

臙脂《えんじ》のブレザー姿のリナちゃんを壁に立たせて、背後から僕の肉棒を突き入れる。熱々のトロトロオ○ンコが今日も気持ちいいね。

「ふあああああああああ♥♥♥　あっ♥　あっ♥　あーっ♥」

壁で押しつぶすようにして奥まで挿入した。トロトロのオ○ンコの中を撫でまわすようにゆっくりと腰を動かしていくと、あっさりと絶頂してお腹の奥が更に熱くなった。

チンポが蕩《とろ》けそうな心地よい熱さに素直に射精。

僕の射精にあわせてビクンビクンしているリナちゃんが可愛《かわい》いね。

ホカホカのオチンポを今度はナーシャちゃんに突っ込む。いつものボレロとベレー帽がお嬢様らしくてとても似合ってるね。

「んひぃっ、ふかいですの♥　わたくしのおくにゴリゴリって♥　んあぁっ！♥」

ナーシャちゃんは小さいので立ったままだとちょっとやり辛《づら》い。

だから持ち上げて駅弁体位で入れてしまう。ナーシャちゃんの体を上下に揺すり、にゅぽにゅぽと吸い付いてくる感触を楽しむ。

「中が♥　引っ張られて♥　わたくし、もう♥　あ……っ♥♥　～～～～～っ！！！♥♥♥」

絶頂を迎えてちゅうちゅう吸い付いてくるナーシャちゃんの中に気持ちよく精液を注ぎ込む。

ナーシャちゃんは小さくて軽いし、ずっとこうして持ち歩いていたいなぁ。

ドロドロになったオチンチンを最後にミラちゃんの中へ。

ミラちゃんの制服はなんとセーラー服！　やっぱり定番のセーラーは外せないよね。淡い黄色のカーディガンも着ているよ。

ミラちゃんに手を壁について、お尻を突き出す姿勢を取ってもらう。

「あん♥　おっぱいも一緒に触るの？　♥　うん、いいよ♥　きみの好きにして♥」

セーラー服の上をたくし上げて、ブラジャーもずらして、ミラちゃんの大きなおっぱいを解放する。

たわわな感触を味わいながら腰をパンパン。ミラちゃんはお尻も肉付きがよくてとっても柔らかいんだね。

「ちゅ♥　ちゅっ♥　うん、わたしもすぐにイっちゃうから♥　一緒にイって♥　あっ♥　イク♥イっちゃうううぅぅ♥♥♥」

後ろを振り向いてキス媚《こ》びするミラちゃんと舌を絡《から》めてキスしていたけど、すぐに限界を迎えちゃった。最後はミラちゃんと一緒にフィニッシュ。

ミラちゃんはまだまだ元気でもっとしたそうな顔をしているけど、残念ながら朝の時間はこれで終わりだね。これ以上すると遅刻しちゃう。

オ◯ンコから精液を垂らしている制服美少女三人組は絶景だね。

三人ともお腹の中に僕の精液を入れたまま授業を受けるんだ。なんだかすごく興奮するね。

□

男子たちは朝から落ちつかない空気を発していた。

クラスの誇る三大アイドル、リナ、アナスタシア、ミラの三人が制服を着ているからだ。

元々リナがブレザーを着ていたのは知っているし、見慣れない服装だがよく似合っていると男子たちは思っていた。

だが、アナスタシアがある日突然、それまでのドレス姿から装いを一変し、そして今またミラも変えてしまった。三者三様の制服美少女が集まっている姿を見て、男子たちの中に新たな何かが芽生えてしまっていた。

そう——制服萌えである。

田舎《いなか》の寒村出身とは思えない華やかなブレザーを着たリナ。

大領地のお姫様らしい淑《しと》やかなボレロを身に纏《まと》ったアナスタシア。

大きな膨らみと可愛らしさの両立したセーラー服を着こなすミラ。

男子たちがそれぞれの制服の良さを理解し、これが至高だ、いやあれが究極だ、全部最高じゃないかと熱く語り合う。

まさに今この瞬間、一年生男子の間で制服美少女旋風が巻き起こっていた。

そして一瞬で叩《たた》き潰された。


自室に戻った男子が倒れ込むようにベッドに身を投げ出した。

今日見た光景を忘れたいと思っていた。

体育の時間、いつものように男子が雑竜《ざつりゅう》の少年に挑んだのだが。

「今日からこれを使うね」

そう言って少年が取り出したのは〝金色の魔力物質〟で作られた『棒』。

魔力を感じ取った男子は、誰《だれ》が作ったのかすぐに理解した。理解してしまった。

雑竜の少年はミラの魔力物質で作られた武器を持っていたのだ。

リナとお揃《そろ》いのブレザーの制服を着て、アナスタシアが作ったシャツを着こんで、ミラの作った武器で武装した雑竜。

頭がどうにかなりそうだった。

可愛い制服女子たちが模擬戦の様子を見物していたのも刹那《せつな》で忘れた。

なんとか目の前の現実を受け止めようとしたが脳が理解を拒んでいた。

その後のことは覚えていない。気がつけば一日が終わり、こうして男子寮に戻っていた。

ベッドの上で呆然《ぼうぜん》としている男子生徒の視界に、お付きの雑竜の姿が映った。

あの少年と同じ雑竜。それだけで無性に腹が立ってくる。

ここで適当に痛めつけるか、決闘場まで連れて行って鬱憤《うっぷん》を晴らすために相手をさせるか。

じっくりと考えていた少年だったが、お付きの雑竜を見て妙な気分になってきた。

――こいつ、女みたいな顔しているな。体も細いし。

世話役の雑竜のほとんどは去勢済みで、体格が小柄だったり女顔だったりする者も多い。男子生徒のお付きをしている雑竜もそんなうちの一人だった。

なんだか無性にイライラしてきた男子生徒はちょっと魔力を込めて服を作った。

制服である。

ブレザーかボレロかセーラー服か。あるいはすべてか。

それはともかく、制服を作り出した男子生徒は、雑竜に手渡して言った。

「今からこの服に着替えてこい」と。言われた通りに服を着替えて雑竜が部屋に戻り。それを見た男子生徒は、溜《た》まりに溜まったストレスを雑竜にぶつけたのだった――。

□

セレスは今日の竜紋検査の結果をいつものように書類にまとめていた。

検査結果は良好。異変はなし。竜紋の色も変わらず。

竜紋の輝きが強いが魔宮の成長に伴う変化としてはありふれたものだ。

「男性の魔力の混入の形跡もなし。問題なし、と」

セレスはいつものように書類を書き終えた。
女子寮は今日も平和だった。

12 休日の街歩き

「今こそ立ち上がれ冒険者！　旅立ちの時は来た！」

「……何しているの、メロディお姉様」

いつもの緑のポニーテールを振り回し、メロディお姉様が僕たちの前に颯爽《さっそう》と登場した。

そもそもこの世界に冒険者っているの？

「反応が硬いなー。今日は休日だろう？　ボクが君たちを学園の外に案内してあげようと言うんだよ！」

「え、外に出れるの？」

確か学園の敷地外に出るには許可がいるって説明された気がするんだけど。

「君たちだけだと外出禁止だよ！　でもボクが付き添いだから許可が下りたんだよ！」

「そうなんだ！　ありがとう、メロディお姉様!!」

「はっはっは、このくらい先輩として当然さ！」

感謝の気持ちを伝えるためにメロディお姉様に抱きつく。中性的な美人のメロディお姉様はスラッとしたスタイルだけどお胸もなかなか。それに抱きつくといい匂いがするんだよね。

上竜学園《じょうりゅう》の生徒たちは基本的に入学後一年間は学園の外に出られない。外出許可が貰《もら》えない。

この学園の外に広がる街は規模も人口も王国で二番目に位置していて、国王陛下の妹が領主をしている大都市だ。

学園の生徒たちが癇癪《かんしゃく》でも起こしてこの街を破壊してしまったら間違いなく被害は甚大《じんだい》になる。こんな危険な街にいられないと商人も住人もあっという間に離れていき、領主である王妹殿下は激怒するだろう。

そんな事態が起こらないように、学園長である王妹殿下は躾《しつけ》のなっていない幼い貴竜《きりゅう》は学園の外に出さないことにした。最低でも一年間授業を受けて、担当の教師たちから外出許可を得るまで学園の外には出られないとブーノ先生が言っていた。

まあ、今回はメロディお姉様が監督するからということで許可が出たみたいだけどね。メロディお姉様と僕たちのことをそれだけ信頼してくれているということだ。外で騒ぎを起こさないように気をつけよう。

それと休日についてだけど、この国の暦は七日で一週間。火水風土光闇無の曜日があって無の曜日が休日になる。

でも、村にいた時は曜日関係なく毎日午前中は畑の世話をして午後はリナちゃんと遊んでいたし、この学園でも授業という名前の遊びみたいな感覚だから、今のところ休日が待ち遠しいとかはないかな。

これまでの休日は寮のお姉様たちとゲームをしたり、運動場で運動したり、リナちゃんたちと部屋に籠っていることが多かった。だから街を歩くのは今日が本当に初めてだね。

「アレク、くっつきすぎ。離れなさい」

「リナもおいで。もっとくっついていいよ」

「きゃっ?!」

メロディお姉様を吸っている僕を引き離そうとリナちゃんが手を引っ張ったけど、逆にメロディお姉様に捕獲されてしまった。

「アナスタシアとミラもボクに触れてね。街まで飛ぶから離れないで」

「飛ぶって?」

「歩いていくと時間がかかるからね」

メロディお姉様が緑に色づいた風を起こすと、僕たち四人を含めた大きな風の繭《まゆ》を作り出した。

「君たちはまだ飛べないから、ボクがこうして運んであげるってわけさ」

「これ……僕とリナちゃんがここに来た時の……」

「ああ、二人はパパに送ってもらったんだっけ。ボクはまだ他《ほか》の人を送ったり見えない場所に正確に届けたりするのはできないんだよね」

「え。パパ……?」

「そうだよ。言ってなかったっけ？　二人の住んでた村周辺を治めている貴竜がボクのパパだよ」

あっさりと明かされる衝撃の事実。

ほとんど会話もなく一方的に送り出したあの不愛想な男が、こんなにフレンドリーなメロディお姉様の父親だったらしい。性格は母親に似たのかな？

「それじゃあ行くよ！　みんなはこの街をじっくり見るのは初めてかな？」

「うわあ……こうして見ると大きいな」

学園の校舎や周りの木々の更に上空まで上がると一気に視界が開けた。この街に来た時も上空から街を見下ろしたけど、何度見てもこの街の広さに驚く。

「わ、わたくしのお父様の街の方が……街の方が……くっ！」

「あはは～。さすがにこの街と比べたら、北の都でも勝てないよね～」

「お父様ならきっと勝てますわ！」

さすがに北の大領主の領地でも勝てないと思うけど。そもそもこの街が王都の次に大きい、国内二番目の街だし。

「アナのお父さんねえ。アナと一緒でやっぱり小さいのかしら」

「アナスタシアですわ！！！　お父様は背が高くてとても素敵なお父様ですわよ！！！」

みんなも高所からの景色に慣れたのか、足元に何もない状態でも元気にじゃれ合っている。

「……リナちゃん、大丈夫？」

学園まで飛んできた時は僕の服の裾を掴んで目を瞑っていたリナちゃんだけど、今回は余裕があるように見えた。

「……別に。平気よ」

先ほどから掴んだままの手をギュッと握って、リナちゃんが体を寄せてきた。

僕と一緒なら飛ぶのにも慣れたってことかな。ちょっと照れていて頬が赤くなっている。怖がっているリナちゃんの姿も可愛かったけど、今のリナちゃんも可愛いね。


「このまま少し街の案内をするね。学園の辺りから街の中心までが商店エリア。メインストリートが一番活気があるけど、いくつかのストリートでは定期的に市も開催されて、遠方からの掘り出し物なんかもあるね。市を楽しみにしている生徒も多いかな。商店エリアはとにかく広いしいろいろなお店があるから、外出許可が出たらいろいろ歩いてみるといいよ」

学園の周りはいろんなお店がいくつも並んでいた。

飲食店、ブティック、ジュエリーショップ、大型書店など、高級店らしい大きなお店が並んでいる。ああいうお店はお金持ちの貴竜の子供をターゲットにしているんだろうね。学生向けのお店が多い印象がある。

学園から離れていくとだんだんと普通の市民らしきお客さんの姿が増えていくのが見えた。

「こんなに人間がいるの……？」

「うちの村だと考えられない光景だよね」

「うん……びっくりだわ」

大都市の人の多さにリナちゃんがショックを受けていた。

とは言え、歩く隙間《すきま》もないほど混雑しているわけでもない。みんなゆっくりと余裕を持って歩いているし、僕から見るとそんなに多くは感じない。

「またあとでこの辺は散策するとして、次に行こうか。あ、あのお店、なんだかわかるかい？」

学園の入り口からほど近い一等地に立ち並ぶ高級そうなお店の数々。商品が飾られているわけでもなく、看板が出ているわけでもないけど、次々に男子生徒がやってきては店内に入っていった。

そのお店を指差してわざわざ僕に向けて尋ねてくるけどなんだろう。

……あっ。

「もしかして女の子と遊ぶところ？」

「さすがは男の子、正解だよ。君も興味があるのかな？」

楽しそうに言う。完全にからかっているね。

お店に入る生徒たちの顔がそれはもう嬉《うれ》しそうに鼻の下を伸ばしていたからピンときただけだ。

「興味あるの？」

「興味あるんですの？」

「……興味あるんだ？」

リナちゃんたちからジトっとした視線を感じる。

でも、ぶっちゃけ興味はあります！　前世じゃそういうお店に入ったことがないから一男子として興味は尽きません。

まあ、みんながいるから行く気はないけどね。

「ははは。それじゃあ次に行こうか」

上空を飛び回りながら、メロディお姉様の街案内は続く。

ほらみんな次の場所が見えてきたからそっちを見て！　ほら！

□

『自由騎士ギルド』。

王都、学園都市をはじめとして各都市に支部が存在している巨大組織である。国家騎士や領地騎士にならなかった貴竜や、同じくどこにも就職をしなかった雑竜《ざつりゅう》、力自慢の人間などが集まって依頼をこなす、いわゆる冒険者ギルドのような組織である。

ちなみに国営。

「ここがギルドか。ずいぶんとしけた場所だな」

学園都市の中心部に面する自由騎士ギルドの中に、一人の貴竜の少年が入ってきた。

上竜学園の生徒がギルドに登録して仕事を受けることも珍しくない。金銭を稼ぐためだったり、将来を見越した修練の場として利用したり、さまざまな理由で生徒たちはギルドを訪れる。

ギルドの仕事を受注して学園都市外まで出向くことも多々あり、そういう場合は公欠扱いで学校を休める。これを利用して滅多に学校に戻ってこない生徒も存在している。

美人の受付嬢が新顔の少年に気がつき声をかけた。

「自由騎士ギルドへようこそ。本日はどのようなご用件でしょうか？」

「もちろん登録だ」

「かしこまりました。初登録となりますとギルドランクは金の三級からになりますがよろしいでしょうか？」

「なんだと?! この俺《おれ》が三級?! 貴様、バカにしているのか!!」

ギルドランクは貴竜が金、雑竜が銀、人間が銅に振り分けられ、それぞれ一級から三級がある。

一級はベテラン。二級は並。三級は見習いだ。金の一級の貴竜はほとんど存在しない。そんなに優秀なら国家騎士か領地騎士として好待遇でスカウトされているからだ。

自由騎士という立場に拘《こだわ》り、金の一級まで上り詰めるような貴竜は余程の物好き以外存在しない。

「俺の実力を貴様の体に思い知らせてやってもいいんだぞ？」

少年が魔力を放出して受付嬢を脅す。人を傷つけることを悪いことだと露とも思っていない傲慢《ごうまん》さがにじみ出ていた。

「申し訳ありませんでした。それでは私の権限で貴方様を金の特級に認定いたします。どうかそれでお怒りを収めていただけませんでしょうか？」

「ほう、特級。まあ俺なら当然だな。今回だけ許してやろう」

「ありがとうございます。それでは登録手続きを行いますので、どうぞ奥の個室へお進みください」

受付嬢が素直に頭を下げ、特級認定されたことで機嫌を直した少年が受付嬢の案内に従って奥に進んでいく。周りのザコたちの羨望《せんぼう》の視線を受けて大いに気を良くしながら、奥の個室で登録手続きを行った。

■

「ここが自由騎士ギルドだよ。お金に困ったらここで仕事を受けると簡単に稼げるからオススメだね。折角《せっかく》だし、今日はこのまま登録もしてしまおうか」

メロディお姉様の案内に従ってギルドに入ると、大勢の人たちが僕たちを見てすぐに目線を逸らした。うわあ、腫物扱い。まあ貴竜相手にわざわざ絡《から》んでくる命知らずなんかいないよね。ネット小説でよく見た「なんでこんなところにお子様が～」とか言ってくるチンピラはいなかった。残念。

「自由騎士ギルドへようこそ。本日はどのようなご用件でしょうか？」

「この子たちの登録を頼むよ」

「かしこまりました。初登録となりますとギルドランクは金の三級からになりますがよろしいでしょうか？」

「だってさ。どうする君たち、三級でいいのかい？」

「そもそもギルドランクって何？」

自由騎士ギルドの仕組みはまだ授業でも詳しく教わっていないからよくわからないんだよね。国営の組織だってことと、よく小説に出てくる冒険者ギルドみたいなものだっていうフワフワしたイメージがある。

そんな僕たちにメロディお姉様と受付のお姉さんが詳しい説明をしてくれた。

ギルドランクの金銀銅の区分は必要とされる能力によって分けられている。

貴竜の戦闘力、大規模殲滅《せんめつ》力や属性魔力が必要なら金。

雑竜の能力、弱めの魔物との戦闘だったり、一般人以上の身体能力、頑丈さが求められる仕事は銀。

そして一般人でもこなせる仕事は銅という扱いになるらしい。まあ一般人と言っても肉体労働に耐えられる体力自慢の人たちが基準だけどね。

「三級……見習いから始めろってこと？」

「このわたくしが三級だなんて……」

説明を聞いたリナちゃんが不満そう。ナーシャちゃんも。

ミラちゃんは素直に「そういうものなんだ～」という顔をしている。

「ご不満でしたら私の権限で特級認定も可能ですが、いかがしましょう」

「とっきゅう？　特別な階級？　そんなのがあるのね」

「あら、貴女《あなた》。なかなか見る目があるんですのね」

受付のお姉さんが完璧な営業スマイルで特級を勧めてくる。

リナちゃんたちが騙《だま》されかけているのでやめてください。

「みんな、ちゃんと三級から始めようよ。特級じゃなくていいでしょ」

「……あんたがそういうなら、私は三級でもいいけど」

「わ、わたくしだって三級から始めようと思っていたんですわ！」

「わたしもそれでいいよ～」

「では、奥のお部屋へどうぞ。登録手続きを行いますね」

受付嬢のお姉さんに案内されて奥に進む。

「アレクくん、どうして特級認定を断ったんだい？」

「え、だって……」

メロディお姉様ってけっこう意地悪というか、からかうの好きだよね。

「何にもしていないのに駄々こねるだけで特級になれるんでしょ。だから〝特に面倒くさいバカ〟を隔離するための階級が特級なんじゃないかなって思っただけだよ」

「あはははは！　〝特に面倒くさいバカ〟って、さすがだね!!　やっぱり君、面白《おもしろ》いなぁ!!」

大笑いしているメロディお姉様と一緒にみんなの後に続いて登録をした。

リナちゃんたち三人は金の三級。僕はもちろん銀の三級。

貴竜じゃないから銀なのは当然だけど、三人が僕を金にしてほしいと言い出してちょっと大変だった。

■

登録が終わった後、試しに金の三級の仕事をこなしてみようということで簡単なお仕事を受けてみた。

「はい。それじゃあここの汚水の処理が今回のお仕事だよ」

下水道の探索とかＲＰＧだと定番だけど、リアルではあってほしくなかった仕事ナンバーワン!!

みんなも嫌だろうなあと思って様子を見るけど、意外なことに平然としている。

「みんな平気なの？　汚水だよ？」

「おすいってなに？」

そもそも汚水を知らないだと……。

「わたくしは知っていますわ！　あのトイレとかいう場所を流す水ですわ！」

「トイレってなんであんなに臭《くさ》いんだろうね～。トイレをなくしたら臭《にお》いが消えるのかな～？」

トイレを……なくす……?!

「……ああ、そっか。そもそもみんなトイレとか行かないから知らないのか」

「そういうアレクだって行かないのに、なんで知ってるの？」

「それはほら、村でちょっとね」

本当は前世の知識なんだけど、村生活のせいにしておこう。


さて、ここで大事な情報が一つあります。

実はこの世界では竜の美女と美少女はトイレに行きません。排尿も排便もしないんです。なんてファンタジーなんだ。

まあ、雑竜含めて男もトイレに行かないんだけどね。

竜はほとんどの毒が効かないと前に言ったけど、消化器の能力も凄《すご》くて食べたものを何でも消化して栄養として吸収しちゃうからオシッコもウンチもしない。

それで生物として大丈夫なのかちょっと不安になるけど、魔力がいい感じに作用して体調を完璧に整えてくれているんだと思う。

これは他の魔物も同じで、あいつらも一切排泄《はいせつ》をしないから熟練の猟師さんだとすぐに魔物の縄張りに入ったとわかるらしい。急いで村に帰って魔物の発見報告をして、雑竜の兵士たちが魔物の討伐に出撃するというのがよくあるパターンだ。うちの村でも詰め所に猟師さんたちが駆けこんでくるのは何度もあった。

竜の血を引いている動物が魔力に目覚めたモノを魔物って言うんだけど、平民から雑竜や貴竜が生まれるようにどの生物が魔力に目覚めるかは完全にランダム。昨日まで安全だった場所に今日いきなり魔物が誕生するということもある。

生き物の多い場所では魔物の発生率も上がり、見回りの兵士や領地騎士の掃討から逃れることがある。森の側の街道とかは特に危険地帯だ。

そういう突発的な魔物の襲来に備えるために、商人や旅人が利用するのがさっき登録した自由騎士ギルドなんだって。護衛として金級（貴竜）や銀級（雑竜）の腕利きを雇っておけば魔物に襲われても安心だって受付のお姉さんが言っていた。まあ等級が高いほど当然お金はかかるけどね。

話が逸れたけど、リナちゃんたちはトイレを使わない。だから汚水というものを甘く見ているんだ。あの臭いとか汚れとか病原菌の温床になっていて非常に不衛生なことをみんな知らない。

だったら僕が現代知識チートでみんなを導かなければ……!!

■

「汚水はこうやって全部消滅させればいいよ。臭いとかもあるからもう視界全部を綺麗《きれい》にする感じでやっちゃって」

「これでいいの？」

「そうそう。いい感じ。そのままここから奥までガーっとやっちゃって」

「こうね。なんだ、簡単じゃない」

はい。属性魔力によって汚水処理場の入り口から一番奥まで、一瞬で全ての汚れと汚水が消滅しました。臭いとか病原菌とか全部魔力で消滅させれば問題ないんだね。

うん。

これ、完全に金級（貴竜）の仕事だわ。というか貴竜がちょっと出向いて処理すれば終わるけど、雑竜や普通の人間じゃ真似《まね》できない。貴竜頼りの社会システムが構築されている。

「汚水の処理とかすごい面倒なのに、こっちだと一瞬で全部消滅かぁ……」

下水管を通じて新しい汚水が少しずつ流れ込んでいるけど、巨大な汚水プールを満杯にするにはかなりの時間がかかりそう。

そして汚水プールから汚水が溢《あふ》れる前に貴竜がやってきて全部消すという完璧なサイクル。貴竜の力がこの大都市のインフラに組み込まれている。

なんていうか……まさに異世界だなって思いました。

ちなみに報酬はかなり多かった。単純な時給換算でもかなり割りがいいし、労力も危険性も少ない上に街からも近くて移動が楽。だから金級でも人気の仕事の一つなんだって。

日本だと下水関連なんてみんなが嫌がる仕事になのに、異世界ってすごい。

■

「今日はいい仕事を紹介してくれてありがとう。また来るから次も頼むよ」

「メロディ様のご紹介ですから。次回のご訪問も心からお待ちしております」

お仕事が終わり、メロディお姉様が受付のお姉さんと親しそうに挨拶《あいさつ》をしていた。

メロディお姉様は中性的な美人だから女性から人気あるのかな？　女子校の王子様っぽい雰囲気があるんだよね。服装もスカートじゃなくてパンツルックでスラリとしたカッコいい系だし、性格も親しみやすいから下手《へた》な男貴竜よりモテそうな感じ。

「それじゃお金も稼いだし、次のところへ――」

「ねえメロディお姉様。あの建物はなんなの？」

自由騎士ギルドの建物があるのは学園都市の中心部。噴水があって広場になっていて屋台なども並んでいるんだけど、この中心部には二つの大きな建物が向かい合うようにして建っている。

一つは今出てきた自由騎士ギルド。箱型で背の低いビルみたいな建物。

もう一つは今リナちゃんが指差した建物。一見すると宗教関係の建築物っぽい。ローマのパンテオン神殿みたいな形をしているね。

「ああ、あれかい。あれは竜神殿だよ。この都市の竜神殿はすごい立派だよね」

「りゅうしんでん？　何それ？」

「え、竜神殿だけど……知らないの?!」

「リナ……。まさか貴女、竜神殿を知らないんですの?!」

「知らないわよ。聞いたこともないわ」

リナちゃんが竜神殿を知らないことにメロディお姉様とナーシャちゃんがショックを受けている。

でも、僕もその竜神殿って聞いたことないな。

「僕も知らないんだけど、竜神殿って何なの？」

「え～……なんて言えばいいんだろう～。竜神を祀《まつ》っているところ～？」

「竜神？」

リナちゃんも僕も竜神なんて教えてもらってない。竜神ってなんだろう？

「おかしいな、パパの領内ならどの村にも竜神殿があるはずなんだけど。雑竜の兵士たちはいたよね？」

メロディお姉様に聞かれて僕もリナちゃんも頷《うなず》き返した。

「それならいたよ。オッサンとお兄さんの二人」

「よかった、さすがにいたかぁ。その兵士たちが住んでいる場所が竜神殿だよ。聞いたことない？」

「「聞いたことない」」

え、兵士の詰め所だと思ってたけど、あれが竜神殿なの？　普通の木造の小屋だったし、僕の家と違いなんかなかったんだけど、どういうこと？

「メロディお姉様。二人を竜神殿に案内すべきではありませんの？」

「そうだねえ……まさか竜神も竜神殿も知らないなんて思わなかったしなあ……」

「兵士さんから何か聞いていない～？」

「僕は一度も聞いたことないよ。リナちゃんは？」

「覚えていないわ。でも多分聞いていない」

リナちゃんはちょっと怪しいと思うけど、僕が聞いたことがないのは確実だ。竜神殿や竜神なんてファンタジーな名称を聞いたら絶対に覚えているもの。

三人の話を聞いた感じだと竜神や竜神殿に関してオッサンたちから教わるのが普通だったらしい。

あの二人、本当に仕事してなかったんだな。

「それでは司祭を呼んで二人に説明していただきますの」

「ボクたちよりも司祭の方がおしゃべりが上手《うま》いからね」

「わたしも久しぶりに聞きたいな～。竜神のお話～」

金と黒の不思議な材質でつくられた建物、竜神殿にみんなでやってきた。さっきも言ったけど形状としてはローマのパンテオン神殿に近いかな。柱がいくつも立ち並び、その一本一本にメッセージが刻まれていた。

『世界にその身を捧《ささ》げし偉大なる[redacted]をここに奉《たてまつ》る』
『世界にその身を捧げし偉大なる[redacted]をここに奉る』
『世界にその身を捧げし偉大なる[redacted]をここに奉る』
『世界にその身を捧げし偉大なる[redacted]をここに奉る』

難しい言い回しが多くてところどころ読めないけど、たぶんこんな感じのことが書かれていると思う。

「そこのあなた。司祭を連れてきなさい。竜神の説話を希望しますわ」

「は、はい！　ただいまお連れいたします!!」

建物の中に入ると、ナーシャちゃんが近くの職員らしき人を呼びつけ、司祭をここに呼ぶように言いつけていた。すごい手慣れているというか、聖職者？　相手でも小間使いのように平気であごで使うのがすごい。

しばらく待っていると黒いローブに金の刺繍《ししゅう》が施された豪華な衣装を着たお婆《ばあ》さんがやってきた。周りに何人も取り巻きを引き連れて、すごい偉い人オーラが漂っている。

「若き貴竜のお方々、ようこそいらっしゃいました。私はここ学園都市の竜神殿で司教を務めておりますエマと申します。どうぞお見知りおきを」

「そう、エマね。説話をお願いしたはずだけど、貴女が聞かせてくれるのかしら？」

「もちろんでございます。どうぞ、こちらへお部屋をご用意いたしました」

どう見ても偉い人っぽいエマ司教がナーシャちゃんたちにぺこぺこ頭を下げて部屋に案内してくれた。こ、腰が低い……。

聖職者ってもっとこう、私が神の代理人だって威張っているイメージがあったんだけど……ただの僕の偏見だったのかな？

■

「それでは竜神様……竜と神のお話を始めたいと思います」

貴賓室の豪華なソファに腰かけて飲み物やお菓子、果物なんかを出された後にエマ司教の説話が始まった。

「初めに、この世界には何もありませんでした。天も地も、光も闇《やみ》もない、真の無がありました。その無に現れたのが竜神様でした」

ふむふむ。創世神話ってやつだね。竜神が世界を創ったってお話か。

「竜神様たちは大勢いましたが、真の無を見て世界を創ることを決めました。ある竜神様はその身と心を捧げ、時の法を作り出しました。ある竜神様はその身と心を捧げ、空《くう》の法を作り出しました。ある竜神様はその身と心を捧げ、天の法を作り出しました。ある竜神様はその身と心を捧げ、地の法を作り出しました」

竜神たちが自分自身を犠牲に世界を創っていく。

時が流れ出し、空間が生まれ、空が広がり、地が形作られた。

太陽が、月が、海が、雲が、川が、花が、動物が、世界のありとあらゆる全てが竜神たちによって創られた。

「こうして多くの竜神様たちがその身と心を捧げ、この世界を創りたもうたのでございます。――ですが、竜神様の中には自分の心身を捧げることを良しとしなかった竜神様も大勢いらっしゃいました」

ん？

「世界を創り、変革する力を世界に捧げるのではなく、自らのために使うことを選んだのでございます。自らの欲のために思うままに世界を貪り食らうことを選んだのでございます。かくして、竜神様は二つの道に分かたれました。この世界の礎《いしずえ》となり、世界を創る〝法〟となった〝神〟と。この世界を謳歌《おうか》し、世界を思うままに変革する〝魔の法〟を操る〝竜〟。竜神様は〝神〟と〝竜〟に分かれたのでございます」

なにしてるんだよ竜？！？！？！？！

え、何してんの?!　そこは自分も世界の礎となって神になる場面だろ?!　自分だけ遊びたいからってほっぽって、好き放題しているの?!

「自我を捨て、欲望を捨て、〝世界の法〟となられたのが神。自我に拘り、欲望を満たすために肉を纏《まと》い、自らの認識する範囲で思うままに法を変える〝魔法〟を操られるのが竜。〝魔法を為すための力〟が〝魔力〟。すなわち皆様がお持ちの魔力でございます」

エマ司教が恭《うやうや》しく、僕たち――貴竜の女の子たち――に礼をする。

「魔力は魔法に通じ、世の法を容易《たやす》く変えてしまうお力でございます……。どうか、どうか……この世界の法を壊してしまわぬよう、お願い申し上げます……!!」

わかった!! この世界の聖職者が腰が低いんじゃない!!

竜と神の力を心の底から畏《おそ》れているから全力で平身低頭しているだけだよ!! そりゃあ対応も丁寧《ていねい》になるよね!!

■

「説話は終わりね。もう下がっていいわよ」

「はっ! かしこまりました!」

ナーシャちゃんの一言でいそいそとエマ司教が退出していく。僕の何倍も年上で、この竜神殿の偉い人であるエマ司教がなんだか可哀《かわい》そうに見えてきた……。

「この竜神殿は王妹様の領地だから黒が基調なんだよ〜。金色は光の女王様の色だね〜」

各地の領地と領主に合わせて色やデザインが違うと教えてくれるミラちゃん。エマ司教の態度に関して何も感じていなさそう。

「王国各地に小神殿があって、そこに雑竜の兵士たちが詰めているんだよ。民は竜神殿を通じて主である貴竜を崇《あが》め、主は信望者である民を魔物の脅威から守る。そういう仕組みだね」

「竜神殿に集められる寄付は領主のものなんですの。わたくしの家にも商人たちからの寄付がよく届けられていたんですの」

税金は国と領主で分配するけど、竜神殿の寄付は領主が総取りとかいろいろとルールがあるらしい。その代わりに竜神殿の運営や雑竜の兵士たちの給金なども領主が負担するとか。

メロディお姉様もナーシャちゃんもごく当然のことと受け止めているし、リナちゃんも何も考えていなさそうにお菓子食べてるし、エマ司教の態度が気になったのって僕だけかぁ……。

まあ、僕もちょっと気になっただけで、この世界の宗教改革とかするつもりはないんだけどね。貴竜の武力が国家の安全保障と人民の統制に使われているのは間違いないないし。

竜の暴威を避けるために平身低頭するのは間違いじゃないだろう。

「――あ、そうか。竜の血を引いた人間が欲望に弱いのって先祖である竜のせいか」

さっきの竜神の話を聞いていて思ったんだけど、真面目《まじめ》で自己犠牲を厭《いと》わない人格者の神は率先して世界の犠牲になって、自分本位で遊び好きの竜がこの世界に解き放たれたんだ。

そんな竜の血と力を受け継いだ存在が傲慢で強欲になるのは当然なのかもしれないね。

■

美味《おい》しい飲み物とお菓子で一息入れて、僕たちは最初の商店街に戻ってきた。

ギルドの仕事を受けたので軍資金も十分。可愛い小物のお店を覗《のぞ》いたり、広場で芸を披露する芸人たちを見学して、最後にメロディお姉様の行きつけのブティックへ案内された。

「実は君たちの服のデザインに興味があるんだ。ここの服を一着ずつプレゼントするから教えてもらえないかな？」

どうやらメロディお姉様が僕たちを街に連れてきたのはこれが目的だったようだ。日本の制服を元にした三人の服は珍しいから気になったんだろうね。

三人分の新しい服をデザインしてもらえるならとオーケーを出した。リナちゃんたちはデザインそのままではなくアレンジをするように言っていて、見本として自分たちの制服をメロディお姉様やデザイナーさんに見せていた。

「……ちょっと暇になっちゃったな」

リナちゃんたちの新しい服についてはこういう服が欲しいと希望を出した後は専門家にお任せすることにした。僕の説明にデザイナーさんたちもとても乗り気で、絶対に良い物に仕上げると約束してくれた。

「まだ時間がかかりそうだし、僕は少し外を見てくるね」

みんなをブティックに残して一人でギルドに向かう。

金級のお仕事でお金を手に入れることができたけど、あれってリナちゃんたちの力で手に入れたお金だからね。僕自身の力で稼げるような仕事がないか見に行こうと思った。

そういうわけでギルドにやってきたけど周りからすごい注目を浴びている。よく物語であったような「お前みたいな子供がこんなところに来るんじゃねえ！」と絡んでくるチンピラはやっぱりいない。残念。

「おい、お前！　なんでこんなところにいる！」

いたよ。

あまりにタイミングが良すぎて、思わず声をかけられた方に目をやると、学園の生徒らしき少年が僕を睨《にら》んでいた。青い髪のひょろりとした少年で、どこかで見た気がしたけど思い出せなかった。

「どこかで会ったっけ？」

「ッ！！！　お前、俺のことを覚えてないのか!?」

「……ごめん」

一年のクラスメイトじゃないし、上級生にこんな風に絡まれる覚えはない。全然心当たりがないんだけど……。

「図書館で俺の邪魔したのはお前だろう！　そんな服を着た雑竜なんて他にいない、誤魔化《ごまか》しても無駄だからな！」

「……あ」

たしかに一度会っていた。図書館でナーシャちゃんに絡んでいた迷惑なやつ。まさかこんなところで会うとは思っていなかった。

だが、少年はそこで一瞬だけ止まると、僕の服を見てニヤリといやらしい笑みを浮かべた。

「まあいい。お前、一年の女子の従者なんだろう？　俺と彼女たちを会わせてくれればチャラにして

「――」

「え、いやだ」

「はあ?! 断るのか?!」

どうして僕がリナちゃんを紹介しないといけないのか。そんなことをしてやる理由も義理もないのになぜか驚く。

「……図書館と違ってここでお前を見逃す理由なんてないんだぞ? 俺を怒らせたらどうなるか、そんな簡単なこともわからないのか?」

「回りくどいな。ここに暴れられる場所があるか受付で聞いてくるから続きはそこでしようよ」

「……ッ!!!」

眼を見開き、鬼のような形相《ぎょうそう》で僕を睨む迷惑男を連れて受付に尋ねた。ギルド員が使える運動場があると言われたのでそこに向かうと、運動場の中にいた人たちが蜘蛛《くも》の子を散らすように逃げて行った。僕の背後にいる盛大に魔力を溢れさせた貴竜の姿を見て危険を感じたのだろう。

「それで、さっきの続きだけど――」

背後を振り返った瞬間、大量の水が僕を呑《の》み込んだ。

「生意気な口を利く雑竜め! 溺《おぼ》れて苦しめ! 後悔しろ!!」

顔にまとわりつくように水が貼りつき息を吸い込むのを邪魔しようとする。水に歪《ゆが》んだ視界の向こうで楽しそうにニヤニヤと笑っているのが見えた。攻撃を加えるのではなく相手を苦しめる方法に手慣れているから普段からこういうことをしているんだろう。

クズだな。

バシッ

手を振り、まとわりつく水を弾《はじ》き飛ばした。

「……は？」

水といっても魔力によって作られたもの。こっちの魔力が強ければ防げる。火で炙《あぶ》られても燃えないし、極寒の冷気に入れられても凍えないし、水の中でも溺れることもない。

はっきりとした視界の中で、思い切り魔力を右手に込めて、間抜《まぬ》け面《づら》に叩き込んだ。

「ぷぎゃっ⁉」

ゴロゴロと地面を転がるクズに追いつき踏みつける。

「ぐぼおっ！　……！！！」

みぞおちをぐりぐりと踏みつけるとクズが悶《もだ》える。苦し紛れに魔力で攻撃しようとしてくるけど、そんな攻撃で僕の魔力の防御は破れない。

「これはお前のせいで嫌な思いをした彼女《ナーシャちゃん》の分だ」

「ぐ、な……、なんべ……」

混乱と痛みに目を白黒させるクズに、にっこり笑って教えてやった。

「図書館で我慢していたのはお前だけだと思ってた？　本当はあの場でお前をボコボコにしてやりたかったけど我慢していたんだよ」

あの時できなかった分、今日は鬱憤《うっぷん》晴らしをさせてもらおう。

にっこりと笑う僕に、クズは顔を青ざめた。

■

「ただいまー」

お土産《みやげ》を片手にブティックに戻ってきた僕。

ちょっとした臨時収入のお陰で少し納得のいくものが買えた。みんなプレゼントに喜んでくれたので良かったね。

三人の服も貰えたしメロディお姉様も気になっていた制服のデザインを知ることができて、大満足の休日だったね。

13 永遠の誓い

「とっても綺麗《きれい》だよ、みんな」

休日の最後の締めくくり。女子寮で美しく着飾った三人を前に僕は感無量の心地でいた。

純白の布を惜しげもなく流し、ふんだんにレースとリボンで飾り付けられたウェディングドレス姿の少女たち。

僕の希望を聞いたデザイナーさんたち総出で作り上げた力作だ。みんなはすでに僕のお嫁さんだけど、やっぱりこのドレス姿を見ると感動する。

「とても綺麗ですけど変わったドレスですの」

「デザイナーさんたちも驚いてたよね～。結婚式用のドレスなんでしょ～？　聞いたことないけどすごく綺麗だよね～」

こっちの結婚式は身内や関係者を家に呼んで結婚披露宴のパーティを開くのが主流だ。花嫁花婿《はなむこ》も当然着飾るけど、白いウェディングドレスを着るという風習はなく一張羅《いっちょうら》なら何でもいい。お金持ちはドレスで一般人だと少し高価なワンピースとかだね。

三人それぞれに少しずつ意匠を変えながら統一したイメージで作られたウェディングドレス。デザイナーさんたちは本当に素晴らしい作品に仕上げてくれた。さすがにプロは違うね。

「リナちゃんの村だとこういうドレスで結婚式していたの～？」

「私の村？　さあ？　どうだったかしら」

あの農村でドレスを用意できる家なんてあるかなぁ……。あとリナちゃんは結婚式とか呼ばれたことがないと思う。村長の娘だけど村では完全に浮いていたからね。僕は一回だけ出たことがあるけど、普通の宴会って感じだった。

「このドレスが白いのはね、『あなたの色に染まります』って意味らしいよ」

確か諸説あった気がするけど、僕が覚えているのはこれ。

「みんな、僕の色に染まってくれる？」

「……今更何言ってるのよ。もうとっくにあなたの色に染められているじゃない」

「わたくしも。身も心も旦那《だんな》様の色に染められてしまっていますの」

「わたしも～。でも、もっときみの色に染めてほしいなぁ」

「ありがとう、みんな。愛しているよ」

ぎゅーっと三人を抱きしめて、誓いの口づけを交わす。

花嫁さんが三人もいる浮気者だけど、みんなを幸せにできるように僕も頑張るよ。

■

「ミラちゃん、こっちに来て」

「う、うん」

ベッドの上にミラちゃんを招いて抱きしめる。

首元にキスをしながらドレスの胸元をずらすとミラちゃんの大きなおっぱいが姿を見せた。谷間に顔を埋《うず》めるようにして感触を楽しみ、ぷるんと美味《おい》しそうな頂きにも口づけを落としていく。

「あ……ふぅ……ん……っ♥」

両手と口を使って体中に触れると、びくびくとミラちゃんが反応してくれるのが可愛《かわい》いね。

「どうかなミラちゃん？　気持ちいい？」

「ん……気持ちいい、けどぉ……あっ♥」

「気持ちいいけど？」

「ひゃっ♥　ん、んん、あのね……♥」

ゆっくり優しく胸を揉《も》みながら、耳を舐《な》めたり軽く噛《か》んだりしていたのだけど、それでは我慢できなくなった様子。

自分でウェディングドレスのスカートを持ち上げて、セクシーなガーターベルトと純白のショーツを僕に見せつけてくる。

「ここも……気持ちよくしてほしいなぁ……♥」

興奮で上気した顔でおねだりするミラちゃんに僕の肉棒もとっくに準備万端だ。

「ミラちゃん。自分から入れて」

「うん、わかった♥　……あっ♥　こ、ここっ♥　いくねっ♥」

ミラちゃんが肉棒の上に構える。そのままゆっくりと腰を下ろして白い下着が僕の先端に触れた。

――ふにゅん……プツンッ

また抵抗があるかと思ったけど、何もなかった。

「あ、きゅぅ♥　入って、きた……あっ♥」

あっさりと薄紙を破るようにミラちゃんの守りを破って、僕のオチンチンが呑《の》み込まれた。

来ると思っていた抵抗がなかったことにビックリしていると、ミラちゃんの中が僕の侵入を歓迎するように蠢《うごめ》き出す。ビリビリとした感覚が股間から上がってくる。

「あっ♥　おく、までぇ……はいったあぁ♥　ふぁあぁぁ♥」

進むごとに電流が少しずつ強くなり、亀頭が奥を叩《たた》いた瞬間、一際強い電流が背中を駆け巡った。

ミラちゃんが軽く達したんだ。僕も危うく射精しそうになったけど、何とか耐えることができた。

「あ……なんで、出してくれないのぉ……？」

琥珀《こはく》色の瞳《ひとみ》に涙が浮かび、柔らかな胸を押し潰しながらミラちゃんが抱きついてくる。

「どうしてぇ……？　わたしのオ〇ンコ、気持ちよくなかった……？」

「ううん、気持ちいいよ。気持ちいいけど、今日は我慢……くっ」

キュンキュンとした締め付けが強くなり、僕のオチンチンに射精してと促してくるミラちゃんのオ

○ンコが気持ちよくないわけがない。
でも今日は特別。新婚さん気分で愛し合いたいからできるだけ我慢してみることにした。

「やぁ、いじわるやだぁ……♥　ふぁ♥　素直になろ♥　ね♥　一緒に気持ちよくなろ♥　あっ♥」

必死に射精を耐えている僕に、腰を揺らしながら耳元で甘く囁《ささや》くミラちゃん。破壊力がすごい、脳みそが蕩《とろ》けちゃいそう……。

「びゅーってして♥　ミラのなかにいっぱいしゃせいして♥　あかちゃんつくろ♥　オ○ンコさびしいの♥」

ぐちゅぐちゅっとミラちゃんが腰を一定の速度で動かし、それに合わせて快感の電流が流れてくる。

「あかちゃんのもと、いっぱいちょうだい♥　いっしょにイって♥　ミラもイくから♥　いっしょねっ♥」

限界が近いのか泣きそうな声で懇願してくるのにすごく興奮する。

頭の中がボーっとしてミラちゃんの声だけが響いていた。オチンチンがすごい気持ちよくて、ミラちゃんに子種を注ぎたくてたまらない。

「あ♥　もうイク♥　イクよぉ♥　いっぱいだしてね♥　さーんっ♥　ぁん、にー♥　イ、ちぃ……あぁっ♥♥」

カウントダウンに合わせて、ミラちゃんが腰を深く落として僕のオチンチンを呑み込んだ。亀頭と子宮口がキスをした。僕の腰がビクンと大きく跳ねて、そして。

「いっしょにぃ……ぜぇ、ロぉ――ああぁぁぁあああああぁぁっっっっっ♥♥♥」

ビュルルルルルルルッ!!　ビュルルルッビュビュッッツ！！！！

ミラちゃんのオ○ンコから送られる快楽信号と、脳みそを虜《とりこ》にするカウントダウンに従うように、子宮を目掛けて大量の精液を吐き出した。とんでもない解放感と一緒にドプドプと子宮の中に注いでいく。

「あ、はぁ♥　すごぃ♥　びゅーって♥　あかちゃんつくろうとしてるよぉ♥♥　またイっちゃうぅぅぅう♥」

僕が精液を注ぐたびに一緒にビクンビクン震えて絶頂を迎えるミラちゃん。

こんなに可愛くておっぱい大きくてエッチなお嫁さんに僕の赤ちゃんを産んでもらえるなんて、僕はなんて幸せ者なんだろう。

「ミラちゃん。大好き。愛しているよ。いっぱいエッチするからいっぱい僕の赤ちゃん産んでください」

「うん♥　わたしも愛しているぅ♥　たくさんエッチしようね♥　いっぱい赤ちゃん産むね♥」

純白のドレスを着たミラちゃんの子宮を白く染め上げながら、愛する花嫁を抱きしめる。

二度目の誓いの口づけは幸せの味がした。

■

た。


「旦那様ぁ♥」

ナーシャちゃんが僕の胸の中に飛び込んできて、そのまま口に吸い付いてくる。

ふわりと広がったスカートの中で腰をくねくね動かし、僕の硬く聳《そび》え立ったオチンチンを擦《さす》ってきた。


「ふぁ……エッチになったね、ナーシャちゃん」

「旦那様がわたくしに教えたんですの……旦那様がナーシャをエッチにしたんですの……ちゅっ♥」

亀頭をショーツで擦り上げる動きが本当にエッチだ。何も知らない純真無垢《むく》な花嫁にしか見えないナーシャちゃんが、僕のオチンチンを欲しいといやらしく腰をくねらせているなんて、他《ほか》の男は想像すらしていないだろう。

両手でナーシャちゃんの頭を押さえて小さな口の中を舌で蹂躙《じゅうりん》する。

「んふぅ……っ♥　ふぁ……♥　んんー……♥♥」

うっとりして舌を絡《から》ませてくるナーシャちゃんだけど、下半身は別の生き物のように動きを止めずに僕のオチンチンに股間を擦《こす》り付けている。

「いいよ、ナーシャちゃん。入れてごらん」

「あっ♥　旦那様ぁ♥　ありがとうございますですの♥　あっ、ふぁぁ……♥」

許可を出した途端にナーシャちゃんの下着の抵抗が失われて、とぷんと沈むようにオチンポがオ○ンコに入っていく。すごく狭いのに蜜が奥から奥から潤沢に溢《あふ》れて、スムーズに中に収められていく。

「はぁぁぁぁぁあああああん♥　だんなさまのが……ぜんぶはいりましたですの……っ♥♥」

ナーシャちゃんの小さな体に肉棒が収まる。女の子の体は本当に神秘的だ。実にファンタジーに溢れている。

いつもならこのままナーシャちゃんの体を持ち上げてジュポジュポするところだけど、今日の僕はちょっと違う。花嫁ナーシャちゃんのエッチな姿が見たいです。

「ナーシャに動いてほしいんですの？　わかったですの♥」

クチュクチュと音をさせながら、ナーシャちゃんが腰を上下に動かす。その動きは滑らかで迷いがない。

「ふあぁっ♥　おなかの奥がひっぱられりゅ♥　だんなさまぁ♥　これでいいのですの？　♥　ちゃんとできているですの？　♥」

僕専用のナーシャちゃんオ◯ンコは僕のおちんぽにピッタリと隙間《すきま》なく密着してしまう。だから腰を上げて引き抜く時も吸い付いて僕の肉棒を離そうとしないし、腰を落として突き入れる時にはにゅるんと入り込んでオチンチン全体に泣きついてくる。

「気持ちいいよナーシャちゃん。すごく上手《じょうず》になったね」

綺麗なウェディングドレス姿の良家のお嬢様然とした——実際に北の大領地のお姫様の——ナーシャちゃんが、僕を気持ちよくするために上に乗って腰を振っていると思うと興奮する。

がんばるナーシャちゃんをもっとイジメたい。

「ごめんねナーシャちゃん。僕は領主になれないと思う。こんな夫でごめんね」

「そんなことどうでもいいんですの♥　旦那様がいてくれればそれだけでいいですの♥」

あんなに拘《こだわ》っていたのにあっさりと夢を捨てるナーシャちゃん。

「お金もあんまり稼げないと思う。貧しい暮らしをさせちゃうかも」

「わたくしが稼ぎますの♥　旦那様の面倒はわたくしが全部見てあげますの♥」

僕はただそこにいるだけでよくて、他のことは全部ナーシャちゃんがやってくれるみたい。

「できれば贅沢《ぜいたく》したいし、どこかの領地でのんびり暮らしたいな」

「それならわたくしが領主になって贅沢な暮らしをさせてあげますの♥」

僕の代わりにナーシャちゃんが領主になって贅沢な暮らしをさせてくれるらしい。

「あと、他の子たちもいるし、これからもどんどん女の子増やしていくけどいいかな？」

「うぅ……旦那様にはわたくしだけを見てほしいですの……」

悲しそうに顔を曇らせるナーシャちゃん。

「でも旦那様がそう望むなら我慢しますの……。ナーシャのことを、捨てないでほしいですの……」

ナーシャちゃんが大きな瞳に涙を湛《たた》えて、泣きそうな顔で受け入れてくれる。

本当になんていい子なんだろう。クズ男に騙《だま》されているのに別れられない世間知らずのお嬢様みたいだね。すごく可愛い。

こんなナーシャちゃんを僕の色に染めて、赤ちゃん産ませて、これからたくさん可愛がってあげられると思うとすごく興奮する。金玉の中がグツグツと茹《ゆ》だって今すぐにでも孕《はら》ませたくてたまらない。

「僕がナーシャちゃんを捨てたりするわけないから安心してね。……ナーシャちゃん、もう出そうだ」

「嬉《うれ》しいですの、旦那様♥　ナーシャの赤ちゃんのお部屋に旦那様の子種をたっぷり注いでほしいですの♥」

「うん、もう出るよ。僕の可愛いお嫁さん」

「ふぁっ♥　だんなさまぁ……ぁっ♥」

小さな花嫁を抱きしめて、僕専用の赤ちゃん部屋に向かって射精する。

「あっ♥　だんなさま♥　ナーシャのだんなさまぁ♥　だいすきですの♥　あーっ♥　だんなさま、だんなさまあぁあぁぁあぁっっ♥♥♥」

綺麗な瞳からポロポロと宝石のような涙をこぼしながら、ナーシャちゃんが全身を震わせる。

「とっても可愛いね、僕のお嫁さんは。愛してるよ」

「あ♥　なーしゃも♥　なーしゃもあいしていますの♥　だんなさまぁ♥」

可愛い、好きだよ、愛していると囁くだけで何度も何度も絶頂を迎えてしまうナーシャちゃん。

とっても可愛くてとってもチョロいお姫様。

僕が側《そば》にいないと不安になっちゃうくらい純真な子。

「ずっと側にいてね、ナーシャちゃん」

「はいですのっ♥」

ナーシャちゃんの口づけは温かな涙の味だった。

■

「今日の髪型、可愛いね」

「そうね。あのデザイナーたちはなかなかやるわ」

リナちゃんのトレードマークのツインテール。いつもはリボンで簡単に結んでいるだけなんだけど、今日は花とリボンをたくさんつけたブライダルアレンジになっている。僕のふんわりしたイメージを伝えただけで見事に形にしていた。

リナちゃんもこの髪型は好きみたい。他の人を褒めるリナちゃんはレアなんだよね。

こうしていると普通の女の子にしか見えないのに、リナちゃんは間違いなく竜なんだ。リナちゃんもナーシャちゃんもミラちゃんも、みんながみんな、人の姿をした美しい竜娘。

例えば僕の呼び方。リナちゃんが〝あなた〟と呼んだり、ナーシャちゃんが〝旦那様〟と甘えてくるのはこの部屋の中だけ。部屋の外だと今まで通りツンツンしている。

照れ隠しもあるんだろうけど、自分の縄張り、安全な巣から一歩でも外に出ると警戒モードに入る竜の本能がそうさせるらしい。

次に触れ合い。抱きついてきたり、手を握ったりはしてくるけど、リナちゃんたちが自分から一線を越えることはない。

「リナちゃん、キスして」

「うん」

嬉しそうに顔を寄せてリナちゃんが僕にキスをする。

本当はずっとキスしたいのを我慢して、僕から許可が出るのを待っていたんだ。

この部屋の中、巣の主導権を握っているのは僕。妻であるリナちゃんたちは僕に振り向いてもらおうとアピールしてくるけど、僕から許可を出さないと何もできない。

逆に気持ちよくしてとお願いしたら喜んで奉仕をしてくるし、オ◯ンコ使わせてと言ったらすぐにお尻を差し出してくれる。これも雌竜の本能らしい。

全部本能。リナちゃんたちは竜の娘だから。竜の血と本能に従う雌竜だから。

僕に模擬戦で負けて組み伏せられたリナちゃんがすぐにチン堕《お》ちしちゃったのも。

さんざん酷《ひど》いことを言われて泣き出したナーシャちゃんが本当は貢《みつ》ぎマゾなのも。

セックスを覚えたミラちゃんがあんなに淫《みだ》らでエッチの才能に溢れているのも。

これも全部竜の血のせい。

……そう、リナちゃんみたいな美少女が僕に好意を寄せてくれて、キスしたりエッチしたりしてくれるのは強い雄に惹《ひ》かれる本能でしかない。

リナちゃんたちの好意は本能が生み出した錯覚。

彼女たちは竜の本能に逆らうことのできない奴隷でしかない。

僕はその錯覚を利用して、奴隷を騙しているだけ。

本当の愛情なんてどこにもないんだ——。


——なんてカッコつけて言ってみたけどただの冗談です。

「リナちゃん、僕のこと好き？」

「うん、好き♥　大好き♥」

ちゅっちゅっ♥　とキスを繰り返してるリナちゃんに尋ねるとすぐに僕が好きだと答えてくれた。

「僕の赤ちゃんほしい？」

「うん。あなたの赤ちゃんが産みたいの♥」

ぎゅうっと抱きしめてくるリナちゃんが僕の赤ちゃんを産みたいと言ってくれる。

もしもリナちゃんたちが本当に竜の本能の奴隷で、強い雄なら誰《だれ》でもいいならこんなことは言わないだろうね。

だって〝僕より強い雄〟は他にもいっぱいいるんだもの。例えばブーノ先生とか、メロディお姉様のパパさんとか、僕たちよりも圧倒的に格上だとわかる雄貴竜たちはいる。

でも、そんな雄貴竜じゃなくて、僕の赤ちゃんを欲しいとリナちゃんたちは言ってくれている。

貴竜は竜の血と力を色濃く受け継ぎ、竜の本能も強い。

だけど彼女たちは本能だけで生きているわけじゃない。ちゃんと感情が、人の心が備わっている。

リナちゃんたちは人の心と竜の力を両方持っている。そしてちょっと特殊な性癖をしているだけの普通の女の子なんだ。

もしもこれが恋愛小説だったら「本当は僕を愛する女の子なんて誰もいないんだ～」とか苦悩するところだろうけど、この世界って恋愛小説っていうよりエロゲファンタジーの世界だし。

そういう悩んだりくよくよするのって僕には似合わない。

「リナちゃん」

「うん……♥」

リナちゃんが僕の上に跨《また》がってゆっくりと腰を落としていく。

ツプンッと薄膜を突き破って、リナちゃんの中に僕自身が入っていく。火のように熱い膣《ちつ》肉が今日も僕を歓迎してくれた。

「リナちゃんとエッチできて幸せ」

「私も……♥　う……はあ……っ♥　しあわせぇ……♥」

僕のオチンチンにすっかり馴染《なじ》んでトロ顔のリナちゃん。

「初めての時はあんなに嫌がってたのに、今じゃ僕のオチンチンに夢中だね？」

「やぁ……言わないで……♥　あっ♥　あっ♥」

ぐちゅぐちゅと音を立てて腰を動かす。僕に早く射精してとねだるオ○ンコがドロドロの愛液を溢れさせてキュンキュン締まって気持ちいい。

「あぁん……ほ、本当はね……」

「うん」

「嫌じゃ、なかったの……♥」

ぎゅうっと抱きしめ合ったリナちゃんが耳元に囁くようにして告白してくれた。

「恥ずかしくて、ビックリして……♥　でも、あなたのモノになれて嬉しかった♥」

唇に触れるだけのキス。リナちゃんの思いが伝わってくるみたい。

「今日は素直なんだね？」

「だって……♥　ん♥　ちゅっ♥」

顔中にキスの雨を降らしながらリナちゃんが言う。

「素直になった方が気持ちいいって、あなたが教えてくれたんだもの。――大好き♥」

深いキス。舌が伸びて絡み合う。リナちゃんの口の中も舌も火のように熱い。

初めて会った時は火炙《ひあぶ》りにされて、その後も何度も焼かれたね。暴れん坊のわがまま娘だったのに。

「……素敵な女の子になったね、リナちゃん」

「嬉しい……♥　あなたのためにがんばったの♥」

僕のために着飾ることを覚えて、素直になって、ウェディングドレスを着てくれたリナちゃんの姿に、熱いものが込み上げてくる。

「あ♥　お腹《なか》の中で膨らんできた♥　きて♥　ちゃんと全部受け止めるから♥」

「うん、出すよ。リナちゃん！　もう……出る!!」


ドビュッ！！！　ビュビュッツ！！！！　ビュルルルルッ！！！！

「あ♥　ビクビクって震えて――きたぁっ♥　あっ♥　あーっ♥　熱いの出て、私もっ♥♥　イっちゃうぅ――――ッ♥♥♥」

お互いにブルブル震える体を抱きしめながら、リナちゃんの一番深いところを僕の色に染めていく。

なんだかあの村にいた頃に戻ったみたいな気分だ。リナちゃんの震える体を抱きしめてたくさん中出ししたのが懐《なつ》かしい。

素直になって、エッチもたくさんして、綺麗な花嫁衣装を着たリナちゃんと、泣きながら僕に組み伏せられて、ビリビリに破かれた服を地面に投げ捨てられていたリナちゃんの姿が重なる。

二人のリナちゃんとエッチしているみたいで、いつもよりも興奮するね。

「ひぅ♥　まだでてぅ♥　しゅごい♥　リナのなか、いっぱいなのに♥　もうイってるのにっ♥　あふれちゃうううぅぅ♥♥」

いつまでも止まらない射精にリナちゃんも絶頂から降りられないみたいだ。

しばらくしてようやく射精が止まると、くたぁとしたリナちゃんの姿が。村でエッチした後はいつもこうだったね。

村でも。学園でも。その先も。きっとずっと変わらず続いていく僕たちの関係。

「リナちゃん。これからもずっと可愛がるからね。ずーっと一緒だよ」

「うん……♥　ずっと一緒に、いるぅ……♥　絶対、離れないぃ……♥」

永遠を誓って熱い口づけを交わした。

■

ウェディングドレスを脱いだ三人がベッドの上に横たわっている。

おっぱいやお腹は丸見えなんだけど、もちろん白いレースの手袋やガーターベルトとストッキングはそのまま。花嫁衣装ならこれは絶対に外せないと思います。

そして三人のお腹に浮かぶ淫紋《いんもん》が丸見えでとってもエッチです。さっき中出ししたからちょっと光ってるね。淫紋の下のパンツにはぽっかり穴が開いて精液がこぼれ落ちている。花嫁さんなのにこれじゃバージンロードが歩けないよ。乙女《おとめ》の守りさんしっかりして。

「結婚式を挙げる前なのにこんなにエッチになっちゃうなんて心配だよね。これじゃガード緩々でオ〇ンコフリーパスだよ」

「んあぁあっ♥　これは、あなただけだからぁっ♥」

パンツの穴から指を突っ込んでオ〇ンコをくちゅくちゅ。精液と愛液を混ぜ混ぜ。指で広げると奥から新しい精液がこぼれてきてエッチだね。

「――んっ♥」

「あれ？　脱げちゃった」

下着の役割を放棄したパンツを指で弄《もてあそ》んでいたらするりと脱げてしまった。

リナちゃんのパンツだけじゃなくて、ナーシャちゃん、ミラちゃんのパンツも試してみたらあっさりと脱げた。まさかパンツが脱げるとは思わなくてちょっとビックリした。

だって、このパンツって〝竜の逆鱗《げきりん》〟だよ？　力尽くで破ったりしたことはあるけど、こんな風に脱げるとは思わないじゃない。

つるつるのオ〇ンコを並べている三人を前に、脱げたパンツをどうしようかと悩んでいるとキラキラと光になって——僕のペンダントに三つの指輪が増えた。

セレスママに貰《もら》ったペンダントでトップに白い指輪がついていたんだけど、それに並んで赤・蒼《あお》・黄の指輪が増えたんだ。なんで？

思わず三つの指輪をマジマジと眺めてしまったんだけど。

「ねぇ……いつまで指輪を見てるのよ……」

「旦那様ぁ……さびしいですの……」

「わたしもぉ……続き、しよ……？」

三人が寂しがるので中断。指輪のことを全然気にしてないのね。

オ〇ンコをくぱぁ♥　して挑発してきたので、とりあえず種付けプレスで中出ししてあげたよ。

三人の花嫁とのラブラブセックス開始。

リナちゃんとキスをしている間に、ナーシャちゃんとミラちゃんの二人にダブルフェラをしてもらってゴックンしてもらったり。

ミラちゃんのパイズリを堪能《たんのう》しながら、リナちゃんとナーシャちゃんのちっぱいを思う存分揉んだり吸ったり。

ナーシャちゃんの騎乗位セックスでパンパンされながら、リナちゃんとミラちゃんに左右からエンドレスで愛を囁かれて、両耳をペロペロされたり。

右から左から、前から後ろから、絶え間なく降り注がれる三人の愛に溺《おぼ》れていく。

「また、また出る……っ」

「うん……♥　ぜんぶだしてっ♥」

オ○ンコで、口で、手で、胸で、体中で愛されて、ただただ気持ちよく射精することしか考えられない。

必死に腰を振って、手を動かして、目の前のおっぱいに吸い付いて……僕が達したのと同時に三つの嬌声《きょうせい》が上がって、絡み合いながらベッドの上に倒れ込んだ。

「ん……まだ大きいまま……じゅるっ♥　じゅるるっ♥」

「旦那様ぁ……次はわたくしの中にどうぞ♥」

「わたしのおっぱい、きみの好きにしていいよ♥」

射精した後のオチンチンをリナちゃんがお掃除フェラで綺麗にしてくれる。ナーシャちゃんはオ○ンコアピールでもっと中出しをおねだりしているし、ミラちゃんは大きな柔らかおっぱいを両手で持ち上げて誘ってくる。

次はどうしようかなぁ。とりあえずリナちゃんのお口に一発出してから考えることにしよう。

「ナーシャちゃんもミラちゃんも二人ともおいで。一緒に可愛がってあげる」

「はいですの♥」

「うん♥」

両側から二人に抱きつかれながら、リナちゃんのお口に射精する。ちゃんとこぼさず飲み干してくれるリナちゃん可愛い。もちろんナーシャちゃんもミラちゃんも可愛い。

「みんな大好きだよ。愛してる」

「嬉しいですの、旦那様♥　もちろんわたくしも愛していますの♥」

ナーシャちゃんが溢れる好意を全力でぶつけてくれる。

「ありがとう♥　わたしも♥　大好きだよ♥」

ミラちゃんがちょっと恥ずかしそうに、けどしっかりと応《こた》えてくれる。

「うん……私も愛してるわ、あなた♥」

そしてリナちゃんが穏やかに大人《おとな》びた顔で微笑《ほほえ》んだ。

華やかに強《したた》かに艶《あで》やかに。

ほんのわずかな間にどんどん美しく変わっていく彼女たちは、それでも揺るぎない思いを向けてくれて。

万感の思いを込めて、僕は愛《いと》しいお嫁さんたちを抱きしめた。

エピローグ

セレスは先ほどの談話室の様子を思い浮かべていた。

リナたちと同じデザインの服を着た四年生の女子たちが他《ほか》の生徒に囲まれていた。たまたまセレスの耳に聞こえたのだが、どうやらあのデザインは可愛《かわい》い坊やが考えたものらしい。

「さすがですね。将来はデザイナーとしても大成できるのではないでしょうか」

可愛くていい子なだけじゃなくて芸術の才能にも恵まれているなんてさすがだと嬉《うれ》しくなるセレス。

「……私が着たら、あの子は喜んでくれるでしょうか？」

いつも飾り気のない白のワンピースで過ごしているが、坊やの考えた服なら着てみたい――そう考えてデザインを取り寄せてみようかと思うセレスだった。

どの制服がいいだろうかと悩みながら慣れた手つきで書類を整理していると、一枚の書類に目が留まった。

「エミリーさんはまだ休学ですか。しばらく依頼に励んでいるようですけど将来は自由騎士を目指しているんでしょうか？」

自由騎士ギルドから届いた依頼証明の書類だ。

上竜学園《じょうりゅう》の三年生たちが南部で依頼に当たっているので授業を免除すると書かれていた。

■

王国南部。

「もー！　どこなのよ、ここはー！　もうやだー!!　ミミお家に帰るー！！！」

土を掘って何らかの薬品で固められた洞窟の中で一人の少女が癇癪《かんしゃく》を起こしていた。

艶《つや》やかな黒髪をサイドテールにして、ピンクの明るいドレスを着ている美少女である。大声で喚《わめ》いていなかったらきっと可愛いだろう。

「姫様、もう少しだから……」

「もう少しもう少しって、さっきからずっとそれじゃん！　いつになったら着くのよ!!」

「そ、それは……その……」

一緒にいた茶色の髪の男子が宥《なだ》めるが、実際にどのくらいで目的地まで辿《たど》り着くのか目途《めど》はついていなかった。

「おい、姫がこう言ってるだろ。さっさと目的地を見つけろよテメー」

「まったく、探知くらいしか能がないのに、まだ見つけられないとは……死んで詫《わ》びてほしいですね」

「うるせえな。気が散るから黙ってろアホども」

赤、青、緑の男子が険悪に睨《にら》みあい、黒髪の少女が騒いで、茶髪の男子が必死に取り成す。

そんな彼の努力を嘲笑《あざわら》うように、通路の壁を崩して赤茶色の金属光沢をした生物の大軍が現れた。

「レ、レッドメタルアント……!!　マズい……！！！」

慌てて茶髪の男子が蟻《あり》の群れを倒そうとするが、一歩遅かった。

「あんたたちなんか大っ嫌い!!　あっちいけー！　バカー！！！」

黒髪の少女が放出した魔力がろくに制御もされないまま、蟻の大軍を蹴散らして——そのまま通路、壁、天井を直撃。その衝撃で蟻の巣が内側から崩れ始める。

「もうやだ！　帰るったら帰る!!　こんなところ二度と来るかー!!」

上から降ってくる大量の土砂を吹き飛ばす黒髪の少女、上竜学園三年の唯一の女子エミリー。

「はぁ……結局今回も依頼失敗かぁ……」

「こんなことなら最初から俺《おれ》の火で丸ごと巣を焼いてやれば良かったんだよ。わざわざこんな無駄な時間を使って姫が可哀《かわい》そうじゃねえか」

「闇雲《やみくも》に焼いても女王蟻に逃げられるからこうして足で探しているというに……学習しないバカには死んでほしいですね」

「お前らみんなマジでウゼえ。姫ちゃん以外は全員生き埋めになれ」

そしてエミリー親衛隊、火水風土の四属性の貴竜《きりゅう》男子たち。こちらも頭上の土砂を吹き飛ばし、崩れた蟻の巣から全員が無傷で生還した。

だが、金の特級冒険者『ミミ姫と愛の騎士たち』は巨大蟻の魔物の巣の攻略に失敗。南部遠征を失敗し失意のうちに上竜学園への帰路についたのだった。

「やっぱり寮の温泉じゃないと満足できないわね！　急いで！」

「姫ちゃんのお願いなら喜んで」

……風属性の貴竜男子をタクシーにして一足先にさっさと学園に帰るエミリー。依頼失敗など気にしない火と水の男子。正確には苦労人の土属性男子だけが依頼失敗に気を落としていた。

■

「一年の奴ら、調子に乗りやがって……!!」

男子寮で苛立《いらだ》たし気に荒れている貴竜の男子たちがいた。この上竜学園の二年クラスに属する男子たちだ。

「ベリアの復讐《ふくしゅう》だ！　絶対に許さないぞ!!」

ベリアというのは彼らの同級生、ひょろりとした背丈と青い髪の水属性の少年だ。

休日に街に出かけ帰ってきたら大怪我《けが》を負っていて、誰《だれ》にやられたのか聞いても頑《かたく》なに答えようとしない。親しい友人が何とか少しだけ聞き出せたのは〝一年生〟、〝男〟という言葉だけ。

「一年の奴ら、女子三人と一緒に授業を受けているだけでも羨《うらや》ましいのに……！　うちらの学年は男子しかいないんだぞ……!!」

なんとこの学年、四十七人全員が男子で女子が一人もいなかった。女子の貴竜が生まれる確率は男子よりも低いがここまで確率が偏るのは非常に稀《まれ》である。

当然、自分たちの学年だけ女子がいないことに不満を募らせ、一つ上の学年の女子――エミリーを狙《ねら》ったこともあったが、下級生の男子がちょっかいをかけてくることを上級生の男子が許すはずがない。

たった一人の姫を巡って血で血を洗う抗争を繰り広げ、不憫《ふびん》四十七士がエミリー親衛隊にボコボコにされてからさほど経《た》っていなかった。

上級生の女子がダメだったせいで、現在の二年生男子の興味は一つ下に入学してきた新入生の女子たちに向いていた。一年男子は数も力も戦闘の経験も不憫四十七士に大きく劣る。だから隙《すき》あらば一年女子に手を出そうと、彼らは虎視眈々《こしたんたん》と狙っていたのだ。

「ぜってえ諦《あきら》めねえからな……！　一年どもめ!!」

ベリアは焦《あせ》って一人で抜け駆けしようとしたからやられたのだと、他の二年男子たちは判断した。まさか規格外の少年が紛れ込んでいるなんて思いつくはずがない。

「お前ら！　抜け駆けは禁止だ、ベリアの二の舞になるからな！　俺たちのチームワークで一年どもをぶちのめすぞ！」

「おおおおおおおおおおおおお！」

こうして一年男子たちの知らないところで、不憫四十七士は一年男子たちを目の敵《かたき》にし、ますます溝を深めていった。

■

ベッドの上で重なり合って静かに寝息を立てる少年と少女たち。

少女たちの淫紋《いんもん》が輝き、少年のネックレスにつけられた三つの指輪も同じように輝きを放つ。

そのことに、今はまだ誰も気がついていなかった――。

書き下ろし番外編　色付く夜

「また侵入者ですか……」

各所に設置されている魔道具が女子寮に向かう男子生徒たちの姿を捉えていた。男子寮から出立した三十名以上の生徒たちが血眼になって走っている姿が、暗い部屋の中で壁一面に映し出されている。

彼らの目的は露天風呂だ。どこで調べたのかわからないが寮生が多く入っている時間を狙ってやってくる。温泉を楽しんでいる寮生たちの憩いの時間を守るため、寮長のセレスはいつものように静かに外に出た。


今宵は満月。頭上に輝く月が地表を明るく照らしてくれるおかげで男子生徒たちの姿が丸見えだ。同時に向こうもセレスの姿を視認する。

「来たぞ！　死神だ！」

「今日こそ通らせてもらう！」

各々が魔力を漲《みなぎ》らせて戦闘態勢に入る。幼いけれど竜は竜、簡単に人を殺せるだけの力を持った少年たちが猛る。そんな彼らの前に立ちふさがるのはセレス一人だけ。幼い少女を寄ってたかってリンチしようとしているかのようだ。

「ここから先は男子生徒の立ち入りは禁止です。実力行使に移らせていただきます」

けれど、この場の支配者はセレスの方だった。

月の光に似た純白の魔力が溢《あふ》れだし、覗《のぞ》き魔集団を含む周囲一帯を呑み込んだ。殺傷能力を持たない生命属性の魔力は、少年たちの体に傷一つつけることなく染み込んでいく。

そして、

「「「うわあああああああああああああ！！！！」」」

魔力に浸食された少年たちが地面に倒れ込み、絶叫をあげた。顔を真っ赤にし、目の焦点が合わず、腰をぶるぶると震わせる。

セレスの魔力が少年たちの全身に染み込んだ結果、傷一つ負っていない彼らの生命力が溢れ出したのだ。有り余る活力は出口を求めて暴走し、〝無限射精〟という形で出現してしまったのだ。

彼らの体内はセレスの魔力によって蹂躙《じゅうりん》され、魔力が尽きる時までひたすら射精するだけの装置となってしまった。指一本動かすこともままならず、気絶することもできず、壊れた蛇口のように精を吐き出し続けるしかない。

穢《けが》れを知らない白いワンピースと白い髪の、純白の処女。不埒な男たちを白濁に沈める恐ろしい魔力を持った怪物。

数えきれないほどの精子が無駄撃ちをさせられては死んでいく。誰が呼んだかわからないが、セレスはいつしか男子生徒たちから『白い死神』と呼ばれ恐れられていた。

「これで少しは懲りてもらえるといいんですけど……難しいでしょうね」

ブルブルと身を震わせて垂れ流し続ける男子生徒たちを放置し、セレスは急いで女子寮に戻った。侵入者たちは男子生徒担当の教員に連絡しておけばいい。そんなことよりもずっと大切な用事がこの後に待っているのだ。

■

今日はセレスママの部屋でお泊りをする日だ。

僕はウキウキした足取りでセレスママの部屋に向かった。セレスママの部屋にお泊りするのはいつも楽しいけど、今回は特別。この前の休日に街でみんなに服をプレゼントしたという話をセレスママにしたんだけど、そのまま流れでセレスママにも一着プレゼントすることにしたんだ。

デザインは僕が考えたんだけど、細部はデザイナーさんにお任せしたのでまだ知らない。今回のお泊りでそのお披露目をするというので楽しみで楽しみでしょうがなかった。

セレスママの部屋に入る。以前よりも部屋の中に小物が増えて、ベッドも大きくて柔らかいものに変わっている。そのベッドの前でセレスママが不安げに立っていた。

「可愛い！！！」

新衣装を着たセレスママの姿を一目見て、思わず声を出してしまった。

「よく似合ってるね！　セレスママ、すごい可愛《かわい》いよ！」

「そ、そうですか……？」

恥ずかしそうに頬を赤く染めるセレスママ。真っ白な飾り気のない白いワンピースから、紺色の女《おんな》袴《ばかま》と藤色の矢絣《やがすり》着物、そして大きな赤いリボンという女学生風の姿に変わっていた。

僕があんまり可愛い可愛いと連呼するからセレスママが俯《うつむ》いてしまったけど、口元が嬉《うれ》しそうに綻んでいた。

衣装が違うだけなんだけどなんだかとても新鮮で普通の女の子みたい。ぎゅっと抱きしめると抱きしめ返してくれた。そのまま唇を寄せてキスをする。

「ん……！」

ビクンと震える体を抱きしめて柔らかい感触を楽しむ。舌先でツンツンとつつくと少しだけ口を開いてくれたので、そのまま舌を差しこみセレスママのお口の中を味わう。舌と舌を絡めてたっぷりと僕の唾液を飲ませてから唇を離すと、セレスママは大きく息を吐いた。

「ア、アレクくん……今の……」

「セレスママ、大好きだよ」

「んんっ♥　んぁ……ふぁ……♥」

小さな体を抱き上げる。ベッドに腰かけるとセレスママを背後から抱きしめるように膝の上に座らせて、何度も何度も唇を重ねた。

「ふぁ♥　だめ、これ♥　へんなかんじに♥　アレク、くん……♥　やめて……ふぁ♥」

着物の胸元から手を入れ、袴の上から優しく撫《な》で上げる。いつもと違って可愛い声で喘《あえ》ぐ姿にとても興奮してしまって、何度も何度もキスをしながら可愛がってしまった。

■

「……あの衣装は禁止です」

「え?! そんな?!」

満足するまでセレスママを可愛がった後、突然セレスママが新衣装禁止を言い出した。あんなに可愛いのにどうして?!

「だ、だって……ママなのに、あんな……うぅ……」

セレスママはごにょごにょと言い淀《よど》んで理由を教えてくれない。

「とにかく、禁止は禁止です！ あの衣装は封印です！」

結局、セレスママの格好はいつもの白ワンピに戻ってしまった。あの衣装とっても似合っていたのに……。

セレスママのミルクを飲みながら、今度またお願いしてみようと思った。

女学生姿のセレスママ、本当に可愛かったなぁ。

あとがき

はじめまして。今作が初めての書籍化となる晴夢と申します。

この作品を書き始めたきっかけですが、私はこの小説の他にも何作か小説を書いたことがありました。その時に自分は全年齢向けの小説よりも、ガッツリと性描写を加えた小説を書いた方が面白いものを書けるのではないか、と感じることが多々あったのです。

そのことについて長い間悩み、考え、そしてやはり自分に合った作品を書こうと思って執筆を始めたのが『エロゲファンタジーみたいな異世界のモブ村人に転生したけど折角だからハーレムを目指す』です。

その結果、投稿直後から予想外の反響をいただき、多くの人に楽しんでもらえて、書籍化のお声がけもいただきました。

ファンの皆様の応援と、この本を出すために携わっていただいた方々のお陰で、こうして無事に書籍を出すこともできました。本当にありがとうございます。とても嬉しい気持ちでいっぱいです。

そして最後になりますが、アレクとリナたちの物語はまだまだ始まったばかりです。新しいヒロインたちやまだ見ぬ世界がこの先に待ち受けています。新しい世界に飛び込んでいくアレクたちを、どうかこれからも応援よろしくお願いします。

エロゲファンタジーみたいな異世界《いせかい》のモブ村人《むらびと》に転生《てんせい》したけど折角《せっかく》だからハーレムを目指《めざ》す

初出……「エロゲファンタジーみたいな異世界のモブ村人に転生したけど折角だからハーレムを目指す」
小説掲載サイト「ノクターンノベルズ」で掲載

2023年12月5日　初版発行

【　著　　者　】晴夢《はれむ》
【イ ラ ス ト】えかきびと

【　発　行　者　】野内雅宏

【　発　行　所　】株式会社一迅社
〒160-0022
東京都新宿区新宿3-1-13　京王新宿追分ビル5F
電話　03-5312-7432（編集）
電話　03-5312-6150（販売）

発売元：株式会社講談社（講談社・一迅社）

【印刷所・製本】大日本印刷株式会社
【　D　T　P　】株式会社三協美術

【　装　　幀　】AFTERGLOW

ISBN978-4-7580-9605-8

おたよりの宛先
〒160-0022
東京都新宿区新宿3-1-13　京王新宿追分ビル5F
株式会社一迅社　ノベル編集部
晴夢先生・えかきびと先生